井月《せいげつ》の連句を読み解く

俳句だけでは解らない！
連句を読めば、いきいきと活躍する俳諧師の姿が見えてくる。

一ノ瀬　武志　著

井月が連句を残した場所

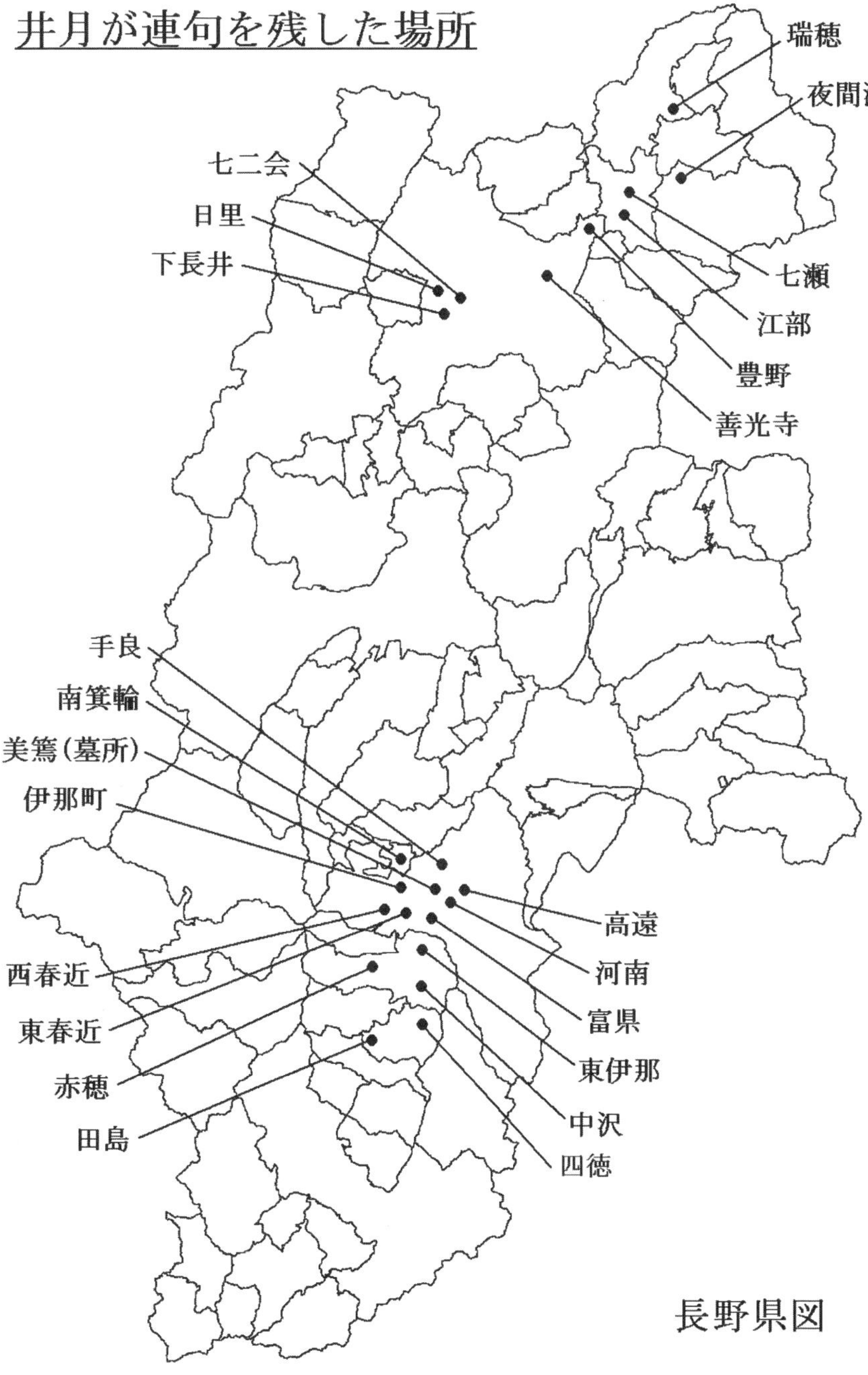

目次

掲載した句のなかには、現代では差別語とされ、使用は不適切とされる単語がありますが、原句を尊重し掲載しています。

序

井月《せいげつ》は、幕末から明治のはじめごろ、信州の伊那谷《いなだに》で活躍した俳諧師です。生まれは越後《えちご》らしいのですが、なぜ伊那谷へやって来たのか、身の上については何も語らなかったといいます。

井月は自分の家を持たず、村から村へと泊まり歩き、俳句を詠んだり、字を書いたりして暮らしていました。しかし酒におぼれ、晩年は汚い身なりの物乞いのようになり、ついには田んぼの中で行き倒れになって発見され、ひっそりと没したといいます。

そんな井月に、いち早く興味を持ったのが、作家の芥川龍之介《あくたがわりゅうのすけ》でした。芥川の『庭』という短編小説の中に、井月が登場します。その部分を読んでみましょう。

それはこの宿《しゅく》の本陣《ほんじん》に当《あた》る、中村《なかむら》と云《い》う旧家《きゅうか》の庭《にわ》だった。（中略）

家督《かとく》を継《つ》いだ長男《ちょうなん》は、（中略）文室《ぶんしつ》と云《い》う、癇癖《かんぺき》の強《つよ》い男《おとこ》だった。病身《びょうしん》な妻《つま》や弟《おとうと》たちは勿論《もちろん》、隠居《いんきょ》さえ彼《かれ》には憚《はばか》っていた。唯《ただ》その頃《ころ》この宿《しゅく》にいた、乞食宗匠《こじきそうしょう》の井月《せいげつ》ばかりは、度々《たびたび》彼《かれ》の所《ところ》へ遊《あそ》びに来《き》た。長男《ちょうなん》も不思議《ふしぎ》に井月《せいげつ》にだけは、酒《さけ》を飲《の》ませたり字《じ》を書《か》かせたり、機嫌《きげん》の好《よ》い顔《かお》を見《み》せていた。「山《やま》はまだ花《はな》の香《か》もあり時鳥《ほととぎす》、井月《せいげつ》。ところどころに滝《たき》のほのめく、文室《ぶんしつ》」――そんな附合《つけあい》も残《のこ》っている。(中略)

庭《にわ》は二年三年《にねんさんねん》と、だんだん荒廃《こうはい》を加《くわ》えて行《い》った。池《いけ》には南京藻《なんきんも》が浮《う》び始《はじ》め、植込《うえこ》みには枯木《かれき》が交《まじ》るようになった。(中略)

当主《とうしゅ》はそれから一年余《いちねんあま》り後《のち》、夜伽《よとぎ》の妻《つま》に守《まも》られながら、蚊帳《かや》の中《なか》に息《いき》をひきとった。「蛙《かわず》が啼《な》いているな。井月《せいげつ》はどうしつら?」――これが最後《さいご》の言葉《ことば》だった。が、もう井月《せいげつ》はとうの昔《むかし》、この辺《へん》の風景《ふうけい》にも飽《あ》きたのか、さっぱり乞食《こじき》にも来《こ》なくなっていた。(後略)

(大正十一年六月『庭』より)

小説ですので、あくまでフィクションですけれども、大きな庭のある旧家に、井月がときどき来ては酒を飲んでいった様子が描かれています。

そして、井月が「五七五」を作り、その家の主人が「七七」を付ける場面があるでしょう。このような遊びを、附合《つけあい》とか、連句《れんく》といいます。

山《やま》はまだ花《はな》の香《か》もあり時鳥《ほととぎす》　井月
ところどころに滝《たき》のほのめく　文室

【山にはまだ桜の花の香りも残っていますが、ホトトギスが夏を告げています。ところどころに滝がちらほらと見えます。】

のちの研究で、残念ながらこれは井月ではなく、別人の作だということが判明していますが、当時の風流人たちは、このように句を付け合って、楽しんでいたのでしょう。

五七五のほうを「長句」、七七のほうを「短句」といいます。長句に短句を付けたり、逆に短句に長句を付けたりするわけです。

《二句から成る連句》

次の例は、上伊那《かみいな》郡河南《かなみ》村押出《おしだし》で商店をやっていた、霞松という人とおこなった附合です。

心《こころ》よき水《みず》の呑場《のみば》やさし柳《やなぎ》　霞松
雁《かり》の帰《かえら》ぬうちに乙鳥《つばくろ》　井月

（井月全集362、453・新編365、571）

【心地よい水の飲み場に、柳の挿し木がしてあります。雁の帰らないうちにつばめがやってきました。】

春の水辺の、心地よい景色です。

そこに井月は、「北へ帰ってゆく雁と、南からやってきたつばめが、同時にいる様子」を付けました。ああ、季節が春へと移り変わってゆく瞬間だなあ、という感動を盛り込んだわけです。

なお、このとき霞松は、井月が句を付けるスピードの速さに驚いた、と伝えられています。きっと達人技だったのでしょう。

さてこの附合は、井月が上伊那郡美篶《みすず》村に戸籍を作ったことを祝って作られたものだそうです。つまり、次のような「裏の意味」が込められていると推測できます。

・よそからやって来て、伊那谷に根付いた井月のことを、「柳」の挿し木にたとえたのだろう。井月のフルネームは「柳の家 井月」である。
・井月は、故郷の越後へ帰る帰ると言いながら、いつまでも帰らずにいた。そして自分のことを「帰り遅れたつばめ」だと言っている。
・つまり、「井月さん、あなたは良い場所に落ち着きましたね」「そうです、私のような渡り鳥たちも、好んでここにやって来ています」という意味だと解釈できるだろう。

しかし、こんな解釈は、当事者でないと解らないでしょう。連句は、相手がいる文芸です。つまり「相手にしか面白さが解らない」「他人が読んでも、解釈が難しい」ということが、間々あると思われます。

◇

次の例は、上伊那郡手良《てら》村野口の、文軽という人とおこなった附合です。

さし引《ひき》の汐《しお》にしたがふ千鳥哉《ちどりかな》　文軽
掛乞達《かけごいたち》のわびる北《きた》かぜ　井月
（井月全集449・新編357）

【潮の満ち引きに合わせて、千鳥が来たり去ったりしています。代金の取り立ての人たちが、北風の中で困っています。】

潮が引くと、浜に千鳥が集まってきて、えさを探している様子でしょう。千鳥は冬の季語です。

掛乞とは、年末に代金の取り立てに来る人のことです。つまり井月は、「冬に来るトリといえば、千鳥と借金取り」だと連想したのでしょう。「わびる」にはいろんな意味がありますが、ここでは「困惑する」という意味に解釈してみました。なかなか代金を支払ってもらえない様子でしょう。

◇

次の例は、上伊那郡東春近村田原《ひがしはるちかたわら》の、鶯娯という人とおこなった附合です。

封《ふう》を切《きれ》ば光《ひか》り放《はな》つや雛《ひな》の面《つら》　鶯娯
露《つゆ》も翻《こぼ》るゝ白桃《しらもも》の花《はな》　井月
（井月全集459・新編377）

【ひな人形の封を切れば、お顔から光があふれるようです。白い桃の花から、露もこぼれます。】

封を切るということは、新しいひな人形だと思われます。初節句のうれしい気持ちが想像できます。

ひな祭りは「桃の節句」とも呼ばれますので、井月は桃の花の様子を付けました。

《三句から成る連句》

次の例は、上水内郡《かみみのち》日高村下長井《しもながい》で神主をしていた甫山という人が、井月と戯れておこなった附合です。

井坊《せいぼう》の頭《あたま》をはるの月夜哉《つきよかな》　甫山
　空《そら》の涙《なみだ》に蛙《かわず》手《て》をつく　井月
糸柳《いとやなぎ》こらへ《え》袋《ぶくろ》の口《くち》縫《ぬっ》て　甫山

（井月全集373・新編581）

【井月の坊主頭を、春の月夜に叩《たた》いてみました。空が涙をこぼし、蛙《かえる》が手をついて喜んでいます。しだれ柳が、堪忍袋の口を縫ってこらえています。】

井月は頭がはげ上がっていたといいます。そして「頭をはる」は、頭を叩くという意味ですが、それを「春」とかけています。いわゆる掛詞《かけことば》です。

第二句では、頭を叩かれて涙を流す様子を、空から雨が落ちる様子にたとえて、蛙が喜んでいる様子を付けたのでしょう。

第三句は、喜んだ蛙が、柳の枝に跳び付こうとしている様子を連想したのでしょう。もちろん柳は「柳の家井月」のことと思われます。

あくまでおふざけで作ったものでしょうが、全体では、「井月さんの頭を叩いたらどうなりますかね」「涙がこぼれて、みんなが喜ぶでしょう」「でも井月さんのことだから、黙ってこらえるでしょうね」といった内容と解釈できます。口数少なく、決して怒らず暮らしていた、井月の人柄がしのばれる附合です。

ちなみに甫山という人は、大正八年ごろ、井月の消息をたずねてはるばる伊那谷までやってきて、お墓をお参りして帰ったそうです。

◇

次の例は、上伊那郡手良《てら》村に住んでいた、桂月という薬屋の家で作ったものだそうです。各句の下には名前が書かれていませんので、井月が一人で作ったのかもしれません。

薬《くすり》煉《ね》る窓下《まどした》ぬくし冬《ふゆ》の蝿《はえ》

寒《さむ》さまけなく牡丹《ぼたん》咲《さき》たつ
命《いのち》さへ人《ひと》の情《なさけ》に杖曳《つえひい》て

（井月全集276・新編453）

【薬を調合している窓の下は、温かくて冬の蝿が来ています。寒さに負けず寒牡丹も咲いています。私の命も、人の情けに助けられ、旅の杖をひいて暮らしています。】

冬の蝿は、飛び立たずにうろうろしているでしょう。居心地のよい伊那谷でうろつき回っている自分自身のことを、冬の蝿にたとえたのかも知れません。

第二句は、冬に頑張って生きている蝿の様子から、冬に頑張って咲いている寒牡丹を連想して付けたのでしょう。

寒牡丹は、わらで囲いを作り、人が手間をかけて咲かせるものです。そこで第三句は、「ちょうど私が人の情けによって生かされているのと同じですね」という意味を込めて付けたのでしょう。

◇

次の例は、上伊那郡手良《てら》村に住む文軽・田畝という人たちとおこなった連句です。

傾城《けいせい》の山葵《わさび》に落《おと》す泪《なみだ》かな　文軽
小判抛《こばんなげう》つ春《はる》の夜《よ》の興《きょう》　井月
家《や》根《ね》に来《き》て鳩鳴声《はとなくこえ》に目《め》の覚《さめ》て　田畝

（井月全集452・新編364）

【花街の女性が、わさびに涙を落としています。小判をなげうって春の夜の楽しみを買いました。しかし、屋根に来た鳩の鳴き声で、目が覚めてしまいました。】

傾城とは、国王が夢中になって城が傾いてしまうほどの美女、という意味ですが、ここでは花街で働く女性のことと解釈してみました。お客さんといっしょに、寿司か何かを食べている場面でしょう。

第二句では、大金を出して、その美女と過ごす楽しい時間を買った、という様子を付けました。

第三句では、そんな楽しい春の夜も、鳩の鳴き声で明けてしまった、という様子を付けたのでしょう。

もちろん、井月自身が小判をなげうって女性と遊んだとは考えられず、あくまでフィクションとして作ったものと思われます。

◇

次の例は、上伊那郡東《ひがし》春近《はるちか》村の竜洲という人の家でおこなったものです。十人以上が参加した連句だったようですが、最初の三句だけが伝わっています。

廻《まわ》り来《き》てその跡《あと》見《み》せよ蝸牛《かたつむり》　竜洲
　繭《まゆ》ともならぬ身《み》の果《はて》しなき　井月
文《も》字《じ》少《すく》なこと葉《ば》少《すくな》にもの書《かい》て　鶴子

（井月全集415・新編619）

【かたつむりよ、回ってきて歩いた跡を見せなさい。繭にもならず、身が朽ち果てることがありません。文字も言葉も少なく物を書いています。】

はい回るかたつむりの様子ですが、「井月さんはかたつむりのように、村々をぐるぐる回って暮らしていますね」という意味を込めたのでしょう。

第二句は、蚕のように繭にもならず、かたつむりの固い殻は朽ち果てることがない、という意味だと思われます。つまり井月は、「かたつむりのように、しぶとく生きていますよ」と付けたのでしょう。

第三句は、文字も言葉も少ない俳句のことでしょう。「井月さんは俳句を書いて、無口に暮らしていますね」という意味だと思われます。

◇

次の例は、上水内《かみみのち》郡七二会《なにあい》村笹平《ささだいら》の、悦燕・原逸という人たちとおこなった連句です。

鴨《かも》の啼田《なくた》もはさまりし隣《となり》かな　悦燕
　時雨《しぐれ》をさそふ《う》風呂《ふろ》の拍木《ひょうしぎ》　井月
染《そめ》むらを直《なお》さす絹《きぬ》（？）の隙《ひま》どりて　原逸

（井月全集未収録・『家づと集』所載）

【隣の家との間にある田んぼでカモが鳴いています。

風呂の拍子木がしぐれを誘うかのように鳴りました。絹の染めムラを直すのに手間取っています。】

田んぼをはさんだ隣、ということですから、家もまばらな村の様子でしょう。静かな冬の日に、カモの声だけが聞こえています。

第二句は、なぜか拍子木が聞こえてくる様子を付けました。風呂屋で背中を流す人を呼ぶために打つ拍子木です。しかしこんな静かな村では、拍子木を打っても誰も来ず、風呂の湯ではなくて冷たいしぐれが田んぼに降りそそぐだけ、といった意味でしょう。

第三句は、染物屋の様子に場面を転換しました。雨は染物屋にとって大敵ですから、しぐれの季節はなかなか仕事がはかどらないのでしょう。

《連句のおよその構造》

これまで見てきた例は、二句や三句で終わっていましたが、もっと長くつなぎ合わせて、六句とか、十八句とか、三十六句とかで、一巻の作品にするのです。

例を見ましょう。上伊那郡伊那町福島《ふくじま》の、富哉という人とおこなった連句です。

掛取《かけとり》の来《く》る片里《かたざと》やぬかり道《みち》　富哉
　寒《かん》のゆるみを梅《うめ》の花咲《はなさく》　井月
舟渡《ふなど》迄《まで》市《いち》の戻《もど》りの苞提《つとさげ》て　富哉
　何《なに》を言《いっ》ても歯《は》から飜《こぼ》るゝ《る》　井月
年毎《としごと》に月《つき》の筵《むしろ》を織溜《おりため》る　富哉
　瓢《ふくべ》の種《たね》を印《しるし》して置《おく》　井月

（井月全集450・新編359）

この配列には細かい決まりがあって、とても全部は書ききれませんが、少しだけ書いておきます。

・一句目は「発句《ほっく》」といって、いま現在の季語を入れ、切れを入れて作る（これが俳句の起源である）。
・二句目は「脇《わき》」といって、発句と同じ季節で風物を付け加える。
・三句目は「第三」といい、大きく場面を変えて、「て」で終わらせることが多い。これを「て止まり」という。

・五句目は「月の定座《じょうざ》」といい、月の話題を入れる。
・同じ文字や、似たような言葉が続くのは「差合《さしあい》」といって、避けなければならない。
・二つ前の句を「打越《うちこし》」といい、打越と同じ趣向の句を付けてはいけない。
・話題は常に変化させる。同じ話題に戻ってしまうことを「輪廻《りんね》」といい、嫌われる。
・ほかに、「花の定座」とか「恋の句」を入れる決まりもある。

しかし、こういった連句の構造をきちんと理解し、その上で鑑賞するのは、現代人にとって難しいことだと思いますし、あまり興味がわかない人も多いでしょう。

そこで、まことに残念ですが、連句の構造は考えに入れず、単純に「前の句に対して、後の句をどう付けたか」という一点にしぼって、これから鑑賞していきたいと思います。

掛取《かけとり》の来《く》る片里《かたざと》やぬかり道《みち》　　富哉

寒《かん》のゆるみを梅《うめ》の花咲《はなさく》　　井月

【代金の取り立ての人が、ぬかるんだ道を歩いて、片田舎《いなか》の里までやってきました。寒が緩んだので、梅の花が咲きました。】

掛取とは、年末に代金の取り立てに来る人のことで、掛乞《かけごい》とも言います。旧暦では、年末年始のあたりが立春ですから、少し雪が解けはじめ、道がぬかるんでいる様子なのでしょう。

井月は、寒さが緩んで梅の花が咲いた様子を付けました。

舟渡《ふなど》迄市《までいち》の戻《もど》りの苞提《つとさげ》て　　富哉

何《なに》を言《いっ》ても歯《は》から翻《こぼ》るゝ《る》　　井月

【舟の渡し場まで、手土産《みやげ》を提げて市《いち》から戻ってきました。何を言っても歯からこぼれてしまいます。】

寒がゆるんだので、市まで買い物に行った帰りの様子でしょう。

井月は、舟の渡し場が寒くて、歯がガタガタ震えてうまくしゃべれない様子を付けたのでしょう。あるいは、歯が抜けているのかも知れません。

年毎《としごと》に月《つき》の筵《むしろ》を織溜《おりため》る　富哉
瓢《ふくべ》の種《たね》を印《しるし》して置《おく》　井月

【毎年、月見に使うむしろを織り溜めました。ひょうたんからとった種だとわかるように、印をしておきました。】

歯の抜けた老人が、秋の夜なべ仕事に、むしろを織っている様子です。

井月は、むしろの上で、ひょうたんの種を干している様子を連想したのでしょう。秋の農家の暮らしぶりが描かれた附合です。

以上のように、本書では連句を「五七五・七七」の形に分解して掲載していますので、前後のつながりを追いながら読んでみて下さい。

本編

さてこれから、井月が残した六十七巻にもおよぶ連句を、ひとつずつ読んでいきましょう。

・連句は、読む人によって、いろんな解釈をしてよいものである。ここに記した解釈は、あくまで一例だと思っていただきたい。
・ふりがなの振り方も、あくまで一例である。もともと井月の原文に、ふりがなは無い。読む人によって多少読み方が違うのは当然であろう。
・地名は明治ごろのもので、現在では多くの村が合併している。人名（俳号）の読み方は全く分からないので、ふりがなは付けなかった。
・『井月全集第五版』と『新編井月全集』の、両方のページ番号を記しておいた。

一《文久三年『越後獅子《えちごじし》』所載。野笛は上伊那《かみいな》郡東伊《ひがしい》那《な》村の人。井月全集135・新編204》

（身《み》にかゝ《か》りし去年《きょねん》のぬれ衣《ぎぬ》も着更《きがえ》る日《ひ》とはなりにければ）

晴《はれ》たれば声猶高《こえなおたか》しほとゝ《と》ぎす　野笛
雫重《しずくおも》げに見《み》ゆるわか竹《たけ》　井月

【雨が上がったので、ホトトギスの声がいっそう高く聞こえてきます。若竹に、重たそうにしずくが付いているのが見えます。】

ホトトギスは夏の到来を告げる鳥。テッペンカケタカ、という甲高《かんだか》い声で鳴きます。

そこへ井月は、若竹を付け加えました。しずくが付いている様子を描くことで、雨上がりの景色をいっそう引き立たせています。

この附合には、当事者にしか解らない「裏の意味」があったようです。井月が、なにか事件の濡《ぬ》れぎぬを着せられていたのでしょうか。その疑いが晴れたことを祝って作られたらしいのですが、詳しいことはもう誰にも分かりません。

米積《こめつみ》し船《ふね》の四五艘帆《しごそうほ》を揚《あげ》て　野笛
遠《とお》くへひゞ《び》くから臼《うす》のうた　井月

【米を積んだ船が四～五艘、帆をあげています。唐臼をつく人の作業歌が、遠くまで響いています。】

「重げ」から、米の輸送船の風景に転換しました。活気ある豊年のイメージを連想させてくれます。

　そこへ井月は、地上の農民の活気ある様子を付けました。唐臼は、人が乗って足で踏んでつく臼のことで、米や豆などの脱穀に使われました。作業のリズムをとるために、民謡が歌われたのでしょう。

豊《ゆたか》さの鍬《くわ》をかたげて畑《はた》の月《つき》　野笛
黒漬売《くろづけうり》に宿《やど》を貸《か》す秋《あき》　井月

【豊年の秋、くわをかたげて畑で月を見ました。黒漬け売りの行商がやってきて、宿を貸す秋です。】

　唐臼で脱穀を終えた農夫の様子です。よく働いてくれたくわと一緒に、月を見ているのでしょう。「かたげる（＝担げる・傾げる）」には、肩に乗せるという意味と、斜めにするという意味の二つが込められています。

　そこへ井月は、行商人を付けました。黒漬けがどんなものか分かりませんが、秋になると毎年やってくる、なじみの行商人なので、宿を貸したということなのでしょう。

二《文久三年『越後獅子』所載。雪庭・紫川は上伊那郡高遠《たかとお》町の人。井月全集135・新編205》

木《こ》の間《ま》から滝《たき》の見《み》え透《す》く納涼《のうりょ》かな　雪庭
団扇《うちわ》の風《かぜ》に消《きえ》しほたる火《び》　井月

【木々のあいだから、向こうの滝が透けて見える納涼です。うちわであおぐ風に、ふっと蛍火が消えました。】

　納涼とは、涼しさを工夫して創り出すことで、たとえば夕方に屋外へ出たり、どこか涼しいところへ出かけたり、冷たい酒を飲んだり、といったところでしょう。

納涼ですから、きっと人々は手にうちわを持っていたでしょう。そこで井月は、うちわの風に追われる蛍を連想して付けました。夕刻からやや時間が進んで、宵闇のころの風景に移りかわっています。

書《しょ》を好《この》む家《いえ》は墨絵《すみえ》の軸《じく》かけて　紫川
名《な》ひろめせねど殖《ふえ》る突合《つきあい》　雪庭

【書が好きな家では、墨絵の掛け軸を掛けています。世間に名広めしていないのに、つきあいが増えました。】

蛍の光で書物を読んだという故事から、「書を好む家」を付けました。

雪庭は、座敷か茶室を連想し、そこで行われる人づきあいのことを付けました。

月影《つきかげ》のとゞ《ど》く許《ばか》りに杵《きね》の音《おと》　井月
投出《なげだ》す苞《つと》の松露《しょうろ》こぼるゝ《る》　紫川

【月の光が地上の隅々まで届くように、きねの音が響き渡っています。投げ出した手土産《みやげ》から、丸い松露がこぼれ出ました。】

「突合」から、きねを突く音を付けました。月のうさぎの餅つきのイメージでしょうか。あるいは砧《きぬた》といって、わらや布を叩《たた》く夜なべ仕事のことかも知れません。

紫川は、月見の客が持ってきた手みやげを連想して付けました。松露とは、松林に生える白くて丸いきのこですが、現在ではほとんど見かけません。

連立《つれだっ》て駒《こま》の迎《むかえ》の賑《にぎや》かさ　雪庭
茶《ちゃ》を煮《に》る店《みせ》の簾《すだれ》新《あた》らし　井月

【馬で連れ立って、にぎやかに迎えに来てくれました。道中の茶店のすだれが新しくなりました。】

手みやげを持った人を迎えに行く様子でしょう。

井月は、それを初夏の道中の風景と見て、茶店を付け加えました。これから本格的な夏を迎えるにあたって、すだれを新しくし、新茶をいれているのでしょう。さわやかな風景に仕上がっています。

大原女《おはらめ》のいつもくづ《ず》さぬ抱帯《かかえおび》　紫川
笠《かさ》に昔《むかし》をしのぶ浪人《ろうにん》　雪庭

【大原女は、いつも抱え帯を崩さずに、まきを売り歩いていています。笠をかぶった浪人は、昔をしのんでいます。】

茶を煮る様子から、まきを連想しました。大原女とは、まきを頭の上に載せて売り歩いた、京の街の行商の女性です。歩きやすいように、着物のすそをたくし上げて、抱え帯で締めたのでしょう。

雪庭は、そんな京都の街の風景に、浪人を添えました。幕末ですから、尊皇攘夷《そんのうじょうい》思想の浪人たちが、京都をうろうろしていたのでしょう。

売《う》れ残《のこ》る河豚《ふぐ》に直《ね》うちは有《あり》ながら　井月
何処《どこ》もかしこも鐚《びた》の不自由《ふじゆう》さ　紫川

【売れ残ったふぐにも、まだまだ値打ちはあります。世の中どこもかしこも銭が足りないようです。】

仕事にあぶれた浪人から、売れ残ったふぐを連想しました。

そこに紫川は、庶民の財布事情を付けたのでしょう。鐚《びた》とは、鉄製の粗悪な銭のことです。小銭にすら不自由している様子なのでしょう。あるいは、幕末の開国によるインフレの世相を詠んだのかも知れません。

空癖《そらぐせ》を皆《みな》かたよせる月《つき》のてり　雪庭
とつと《と》ゝ落《おち》る梯子田《はしごだ》の水《みず》　井月

【空模様を心配しながら、肩寄せ合って月を見上げている人たちを、月の光が照らしています。しかし秋の棚田の水は、とっとと落ちていきます。】

お金に不自由しているけれども、肩寄せ合って暮らす、庶民の様子です。空癖とは、その季節に特有の、天候の癖のことだと解釈すればよいでしょう。

梯子田は棚田のことで、井月は小さな田んぼ一枚一枚に月が映っている景色を想像したのでしょう。しかし田んぼの水を抜いてしまうと、もう月が映るのを見られなくなってしまいます。人の気持ちなどお構いなしに「とっとと」落ちて行く水の様子です。

哀《あわ》れさは妻乞鹿《つまごいじか》の声〳〵《こえごえ》に　紫川
　明六《あけむ》つ前《まえ》に起《おき》る旅僧《たびそう》　雪庭

【雌を呼ぶ鹿の声々が、哀れさを誘います。午前六時前に、旅の僧は目を覚ましました。】

田んぼの水を落とす秋に対して、鹿の声を付けました。夜の山々に「ピーィ」とこだまします。

雪庭は、野宿をする旅の僧が、鹿の声に目を覚ました様子を付けました。

花《はな》ざかり下戸《げこ》も上戸《じょうご》も打交《うちまじ》り　井月
　半揃《なかばぞろ》ふた雛《ひな》の手道具《てどうぐ》　紫川

【花盛りの季節、酒を飲める人も飲めない人も入り交じっています。ひな人形の手道具も大体そろいました。】

旅の僧が、花見の席に加わる様子です。

それを紫川は、ひな祭りの風景に転換しました。旧暦の三月三日は、現在の四月中旬ですので、ちょうど信州では花見の季節と重なります。

三《文久三年『越後獅子』所載。桂雅は上伊那郡南向《みなかた》村四徳《しとく》の人。井月全集137・新編206》

養《やしな》ひ《い》の届《とど》きあふ《おう》せて落《おと》し水《みず》　桂雅
　遠《とお》い砧《きぬた》をはこぶ月代《つきしろ》　井月

【栄養が稲にゆき届いて、田んぼの水を落とす日になりました。月の光が、遠くで砧を打つ音を運んできます。】

収穫期を迎えた稲の様子でしょう。

砧とは、わらや布を打つのに使われる、木製の道具です。昔は夜になると、あちこちの家からトントントンという音が聞こえてきたのでしょう。田んぼの水を落とす音に、砧の音。つまり井月は、音に対して音を付けたのだと思われます。どちらも秋らしい音です。

茸狩《たけがり》の客《きゃく》に勝手《かって》は取込《とりこみ》て　桂雅
碁盤《ごばん》の脚《あし》を大切《たいせつ》にもつ　井月

【きのこ狩りの客が来たので、台所は取り込んでいます。ご主人は碁盤の脚を大切にかかえて運んでいきます。】

月見の秋から、きのこ狩りの秋に転じました。料理を作るのに忙しい台所の風景です。

井月は、「料理ができるまでの間、客と碁を打って過ごそうというご主人」を付けました。碁盤は結構高価ですし、ご主人の自慢の品なのでしょう。

暫《しばらく》は老《おい》も湯婆《たんぽ》にたすけられ　桂雅
春待兼《はるまちかね》る籠《かご》のうぐひ《い》す　井月

【老いた体には、ここしばらくの寒さが厳しくて、湯たんぽに助けられて過ごしました。籠のうぐいすも、春を待ちかねています。】

碁盤をかかえていたのは、湯たんぽが手放せない老人だと付けました。きっと春が来るのを待ちわびているでしょう。

そこに井月は、うぐいすを付け加えました。春を告げる鳥として知られていますが、自然のうぐいすはそんなに早く鳴くものではありません。籠で飼育して、早く鳴くように世話することが、一種の趣味として行われていたようです。

四《文久三年『越後獅子』所載。斧年・清暉は上伊那郡片桐村田島《たじま》の人。井月全集137・新編207》

時《とき》のもの売戸《うると》見廻《みまわ》る扇《おうぎ》かな　斧年
苔《こけ》の香《か》かよふ朝《あさ》の打水《うちみず》　井月

【季節のものを売っている店を、扇を持った旦那が見回っています。朝の打ち水に、苔の香りがします。】

扇が見回るわけがないので、ここでは「扇を手に持った店の主人」のことだと解釈してみました。夏の暑いころの風景です。

井月は、これを開店前の朝のことと見て、「打ち水」を付けました。苔の香りが、夏の風景を引き立てています。

頼母《たのも》しき山《やま》の曇《くもり》の皆兀《みなはげ》て　野外
ひとりの旅《たび》はすべて気《き》さんじ　清暉

【頼もしい山の曇りはみな晴れてしまいました。一人旅は、すべて気楽なものです。】

さわやかな夏の朝に対し、日中の暑さを付けました。「頼もしき曇り」とは、暑い夏なので、雲が出ているほうが有りがたいという意味なのでしょう。

清暉は、旅人を付けました。晴れても曇っても、どうせ一人だから気楽に旅をしよう、といった様子です。

さび鮎《あゆ》のあぶらも落《おち》ぬ月見過《つきみすぎ》　井月
荻《おぎ》は遠音《とおね》を持《もち》そめるころ　斧年

【脂ののった落ち鮎の季節も終わり、月見の季節も過ぎました。荻がサラサラと遠くで音をさせ始めるころになりました。】

気ままな一人旅を続けて、季節がいつしか秋になっていた様子です。さび鮎は、産卵のために川を下る秋の鮎のことで、脂がのって美味《おい》しいのでしょう。

そんな時期も過ぎたころの風景に、斧年は河原の荻を付け加えました。すすきの仲間であり、そのさらさらとした音は「荻の声」という秋の季語になっています。

潮染《しおそめ》てたき木《ぎ》の烟《けむ》る小屋《こや》の秋《あき》　清暉
身《み》の上《うえ》ばなしふつ《っ》と途切《とぎ》るゝ《る》　野外

【潮染《うしおぞ》めをしている小屋で、たき木が煙っています。身の上話が、ふっと途切れました。】

荻《おぎ》の秋も深まって火をたく季節になりました。潮染めとは、浴衣《ゆかた》などに模様を染める作業のことと思われます。

その染物小屋で、たき木を燃やして温まりながら、職人たちが身の上話をしている様子なのでしょう。話がふっと途切れた静寂に、どんな音が聞こえてきたのでしょうか。

約束《やくそく》の下駄《げた》の歯鳴《はなり》も常《つね》ならず　斧年
おもふた程《うほど》は荒《あれ》ぬ木《こ》がらし　井月

【いつも聞こえる下駄の音も、今日は普通ではありません。しかし、思ったより木枯らしは荒れませんでした。】

会話がふっと途切れ、聞こえて来たのは下駄の音でした。毎日決まった時間にやってくる人なのかも知れません。それが、今日は慌ただしく聞こえてくる、といった様子です。大事件でしょうか。

しかし井月は、「木枯らしが吹きつけて、慌てて走る下駄の音」を連想し、さらに「思ったほどではなかったですね」と、はぐらかしたわけです。

本宮《ほんぐう》に続《つづ》く末社《まっしゃ》も御留守《おるす》めき　野外
齢《とし》に似合《にあわ》はぬ馬《うま》の奇麗《きれい》さ　清暉

【本宮に連なって境内に祀《まつ》られている末社も、お留守のようです。歳に似合わない、きれいな馬に乗って出かけていきました。】

木がらしの吹く神無月《かんなづき》の様子です。全国の神々が、出雲《いずも》大社へ集まるので、どこの神社も留守になるわけです。末社は、大きな神社に附属する、祠《ほこら》のような小さな神社のことです。

清暉は「お留守」という言葉から、きれいな馬に乗って出かける様子を付けたのでしょう。

それとなく月《つき》もてはやす料理《りょうり》ぐさ　井月
三人《さんにん》ながらきぬためづ《ず》らし　斧年

【それとなく月をもてはやすような料理です。どこから砧《きぬた》を打つ音が聞こえてきますが、ここにいる三人とも、砧の音は珍しいと言っています。】

馬でやって来た老人を、もてなす様子です。料理ぐさは、料理の材料のことでしょう。団子とか、芋とか、それとなく月見のような料理が出てきて、喜んでいるのでしょう。

そこへ斧年は、砧の音を付けました。かつては、秋の月夜にどこでも普通に聞こえた音ですが、もはや珍しい音になってしまったという、時代の流れを感じさせる内容になっています。

折曲《おれまが》り紅葉《もみじ》の中《なか》をよぶ筧《かけい》　清暉
是《これ》から先《さき》は五十丁《ごじゅっちょう》みち　野外

【もみじの中を折れ曲がりながら、筧で水を引いてあります。これから先は五十丁続く道のりです。】

砧《きぬた》の音に対して、筧の水音を付けました。竹などで水路を作って、庭へ水を引いてくるもので、風流な庭園の風景なのでしょう。

野外は、「折れ曲がる」から「長い道のり」を連想して付けました。一丁は「一町」とも書き、およそ一〇九メートル。五十町ということは、五キロ半くらいです。

雪《ゆき》の花春《はなはる》めく笠《かさ》の重《おも》りにて　斧年
駒鳥《こま》の高音《たかね》に茶柱《ちゃばしら》の澄《すむ》　井月

【春めく笠に飾った雪の花が重たいです。コマドリの甲高《かんだか》い鳴き声が聞こえ、澄んだお茶に茶柱も立ちました。】

五十丁の道のりを、笠をかぶって旅する様子です。「雪の花」は冬の季語で、ここでは笠に積もった雪を、花飾りに見立てたのでしょう。

井月は、旅人が茶屋で休んでいる様子を付けました。コマドリは夏の季語で、雪の季節に合いませんが、もしかしたら、「こまのたかね」は「駒ヶ岳の高い峰」のことではないでしょうか。重い笠を持ち上げて、峰を眺めた様子かも知れません。

菜畑《なばたけ》の虫《むし》とりつくす弥生尽《やよいじん》　野外
瓢《ひょう》たんの荷《に》の風《かぜ》にふらつく　清暉

【菜畑の虫を、弥生の末日に取り尽くしました。荷物のひょうたんが風にふらついています。】

コマドリが、虫をついばむ様子でしょうか。弥生尽は、旧暦の三月末日のことで、明日から四月、つまり夏になろうという日です。「尽」と「とりつくす」を掛けてあるのでしょう。

清暉は、農夫が腰にひょうたんを提げて畑仕事に出かける様子を付けたのでしょう。

いつを世《よ》に出《いず》べきことのはかなくて　井月
逢《あう》は名《な》のみに明《あけ》る短《みじ》か夜《よ》　斧年

【いつ世の中に出るべきか、心細いです。二人が逢うといっても名ばかりの、短い夜が明けます。】

ひょうたんのようにふらふらして、なかなか世の中に出て行かない人のことだと思われます。伊那谷でぐずぐず暮らしていた、井月自身のことのような気もしてきます。

それを斧年は、「私たちの関係を、いつになったら世間に公表してくれるのでしょう、心細いです」という恋の場面に転換し、「二人が逢えるのは短い夜だけ」だと付けました。

木《き》の動《うご》くたびに花柚《はなゆ》の匂《におう》ふなり　清暉
手《て》がはり《わ》のなき曳船《ひきぶね》の綱《つな》　野外

【木が動くたびに柚子《ゆず》の花が匂ってきます。手を持ち替えることなく、船の綱を引っぱり続けました。】

「短か夜」に対し、夏の季語である花柚を付けました。

曳き船とは、川や水路の岸で、綱をひっぱって船を牽引《けんいん》することです。なぜ、柚子に対して曳き船を付けたのでしょう。柚子の木は、枝が上へ伸びると実がつきづらいという性質があります。ですから、枝の先に綱をつけて、下へ引っ張って固定します。それで船を引っ張る様子を連想したのでしょう。

美《うつく》しき日本晴《にっぽんばれ》に腹《はら》のすき　斧年
翦《きり》し小鷹《こたか》を尋《たず》ね倦《うみ》けり　井月

【美しい日本晴れに腹がすきました。失った小鷹を探すのにも飽きました。】

船を引っ張る仕事をして、腹が減った様子です。

井月は、「この広い空のもと、小さな鷹を探し回る人」を付けました。鷹狩りでしょうか。主君が大事にしている鷹なので、家来たちが一生懸命に探し回っているのでしょう。日本晴れの大空を見て、探し回るのが馬鹿馬鹿しくなってきた気持ちも想像できます。

赤《あか》くなる野寺《のでら》の柿《かき》のもぎ残《のこ》り　野外
　囉《もろう》ふた酒《さけ》にことの足《た》る月《つき》　清暉

【野寺の柿が、赤く熟したまま、もがれずに残っています。月見の宴は、もらった酒で足りました。】

鷹《たか》を探して歩き回っていたら、野寺の柿を見つけたのでしょう。たくさん実って、じゅうぶん足りているので、あとは木についたまま残されている様子です。

清暉は、柿の実る秋の風景に対して、月を添えました。柿が足りている様子から、酒が足りている様子を連想して付けたのでしょう。

端謡《はうたい》も気《き》の養《やしな》ひとはり上《あげ》て　井月
　此清《このきよ》きのに魚《うお》すまぬ川《かわ》　斧年

【端唄《はうた》（流行歌）を歌うのも元気の源だと、声を張り上げています。この清き流れに、なぜ魚が住まないのでしょう。】

もらった酒を飲んで、歌が出た様子でしょう。

斧年は、「こんなにきれいな声なのに、なぜみんなほめてくれないのだろう」という様子を連想し、「こんなきれいな川なのに、なぜ魚が住まないのだろう」と付けました。皮肉とユーモアが効いた付け句です。

くだ物《もの》もたま〱《たま》売《うれ》る板庇《いたびさし》　清暉
　紙燭《しそく》たすけに燃《もや》すひでの灯《ひ》　野外

【板庇のある寂れた家で、たまに果物が売れることがあります。紙燭の小さな火をたよりに、ヒデを燃やしています。】

魚の住まない寂しい川に対して、寂しい板庇を付けたのでしょう。『新古今和歌集』に「人住まぬ不破《ふわ》の関屋《せきや》の板廂《いたびさし》荒れにしのちはただ秋の風」という歌があります。ですので、「板庇」は秋の荒れ寂れたイメージを連想させる歌語（和歌の言葉）として使われるのだそうです。

紙燭は、細い手持ち用の明かりのことです。「ヒデ」とは、松の木の脂分の多いところのことで、松明《たいまつ》に使われます。果物のわずかな儲《もう》けで暮らす様子に対し、小さな火で明かりをともす様子を付けたのでしょう。

脱替《ぬぎかえ》る木綿衣《もめんごろも》の気置《きおき》なく　斧年
河内《かわち》の状《じょう》のとゞ《ど》く如月《きさらぎ》　井月

【木綿の衣を、心置きなく着替えました。河内から手紙が届いた二月《きさらぎ》です。】

紙燭《しそく》のつましい明かりに対し、つましい木綿の着物を付けました。絹にくらべると、木綿は安いので、心置きなく普段使いができます。

井月は、木綿といえば河内の名産だと連想したのでしょう。その河内から二月に手紙が届いた、ということですが、旧暦の二月は「きさらぎ」といい、「如月」のほかに「更衣」とも書きます。つまり、斧年の「脱替える」を受けて、「更衣」と付けた洒落《しゃれ》なのでしょう。

花七分《はなしちぶ》ひらく運《はこ》びの色《いろ》になり　野外
蜂《はち》も蝶《ちょう》〳〵《ちょ》に交《まじ》る親《した》しさ　清暉

【桜の花が、七分咲きの色合いとなりました。蜂も蝶も親しく交じって飛んでいます。】

河内から届いた手紙には、花の便りが書いてありました。「運び」とは、段取りが進んだ様子です。つぼみから、咲き始め、三分咲き、五分咲き、七分咲き、と段取りを踏んできたわけです。

清暉は、蜂や蝶を付け加えました。もちろん人間も、親しく交わって酒を酌み交わすのでしょう。

五《文久三年『越後獅子』所載。巴扇は上伊那郡富県《とみがた》村貝沼の人。井月全集140・新編209》

卯《う》の花《はな》に明行空《あけゆくそら》や根《ね》なし雲《ぐも》　巴扇
山《やま》ほとゝ《と》ぎす啼《なき》つのるころ　井月

【卯の花が咲く初夏、明けゆく空に根なし雲が漂っています。山のホトトギスが盛んに鳴くころ。】

白い綿のような卯の花と、空にぽっかりと浮かぶ白い雲を取り合わせた風景です。

そこに井月は、ホトトギスの声を付け加えました。夏の訪れを告げる鳥です。

送《おく》り荷《に》の着《つい》た噂《うわさ》を早《はや》きゝ《き》て　巴扇
筵暖簾《むしろのれん》に字《じ》を太《ふと》くかき　井月

【送った荷物が着いたという噂を早くも聞きつけました。むしろやのれんに字を太く書きました。】

ホトトギスが鳴く頃、送った荷物が届いた、という様子です。

井月は、「新しい商品が届いたので、太い字で看板を書いた」という様子を付けました。看板といっても、ここでは板ではなく、むしろやのれんに書いた、ということでしょう。

月更《つきふけ》て庭《にわ》の床几《しょうぎ》に誰《だれ》も居《い》ず　巴扇
あとなくさめる中汲《なかくみ》の酔《よい》　井月

【月見の夜も更けて、庭の床几（折りたたみ式のイス）にはもう誰もいません。中汲みの酒の酔いも、跡形もなく醒めました。】

のれんのかかった料亭の様子を付けました。月見の宴のあとの、人が去った寂しさを描いた句でしょう。

そこへ井月は、「いい酒を飲んだのに、跡形もなく醒めてしまった」という虚しさを付けました。中汲みとは、酒の製造段階で絞るときの、真ん中あたりのバランスのとれた品質の酒のことです。


六《文久三年『越後獅子』所載。烏孝は上伊那郡南向《みなかた》村四徳《しとく》の人。井月全集141・新編210》

白牛《しろうし》を見《み》に行家《ゆくいえ》やけしの花《はな》　井月
そつ《っ》くり汗《あせ》のとれる行水《ぎょうずい》　烏孝

【けしの花が咲くころ、白い牛がいるという家へ見に行きました。そこでは、汗がまるごと取れる行水をしていました。】

けしは夏の花で、赤く咲きます。白い牛と赤い花の取り合わせが鮮やかな句です。

烏孝は、そこへ夏の風物である「行水」を付け加えました。人が水浴びをしているのかもしれませんが、ここでは牛の体を洗ってやっている景色を想像してみてもよいでしょう。

と《ど》ろ〳〵《どろ》と海《うみ》鳴《な》りのする空《そら》ぐせに　井月
　まき葉《は》烟草《たばこ》のかた減《べり》のする　烏孝

【どろどろと海鳴りがして、荒れそうな空模様です。巻きタバコを吸っていたら、片側だけが減ってしまいました。】

屋外で行水していたら、海鳴りが聞こえてきました。沖が荒れているときに、その波の砕ける音が沿岸に届いて聞こえる現象で、天候悪化の前兆とされています。

烏孝は、空模様を気にしながらタバコをくわえている様子を付けました。漁師さんでしょうか。斜め上を見ていたので、タバコの片側だけが燃えてしまったのでしょう。

懇《ねんごろ》に踊《おどり》教《おし》ゆる宵《よい》の月《つき》　井月
　紙緒《かみお》ぞうりの重《おも》き深露《ふかつゆ》　烏孝

【宵の月の下で、親切丁寧に踊りを教えています。紙を巻いて鼻緒にしたぞうりが、草深いところの露を吸って、重く感じました。】

たばこをくわえながら、盆踊りの練習を見てやっている様子でしょう。

そこへ烏孝は、秋の季語である「露」を付けました。草深いところについた露なのでしょう。昔は、ぞうりの鼻緒が切れると、和紙を巻いてつけたようです。

雑木《ざつき》の子着《こき》ござの端《はし》へ撰分《えりわけ》て　井月
　賽銭箱《さいせんばこ》に小鳥《ことり》あつまる　烏孝

【着ござを脱いで地面に敷いて、その上に取ってきた雑多なきのこを選り分けました。賽銭箱に小鳥が集まっています。】

露を踏み分けて採ってきたきのこを、並べて売ろうという様子でしょう。着ござとは、旅人や登山者などが、日よけ・雨よけのために、ござを背中に着用したものです。

烏孝は、それを神社の境内の風景と見て、賽銭箱を付けました。来るのは小鳥ばかりで、お客が来ない様子なのでしょう。

しらぬふりしては物干《ものほ》す片襷《かただすき》　井月
たまにはぬけてかよふ《う》嶋原《しまばら》　烏孝

【たすきを片がけした奥さんが、知らぬふりをして洗濯物を干しています。しかし、亭主がたまに家を抜け出して花街へかよっていることは、ちゃんとお見通しなのです。】

小鳥が寄って来る物干し台の様子に転じました。たすきは、普通はクロスさせて両腕にかけますが、略式で片側だけにかけることもあります。洗濯物をするごく普通の主婦の様子でしょう。

そこへ烏孝は、「奥さんに内緒で花街へかよっている亭主」を付けました。嶋原（島原）とは、京都の花街のことです。互いに化かしあっている夫婦を描いた、ユーモラスな附合になっているでしょう。

御下向《ごげこう》の道《みち》の普請《ふしん》も埒明《らちあか》ず　井月
時雨《しぐ》るゝ《る》月《つき》に八専《はっせん》の入《いり》　烏孝

【帝《みかど》が下向する道の工事がはかどらず、らちがあきません。月もしぐれて、暦も八専に入りました。】

たまに現場を抜け出して人夫たちが遊びに行ってしまうので、工事がはかどらない様子です。

烏孝は、「暦が八専に入って、いよいよ仕事がはかどりません」と付けました。八専とは、壬子《みずのえね》から癸《みずのと》亥《い》までの期間のことで、一年に六回ほどやってきます。雨が多く、なにごともうまくいかない期間とされていました。

留守《るす》の間《ま》に誰《だれ》か呉《くれ》しか葱一把《ねぎいちわ》　井月
杖立《つえたて》かけて組手《くみて》して居《お》る　烏孝

【留守のあいだに、誰が持ってきたのでしょうか、ネギが一わ置いてありました。杖を立てかけて、腕組みをして考え込んでいます。】

時雨《しぐれ》に対し、冬の季語であるネギを付けました。とれた野菜を玄関先に置いていくという、田舎《いなか》ではよくある風景です。

烏孝は、そこに「外出から帰ってきたご主人」を添えました。杖ということは、年配の方なのでしょう。

金《きん》を煮《に》て呑《のま》す薬《くすり》の験《しるし》なく　井月

追《おい》〳〵《おい》連《つれ》の殖《ふえ》る参宮《さんぐう》　烏孝

【金を煮て、薬として飲ませましたが、効き目がありません。次々と参拝の連れが増えるお宮です。】

腕組みをして、よい治療法がないか考えている様子です。金を飲ませて病気を治す治療法があったのでしょうか。

烏孝は、病気回復を祈る参拝客を付けました。いい薬がなかった時代、病気のときはとにかく神頼みだったようです。

転寝《うたたね》に花《はな》ふきかゝ《か》る芝《しば》の上《うえ》　井月

笛面白《ふえおもしろ》く飴売《あめうれ》るはる　烏孝

【芝の上で、うたた寝をしていたら、桜の花びらが吹きかかってきました。おもしろい音の笛を吹きながら売っているアメが、よく売れる春です。】

連れが来るのを待ちながら、うたた寝をしている、春の風景です。

烏孝はそこに、アメ売りを付け加えました。のどかさが引き立っています。

七《文久三年『越後獅子』所載。其翁は上伊那郡南箕《みなみみの》輪《わ》村南殿《みなみとの》の人。井月全集142・新編212》

（山室《やまぶろ》といふ所《うところ》へ湯治《とうじ》に罷《まか》る路《みち》すがら）

米負《こめお》ふ《う》て登《のぼ》る湯《ゆ》みちの暑《あつ》さ哉《かな》　其翁

滝《たき》にこゝ《こ》ろのゆるむ汗《あせ》の香《か》　井月

【米を背負って、温泉への道を登ってきたので暑いです。滝が見えて心がほぐれ、汗のにおいがします。】

江戸時代の日本には、馬車を使って荷物を運ぶ文化がなく、馬の背中か、あるいは人の背中で荷物を運ぶのが基本だったのでしょう。ここでは、山奥の温泉へ米を運ぶ風景が描かれています。

井月は、そこに「滝」を添えました。その涼しげな音や水しぶきに、心がゆるんだことでしょう。「汗をかいたので早く温泉にざぶんと入りたい」という気持ちを想像させてくれます。

札《ふだ》つけし当歳駒《とうさいごま》の居眠《いねむり》て　其翁
手《て》を打《うっ》てすむ仲間勘定《なかまかんじょう》　井月

【札を付けた当歳馬（今年生まれた馬）が、居眠りをしています。シャンシャンと手を打って、仲間勘定で取り引きが成立しました。】

「こころのゆるむ」に対して、居眠りを連想しました。市場の風景でしょう。売り物の若い馬が、居眠りをしている、のどかな様子です。

そこへ井月は、取り引きが成立した様子を付けました。「仲間勘定」とは、仲間どうしの特別価格のことでしょうか。

まち〳〵《まち》に三日月《みかづき》拝《おが》む黄昏《たそがれ》に　其翁
あすの仕度《したく》の見《み》ゆる朝皃《あさがお》　井月

【人それぞれに三日月を拝む夕方。朝顔が、明日の朝に咲くための準備をしています。】

取り引きが無事に済んで、ちりぢりに帰ってゆく夕方の様子です。月を拝む風習はいろいろあって、伊那谷でわりとポピュラーなのは「二十三夜様」や「二十二夜様」ですが、地方によっては三日月様を拝む信仰もあったのでしょう。

そこへ井月は、朝顔のつぼみを添えました。「皃」は貌《かお》の異体字です。

八《文久三年『越後獅子』所載。春水は上伊那郡美篶《みすず》

村の人。井月全集143・新編212》

旅人《たびびと》の笠《かさ》の上飛《うえとぶ》小蝶《こちょう》かな　春水
水《みず》に埃《ほこ》りのみゆるうらゝ《ら》か　井月

【旅人の笠の上を、小さな蝶が飛んでいます。水にほこりが浮いているのが見えるうららかな日です。】

春の道をゆく旅人の風景です。

そこへ井月は、水辺の風景を添えました。池でしょうか、湖でしょうか。春のうららかな「ほこり」ということですから、桜の花びらが水に浮いている様子かも知れません。

裏木戸《うらきど》に菊苗分《きくなえわけ》る世話《せわ》やいて　春水
中《あた》るばかりを興《きょう》にひく弓《ゆみ》　井月

【裏木戸で、菊の苗を分ける世話をやいています。当たることばかりを楽しみに弓を引くようなものです。】

「うららか」に対して、春の季語である菊の苗を付けました。「これが良さそうです」とか「こっちもきっといい花が咲きますよ」とか、あれこれ世話を焼いているご主人の様子が目に浮かぶようです。

井月は、「いい花が咲くことばかりを考えて苗を選んでも、当たるかどうか分かりませんよ」といった様子を連想し、弓の話題に転換しました。

白露《しらつゆ》の光《ひか》る間《ま》もなき三日《みか》の月《つき》　春水
崩《くず》れし簗《やな》を伝ふ《つたう》野鼠《のねずみ》　井月

【白露の光る間もなく、三日月は沈んで闇夜になりました。崩れた簗の上を野ねずみが渡っています。】

弓の形から、三日月を連想したのでしょう。秋は日暮れが早く、三日月が沈めばもう暗闇となります。

そこへ井月は、崩れた簗を付けました。川の流れの一部をせき止め、魚をとるためにすだれのようなものを仕掛けたもので、夏の季語です。それが秋になって、崩れた状態で放置されているのでしょう。暗闇にまぎれて野ねずみが渡っていきます。

九《元治元年『家づと集』所載。野外は武蔵野《むさしの》の人で、斧年の勧めで伊那谷に庵《いおり》を設けた人だという。井月
全集143・新編213》

山路《やまじ》来《き》て歯《は》のうく水《みず》や閑古鳥《かんこどり》　野外
卯《う》の花《はな》ぐもりむら暑《あつ》きかげ　斧年

【カッコウが鳴く季節、山道を来て、歯の浮くような冷たい水を飲みました。卯の花が咲くころの曇り空から、むらむらと暑い日の影がさしました。】

「歯の浮く」は、キザで不快な感じを表す言葉ですが、ここでは歯にしみるような冷たい水のことと解釈してみました。

斧年は、冷たい水に対して、初夏のむらむらとした暑さを付けました。

板畳萱《いただたみすげ》のむしろを敷足《しきた》して　井月
手間賃払《てまちんはら》ふ居職《いじょく》ふえけり　野外

【板畳（和室の一部が板敷になっているところ）に、すげのむしろを敷き足しました。手間賃を払って来てもらっている職人が増えました。】

むらむらと暑い日に対し、ひんやりとした板畳を付けました。むしろを敷き足した、ということは、人が座れる場所を増やした、ということでしょう。

それを野外は、「職人さんが増えたので、座るところを作っている様子」だと解釈しました。居職とは、屋内で座って仕事をする人のことです。

草《くさ》の実《み》もしらねば喰《くわ》ぬ宵《よい》の月《つき》　斧年
はなれ碪《きぬた》の音《おと》のさびしき　井月

【草の実も、食べられるかどうか知っていなければ食べるわけにもいかない、宵の月が美しい秋です。離れたところから聞こえてくる砧《きぬた》の音がさびしげです。】

雇った職人たちが、出された食事に「え？　これ食べられるの？」と言っている様子でしょう。「草の実」は秋の季語ですが、何の実かと聞かれれば答えられないような、小さくて雑多なものが想像できます。

井月は、「宵の月」に対して「砧の音」を付けました。

月と砧の取り合わせは定番です。

兄弟《きょうだい》に角力《すもう》をもてば気《き》の強《つよ》さ　野外
夢見《ゆめみ》る顔《かお》に愛相《あいそ》こぼるゝ《る》　斧年

【兄弟に相撲をとらせれば、どちらも気が強いです。夢を見ているときの顔には、愛想がこぼれます。】

砧《きぬた》に対し、秋の季語である相撲を付けました。気が強そうな兄弟が相撲をとっています。

斧年は、そんな兄弟でも、夜になれば寝顔にあどけなさが残り、可愛らしいと付けました。

けふ翌《きょうあす》と別《わか》れ兼《かね》たるやど下《さが》り　井月
風《かぜ》なびきする かり植《うえ》の竹《たけ》　野外

【今日・明日と、里帰りした奉公人《ほうこうにん》は、別れがつらいでしょう。風になびく仮植えの竹のように、心がなびいていています。】

寝顔がまだあどけない少年は、店に住み込みで働く奉公人でした。

仮植えとは、庭木を植える場所がまだ決まっていないときに、仮に植えておくことです。きちんと土に根付いていない竹のように、心はふるさとの方へなびいている、と付けたのでしょう。

漁火《いさりび》のひとつにくらむ湖《うみ》の上《うえ》　斧年
はした集《あつ》めて酒買《さけかい》に遣《や》る　井月

【漁船のいさり火ひとつに水面が照らされて、魚たちの目が眩《くら》むでしょう。はした金を集めて、酒を買いに行かせました。】

「風なびき」から、漁火がゆれる景色に転じました。

井月は、漁から戻ってきた人が酒盛りを始める様子を付けました。「大漁だぞ、酒買ってこい！」といった威勢のよさが想像できます。

世話事《せわごと》にあやしき羽織引懸《はおりひっかけ》て　野外
雪《ゆき》の達磨《だるま》の手際《てぎわ》ほめけり　斧年

【世話事があるからと、羽織を引っ掛けて出て行った

のは、何か怪しいと思いました。しかし実は、雪だるまの出来をほめに行ったのでした。】

酒を買いに出ていく様子から、羽織を着て出ていく様子に転じました。どんな大事な用事があるのだろうと、あやしがっています。

斧年は、「実は子どもの作った雪だるまを見に行ったのだ」と付けました。ほほえましい付け句です。

米蔵《こめぐら》の脊中並《せなかなら》べし裏通《うらどお》り　井月
　南上総《みなみかずさ》の定《じょう》たよりまつ　野外

【米蔵のうしろの壁が並んでいる裏通りです。南上総から届く、いつもの便りを待ちながら思い出しています。】

雪だるまを作ったのは、裏通りでした。道が狭くて、雑然とした生活臭のする裏通りではなく、ここでは整然と米蔵の背中が並んでいる街並みを描いています。

野外は、「いつも届く手紙を見ては、あの街並みを思い出す」という句を付けました。南上総は、千葉県のことでしょうか。あるいは、京都市北区の町名のことでしょうか。

月《つき》に殖花《ふえはな》にふえたる筆子供《つくしども》　斧年
　泥《どろ》も落《おと》さぬ盆《ぼん》の蒲公英《たんぽぽ》　井月

【月が昇るたび、花が咲くたびに、道端のつくしは増えてゆきます。とったばかりのたんぽぽを、泥も落とさぬまま盆にのせて持ってきました。】

南上総《かずさ》からの便りには、つくしが出たことが書かれていました。

井月は、春の道端の風景に対し、摘んだばかりのたんぽぽを付けました。食用にでもするのでしょうか。

十《元治元年『家づと集』所載。三ツ丸・其公は下高《しもたか》井《い》郡夜間瀬《よませ》村の人。井月全集145・新編214》

残《のこ》る蚊《か》や汚《よご》れの眼立《めだつ》ひとつ衣《ぎぬ》　三ツ丸
　簾《すだれ》の向《むき》を替《かえ》るゆふ月《うづき》　井月

【夏が終わっても残っている蚊が、汚れの目立つ一枚しかない衣にとまっています。すだれの向きを変えて、夕月をながめる秋となりました。】

季節が夏から秋に変わっても、同じ服を着ている人の様子でしょう。井月のことでしょうか。秋になっても残っている蚊のようだ、と言っています。

井月は、夏が終わってもかけてあるすだれを付け加えました。秋の月を眺めるには邪魔なので、向きを変えたのでしょう。

だゝ《だ》くさな花火《はなび》の跡《あと》を片付《かたづけ》て　其公
ころんだ石《いし》の真《まっ》たひ《い》らなり　三ツ丸

【だらしない花火のあとを片付けました。つまずいて転んだ石が、真っ平らでした。】

夕月の下で、花火をしたのでしょう。燃えかすが散らばっている様子です。

三つ丸は、「夕べつまずいて転んだ石は、朝になって明るくなってみたら、実は平らな石だった」と付けたのでしょう。

朝毎《あさごと》に鳴《な》らして廻《まわ》る蔵《くら》のかぎ　其公
鮓《すし》つけるには頃《ころ》あひ《い》の魚《うお》　井月

【毎朝、鍵をじゃらじゃら鳴らしながら蔵をまわる音がします。塩漬けにした魚が、寿司を漬けるのにちょうどよい頃となりました。】

つまずいて転んだのは、見回りの人でした。いくつも蔵がある、商家の風景でしょう。

井月は、その蔵の中にあるのは鮒寿司《ふなずし》を作るために塩漬けにした魚だとしました。握り寿司や巻き寿司ではなく、樽《たる》で漬ける「なれ寿司」です。

十一《元治元年『家づと集』所載。冒頭の「送別」の二文字は原本に落丁があって確認できない。梅塘は善光寺宝勝院の住職。ただし宝勝院は現存せず。井月全集145・新編215》

（送別）

来《く》る年《とし》も巣《す》は爰《ここ》ぞかし行乙鳥《ゆくつばめ》　梅塘
花《はな》にこゝろ《こ》の残《のこ》るそば畑《ばた》　井月

【来年も、この巣に戻ってきてくれるでしょうね、南へ帰るつばめよ。そば畑の花が、どんなおいしいそばになるか、心残りでしょう。】

善光寺には、参拝者を泊めるための宿坊がたくさんあります。井月が泊まった宝勝院も、その一つだったようです。「ゆくつばめ」とは、南（＝伊那谷）へ帰る井月のことでしょう。「井月さん、今度来るときも、ここに泊まってくださいよ」という意味が込められているものと思われます。

それに対し井月は、善光寺の名物である、そばのことを付け加えて、名残惜《なごり》しい気持ちを表しました。なお、実際に井月は、翌年再び宝勝院を訪れて、『家づと集』という俳諧集を完成させ、住職に序文を書いてもらっています。

川《かわ》かぜの有明月《ありあけづき》をふき居《おり》て　佛左
かひ《い》ゞ《が》〳〵《い》し気《げ》に見《み》ゆる腰《こし》みの　韶英

【夜明けのあとも空に残る月の下を、川風が吹いています。腰みのが頼もしく見えます。】

「そば」に対し、秋の季語である有明月を付けました。夜明けの川風ですから、冷たいでしょう。

腰みのは、水しぶきや泥をよけるために腰に巻くもので、防寒の働きもあります。「かいがいしい」には、けなげという意味のほかに、「頼りになる」という意味もあります。冷たい川風の中で、腰みのを頼もしく思っている様子でしょう。

よく売《うれ》る竹《たけ》の火縄《ひなわ》の冬《ふゆ》ざれに　梅里
あつ《っ》たら雪《ゆき》を汚《よご》す鍋《なべ》ずみ　柳翠

【冬ざれの季節、竹の火縄がよく売れます。せっかくの白い雪を、鍋底のすすで汚してしまいました。】

腰みのは、農閑期の手仕事として作られます。その連想から、同じく手仕事で作る火縄を付けたのでしょう。冬ざれは、草木も枯れて荒れた感じを表す冬の季語です。

柳翠は、火縄からすすを連想したのでしょう。新雪の積もった庭で、すすの付いた鍋を洗う様子を付けました。「あったら」は、もったいないとか、せっかくの、という意味の言葉です。

よめながら時代《じだい》のしれぬ古色紙《ふるしきし》　如風
木《き》ぼりの矢立《やたて》ねだりとらるゝ《る》　みわ彦

【読めるけれども、いつの時代のものか分からない古い色紙です。大事にしていた木彫りの矢立を、ねだられて取られてしまいました。】

「鍋ずみ」から「墨」で書かれた色紙を連想しました。和歌でしょうか、俳句でしょうか。

みわ彦は、筆と墨を入れる「矢立」を付けました。矢立は普通は銅製ですが、木彫りのものもあったのでしょう。

いつまでも男《おとこ》のや《よ》うななり形《かた》ち　良席
傘《かさ》さしながら濡《ぬれ》るさみだれ　梅塘

【いつまでも男のような身なりをしている娘です。傘をさしながらも、さみだれに濡れています。】

矢立をおねだりしたのは、娘でした。年ごろになっても、女らしくしない娘のことを心配している様子です。

傘をさしながら濡れるということは、おしとやかに歩けないということでしょうか。

釣《つれ》もせぬ小鮒《こぶな》に餌《えさ》を費《ついや》して　井月
黄昏《たそがれ》かゝ《か》る荻《おぎ》はぎのこゑ《え》　佛左

【釣れもしない小鮒に餌を費やしてしまいました。たそがれの河原には、荻や萩《はぎ》の音が聞こえます。】

さみだれの中、一日待っても鮒が釣れずに、日が暮れてしまった様子でしょう。

佛左は、日暮れの河原の荻がさらさらと音を立てる秋の風景を付けました。「荻の声」という季語はありますが、「萩の声」という季語はありません。おそらく「荻」と「萩」の字が似ているので、「おぎ・はぎ」と二つ並べてみただけなのでしょう。

此秋《このあき》も難波《なにわ》に月《つき》の宿《やど》を借《か》り　韶英
て丶打栗《てうちぐり》のふかき因縁《いんねん》　梅里

【この秋も、大阪で月見の宿に泊まりました。ててうち栗（丹波栗）には深い因縁があります。】

毎年、荻や萩の季節になると大阪に泊まる人なのでしょう。

その宿で、丹波名産の「ててうち栗」を出され、「深い因縁があるなあ」と思っている様子なのでしょう。どんな因縁でしょうか。「ててうち」は「父打」と書くので、父を討つ、という因縁めいた名前にも思えます。

ひと息《いき》に呑《のま》ぬ茶碗《ちゃわん》の燗《かん》ざまし　柳翠
塗《ぬっ》たばかりで焚《た》つける曲突《くど》　如風

【燗冷ましを茶碗に注いで、一息に飲まずに、ゆっくりと飲みました。塗ったばかりのかまどで、もう火を焚いています。】

栗をつまみながら、酒を飲んでいるのでしょうか。燗冷ましは、冷めてしまった酒ですので、一息にぐいっと飲めるはずですが、そうせずに、ちょっとずつ飲んでいる様子でしょう。

如風は、燗冷ましを台所で飲んでいる様子を連想しました。「曲突」は竈突《くど》のことで、かまどの煙を排出する部分ですが、「おくどさん」と言えば、かまどそのものを指します。

幕串《まくぐし》の曳《ひっ》ぱりたらぬ花盛《はなざか》り　みわ彦
眼《め》にうるは《わ》しき重《じゅう》の草《くさ》もち　良席

【花見の幕の、引っ張り方が足りなかったようです。目にも麗しい重箱には、草餅が入っています。】

塗ったばかりのかまどで慌ただしく米を炊いているのは、花見の宴に間に合わせるためだった、という連想をしたのでしょう。かつては、野外に幕を張って、その中で花見の宴会を行いました。「ひっぱり足らぬ」

と言っていますので、地面に立てた棒（幕串）の立て方が悪く、たるんでいるのでしょう。

良席は、その宴会に出された重箱に、緑あざやかな草もちが入っている様子を付けました。


十二《元治元年『家づと集』所載。雲鈴は上水内郡《かみみのち》日《ひ》里《さと》村母袋《もたい？》の人。井月全集147・新編217》

出後《でおく》れて泊《とま》る舟《ふね》あり荻《おぎ》の声《こえ》　井月
影冷《かげひや》やかにすめるゆふ月《うづき》　雲鈴

【荻がさらさらと音を立てる季節、船出が遅れて、岸に泊まる舟があります。冷たく澄んだ夕月が出ています。】

秋の岸辺の風景です。

そこに雲鈴は、秋らしい澄んだ夕月を添えました。

打《うち》むらも有《ある》かと衣《きぬ》を透《すか》すらん　井月
すれては誰《だれ》もとらぬ銀札《ぎんさつ》　雲鈴

【むらなく砧《きぬた》を打ってあるかどうか、衣を月明かりに透かして見ているのでしょう。擦り切れた銀札（かつて藩が発行した、銀と引き換えてくれる札）は、誰も欲しがりません。】

夕月に対して砧を付けました。ひとに頼まれて、夜なべ仕事をしている様子でしょう。ちゃんと砧が打てたかどうか、月明かりに透かして点検しています。

雲鈴は、「仕事の報酬としてもらったのは、誰も欲しがらないような擦り切れた銀札だった」と付けました。「きぬ擦れ」という言葉がありますので、「きぬ」という言葉に対し、「すれて」という言葉を付けたのでしょう。

子《こ》にはこぶ餌《え》に世話《せわ》しなきぬれ燕《つばめ》　井月
中《なか》を前後《ぜんご》に田《た》うゑ《え》する里《さと》　雲鈴

【さみだれが降る中、ぬれたつばめが、せわしなく子どもに餌を運んでいます。五月の中旬前後の、田植えをする里で。】

お金を稼ぐ様子に対し、えさをとって来るつばめを連想しました。

雲鈴は、「ぬれる」という言葉から、「さみだれにぬれながら田植えをする風景」を連想して付けたのでしょう。

十三《元治元年『家づと集』所載。康斎は上水内《かみみのち》郡日高村下長井《しもながい》の人。井月全集147・新編217》

日《ひ》のさゝ《さ》ぬ垣《かき》も有《あり》けり冬構《ふゆがまえ》　康斎
俵《たわら》ながらに水《みず》かける炭《すみ》　井月

【冬構えのために垣根を囲ったので、日当たりが悪くなりました。買い込んだ炭に、俵ごと水をかけました。】

冬構は、庭木を囲ったり、北側の窓を塞いだり、雪除けの板を組んだりすることです。それで、日当たりが悪くなってしまった様子なのでしょう。

それに対し井月は、「冬の準備のために買い入れた炭を水洗いしている様子」を付けました。表面についた炭の粉が炉の中で爆《は》ぜて危ないので、洗って干してから使うのでしょう。

田《た》の畔《あぜ》に見馴《みなれ》ぬ鳥《とり》の群《むらが》りて　康斎
蓑《みの》の後《うしろ》へ括《くく》るこんにや《ゃ》く　井月

【田んぼのあぜに、見慣れない鳥が群がっています。しみこんにゃくをひもでくくって、みのの後ろへ隠しました。】

俵から、田んぼを連想したのでしょうか。餌を求めて、鳥がやってきた様子です。

井月は、こんにゃくを鳥に食べられては困るからと、あわてて隠す様子を付けました。茨城で作られている「しみこんにゃく」のことでしょう。薄切りにしたこんにゃくを、広げて並べて乾燥させるのです。

片里《かたざと》の森《もり》を放《はな》るゝ《る》宵《よい》の月《つき》　康斎
はづ《ず》む砧《きぬた》を運《はこ》ぶ浦《うら》かぜ　井月

【片田舎《いなか》の里で、森陰から宵の月が昇ってきました。軽やかな砧の音を、浦風が運んできます。】

干していたこんにゃくを片付けたのは、月が昇る頃でした。山深い里でしょうか。

しかし井月は、山里ではなく海辺の里の景色だと考え、「浦風」を付け加えました。海から吹いてくる風のことです。

十四《元治元年『家づと集』所載。其祥は上水内郡日高村下長井《しもながい》の人。井月全集148・新編218》

灯《ひ》の細《ほそ》る釣行灯《つりあんどん》や鳴《なく》いとゞ《ど》　其祥
廿日《はつか》の月《つき》の昇《のぼ》る一《ひと》ツ家《や》　井月

【釣り行灯の明かりが細くなって消えそうな頃、カマドウマが鳴いています。二十日月が昇り、一軒家を照らしています。】

釣り行灯は、吊《つ》るすタイプの明かりです。油も尽きて、そろそろ寝る時刻でしょうか。「いとど」は、カマドウマという秋の虫のことですが、実際には鳴きません。コオロギと混同されていたようなので、鳴くと思われていたのでしょう。

井月は、昇ってくる「二十日月」を付け加えました。秋の季語です。

かはせ米新酒仕込《わごめしんしゅしこみ》の間《ま》に合《お》ふ《う》て　其祥
軽《かる》い車《くるま》の音《おと》の騒《さわ》がし　井月

【為替《かわせ》で買いつけた米が、新酒の仕込みに間に合いました。軽くなった荷車の音が、騒がしく聞こえます。】

秋の二十日月に対して、秋の新酒を付けました。昔は「米為替」という仕組みがあったようで、遠く離れたところの米問屋から、米を買い付けることができたのでしょう。

井月は、米が間に合って、やれやれと引き上げていく荷車の音を付けました。

町中《まちなか》に足袋《たび》看板《かんばん》の幾所《いくところ》　其祥
梅《うめ》を育《そだ》てる冬《ふゆ》の日当《ひあた》り　井月

【町なかに、足袋の看板がいくつも出ていました。日当たりのよい庭に出て、梅を育てることにしましょう。】

「騒がし」から、町なかの様子を付けました。現在ではほとんど見かけませんが、昭和の頃までは、足袋のホーロー看板を見かけたものです。

井月は、地下足袋《じかたび》をはいて庭の梅を育てている風景を連想して付けました。

十五《雲鈴は上水内郡《かみみのち》日里村《ひさと》母袋《もたい?》の人。井月全集149・新編219》

殖《ふ》え減《へ》りもせず静也花《しずかなりはな》の雲《くも》　雲鈴
雁《かり》の羽音《はおと》もかすむ朝凪《あさなぎ》　井月

【増えもせず減りもせず、花の季節の雲は静かに漂っています。雁の羽音も霞《かす》んで聞こえるような、朝凪の時刻です。】

花曇りの空模様です。

井月は、その空に、北へ帰る雁の群れの様子を付けました。「静か」に対して「凪」を付けたのでしょう。

青海苔《あおのり》の味《あじ》も匂《におい》も春更《はるふけ》て　雲鈴
下《さが》りし椽《えん》を直《なお》す礎《いしずえ》　井月

【青海苔の味も匂いも良く、春の盛りとなりました。縁側が下がってしまったので、床下の礎石を直しました。】

朝凪《なぎ》の海辺から、青海苔を連想しました。その味や匂いに春の深まりを感じている句です。

井月は、縁側におじゃまして、青海苔の吸い物か何かをご馳走《ちそう》になっている様子を連想したのでしょう。

昔の縁側は、礎石の上に柱を立てて作りました。冬、霜のせいで地面が膨らんでは陥没し、礎石が沈んでしまうのです。春になって、それを直した様子なのでしょう。

棹《さお》させば影《かげ》の寛《くつろ》ぐ水《みず》の月《つき》　雲鈴

絹《きぬ》裂《さ》く様《よう》に響《ひび》く鹿笛《しかぶえ》　井月

【船頭が棹をさせば、水面の月がゆれます。絹を裂くような甲高《かんだか》い鹿笛が響く秋の夜です。】

縁側から物干しざおを連想し、舟をこぐ棹の様子に転換したのでしょうか。水面にくっきりと映っていた月影が、波紋にゆれて緩んだ様子を「寛ぐ」と表現しています。

鹿笛とは、鹿の鳴き声を模した笛のことでしょう。秋の月夜に、せつない笛の音を取り合わせています。

雁啼《かりなく》や消《きえ》ては殖《ふえ》る汐《しお》の泡《あわ》　雲鈴
乾兼《ひかね》し布《ぬの》をはづ《ず》す夕月《ゆうづき》　井月

【雁の鳴く季節、波の泡が、消えてはまた増えていきます。夕月の時刻になっても乾かなかった洗濯物を、取り寄せました。】

鹿笛の響く秋に、雁の声を付けました。波の泡は、能登《のと》半島など冬の日本海で、海が泡立って飛び散る現象で、「波の花」とも呼ばれます。

美しい自然現象ですけれども、そこに住む人たちにとっては、やっかいな面もあって、井月は洗濯物が乾かない様子を付けました。

徒然《つれづれ》に萩《はぎ》を見《み》に出《で》る頃《ころ》なれや　雲鈴
誰忘《たれわす》れしか店《みせ》の名入傘《ないりがさ》　井月

【することもなく、萩の花を見に、散歩に出る頃です。誰が忘れたのか、店の名が書いてある傘を見つけました。】

夕月に対し、秋の花である萩を付けました。井月は、秋雨にぬれた萩の花を連想し、傘を付けました。「名入傘」は、旅館や料亭などが、お客に貸し出すための傘のことでしょう。字余りになっていますが、ほかに読み方があるのでしょうか。

降《ふ》りさうにしてはこらへ《え》る夏《なつ》の雨《あめ》　雲鈴
樹《き》も動《うご》かねば風《かぜ》も薫《かお》らず　井月

【降りそうな空模様ですが、我慢しているかのように

降らない夏の雨です。樹も動きませんし、風も薫りません。】

傘に対して、雨を付けました。夏の雨は、どんな雨でしょうか。歳時記を見ますと、梅雨でもなく夕立でもない、普通の雨のことを指すようです。

井月は、樹木を揺らすような激しい雷雨でもなく、また風薫る初夏の趣きもない、普通の雨だと付けたのでしょう。

十六《文久三年『百家このみ袋』所載。烏孝は上伊那郡南向《みなかた》村四徳《しとく》の人。井月全集150・新編220》

萩《はぎ》のつゆ居《い》ごゝ《こ》ろしまる夕《ゆう》べ哉《かな》　烏孝
たておくれたる窓《まど》の月代《つきしろ》　井月

【萩についた露が美しい、居心地もひきしまる夕べです。閉め遅れた窓から、月の光がさしています。】

「しまる」は、たるんだところがない感じでしょう。ひんやりとした秋の夕暮れの気持ちを詠んだものと思われます。

井月は、「しまる」から窓を閉める様子を付けました。

秋《あき》もはや捨餌《すてえ》あらそふ鵜《うう》の痩《やせ》て　精知
徳用向《とくようむき》の草《くさ》しゐ《い》る也《なり》　烏孝

【秋になり、痩せた鵜が、早くも捨てたえさを争っています。家畜には安い草を無理に食べさせています。】

月代に対して、秋を付けました。岐阜県の長良《ながら》川などで行われる鵜飼《うかい》は、シーズンになると、えさの量を減らして空腹状態にして漁に臨みます。ですから鵜が痩せてしまうのでしょう。秋になって、鵜飼のシーズンが終われば、餌を争うように食べている、というわけです。ちょっと哀れな様子です。

烏孝は、鵜ではなく、牛かヤギか、家畜のえさのことを連想して付けました。徳用、つまり安物の草を与えられている、ちょっと可哀そうな様子です。

袴着《はかまぎ》も加増《かぞう》もかねていは《わ》ゝ《わ》るゝ《る》　井月
熊野《くまの》まは《わ》りは皆《みな》かたき炭《すみ》　精知

【子どもの袴着と、ご主人の加増（給料が上がること）を、兼ねて祝っています。熊野のあたりの炭は、みな固い白炭です。】

「徳用」から、二つのお祝いを一緒にやればお得だと連想したのでしょう。袴着は、男の子が初めて袴をはく日で、昔はお祝いをしたようです。加増は、領地や禄高《ろくだか》が増えることですから、武家のお祝いの席を描いた句だといえます。

袴着は十一月の行事であり、冬の季語ですから、精知は火鉢に入れる炭のことを付けたのでしょう。紀州の名産である備長炭《びんちょうたん》は、色が白く、煙が少なく、特に江戸で人気があったようです。袴着のお祝い事ですから、ちょっといい炭を使ったのでしょう。

十七《文久三年菊月吉祥日。梅月は上伊那郡中沢《なかざわ》村高見の人。井月全集150・新編220》

（奉納）

世《よ》の中《なか》を手《て》に乗《の》せて見《み》る稲穂《いなほ》哉《かな》　梅月

照降《てりふり》もなき三ケ月《みかづき》の反《そり》　井月

【稲穂を手に乗せて見れば、世の中を手にとって見ているかのようです。天候も安定して、夕空に三日月が反っています。】

秋の田んぼの風景です。この稲穂の実りぐあいで、世の中が豊かになったり、不作で飢饉《ききん》になったりするのだなあと、思いながら見ているのでしょうか。

井月は、天気が安定している様子を付けました。明日は稲刈りを予定しているのでしょう。

殊《こと》の外新酒《ほかしんしゅ》に安《やす》き直《ね》の出来《でき》て　梅月

上塗《うわぬ》り済《すめ》ば塩《しお》を盛《も》る竈《かま》　井月

【今年は特に、新酒の値段が安いです。かまどの上塗りが済んで、盛り塩をしてお清めしました。】

秋の三日月に対し、秋の新酒を付けました。

井月は、そこになぜ、かまどのことを付けたのでしょうか。表面にきめの細かい土を塗って仕上げ、かまどが完成し、お清めのために盛り塩をしています。おそらくですが、升のふちに塩を盛って、それをつみに新酒を飲んでいる様子を連想したのでしょう。それで、清めの盛り塩のことを付けたのではないかと思われます。

座敷《ざしき》まで香《か》の届《とどき》たる起《おこ》り炭《ずみ》　梅月
　衢《ちどり》の声《こえ》の遠《とお》き浦《うら》かぜ　井月

【座敷のほうまで、炭を起こしている香りが届きました。遠くから千鳥の声もいっしょに運んでくる浦風です。】

かまどに対して、炭を付けました。台所の炭の香りが、座敷のほうまで届いたという句なのでしょう。

井月は、香りを運んできた風のことを付けました。千鳥の声ですから、浜辺の風景です。臭覚のことを詠んだ句に対し、聴覚を付け加えて、立体的にしたのでしょう。

十八《元治二年睦月、上水内郡《かみみのち》日高村下長井《しもながい》・康斎亭にて。井月全集151・新編221》

長閑《のどか》さの余《あま》りを水《みず》の埃《ほこ》りかな　井月
　下駄《げた》も草履《ぞうり》も交《まじ》る摘草《つみくさ》　康斎

【水に浮かぶほこりは、のどかな春のなごりです。下駄をはいた人も、草履をはいた人も、入り交じって摘み草をしています。】

「水のほこり」は、水の上に散った桜の花びらのことでしょう。「余り」だと意味が分かりづらいので、余波《なごり》と解釈したほうがよいと思われます。

そこへ康斎は、若菜摘みをする人たちを添えました。若菜摘みといえば、奈良・平安の貴族たちもおこなった伝統的な春の風習というイメージがありますが、「下駄も草履も交じる」としたことで、雑多な庶民の風景として描いています。

凧《たこ》の糸《いと》しばし柱《はしら》に持《もた》すらん　其祥

笛面白《ふえおもしろ》くまは《わ》る飴売《あめうり》　井月

【凧の糸を、しばらく柱にくくりつけておきましょう。おもしろい笛の音を鳴らしながら、アメ売りが回ってきました。】

若菜摘みをする春の野に、凧あげをする人も交じっている風景です。なぜか柱に糸をくくりつけています。井月は、アメ売りの笛が聞こえてきたので、ちょっと凧をくくりつけておいて、見に行く子どもの様子だと付けました。

灯《ひ》の見《み》える端村《はむら》の月《つき》の差《さし》かゝ《か》り　康斎
碪《きぬた》の音《おと》の風《かぜ》にとぎるゝ《る》　其祥

【明かりの見える、片田舎《いなか》の村にも月が差し掛かりました。砧《きぬた》の音が風に途切れました。】

アメ売りが回った村も日が暮れて、月がかかる様子です。端村は、端っこの村、というような意味でしょう。

月の句に対して砧を添えるという、お決まりのパターンです。

彼岸頃走《ひがんごろはし》りの栗《くり》の実入《みいり》よく　月信
用《よう》なき脊戸《せど》に独亻《ひとりたたずむ》　其祥

【彼岸のころ、出回り始めた栗は、実がしっかり詰まっていました。勝手口の戸のところで、用もないのに一人たたずんでいます。】

砧《きぬた》の秋に対して、栗を付けました。走りとは、野菜や果物などの出始めの頃のことでしょう。

其祥は、家の裏に栗の木があると想像し、裏口で一人たたずんでいる様子を付けました。考え事でしょうか。

暮《くれ》かゝ《か》る私道《わたくしみち》の拾《ひろ》ひ《い》ぶみ　康斎
思《おも》ひ《い》の外《ほか》に積《つも》る初雪《はつゆき》　井月

【日の暮れかかった私道《しどう》で、手紙を拾いました。思いのほか積もった初雪です。】

一人たたずんで、こっそり読んだのは、拾った手紙でした。私道ですから、自分の家の敷地内です。家族か、使用人か。だれが落とした手紙なのか気になるところです。

井月は、「その手紙は積もった初雪に埋もれた状態で見つかった」と付けました。おそらく、「思いのほか」には「積もるとは思わなかった」という意味のほかに、「思いのほかの人物に宛てた手紙だった」という意味を含ませてあるのでしょう。

川千鳥《かわちどり》雲助《くもすけ》唄《うた》に立《たち》さわぎ　甫山
やくざ古手《ふるて》のうれる此頃《このごろ》　其祥

【川の千鳥が、駕籠《かご》かきたちの歌う唄に驚いて騒いでいます。役に立たない古着が、このごろよく売れます。】

初雪に対して、冬の季語である千鳥を付けました。雲助とは、宿場の駕籠かきのことで、あっちこっちを渡り歩く住所不定の者が多かったようです。

其祥は、住所不定のやくざ者を連想しました。やくざには「無宿者」という意味のほかに、「役に立たない」という意味もあったようです。

地芝居《じしばい》も月《つき》を半《なかば》に取究《とりきま》り　井月
町《まち》の外《はず》れの早稲《わせ》を刈《から》する　康斎

【今年の地芝居も、月のなかばに行うことに決まりました。町外れの田んぼの早稲を刈らせています。】

古着を買い込んで、芝居の衣装にするのでしょう。地芝居とは、素人の村人たちが行う芝居のことで、秋の季語になっています。

康斎は、そこに稲刈りの風景を付けました。早稲とは、普通の米よりも早く収穫できる品種のことです。「今年も地芝居の日取りが決まった。さあ頑張って早稲を刈ってしまうぞ」という気持ちが想像できます。配役を決めたり、練習をしたり、小道具を作ったりと、忙しくも楽しい日々です。きっと町をあげての一大レクリエーションだったのでしょう。

手習《てならい》の師匠《ししょう》を招《まね》く秋祝《あきいわい》ひ　其祥
幣《ぬさ》さへ《え》動《うご》く朝《あさ》の茶畑《ちゃばたけ》　月信

【手習いの師匠を、秋の祝いに招きました。朝の茶畑には、幣さえも動いています。】

稲刈りに対して、秋の祝いを付けました。神社の秋祭りのことでしょうか。

それで月信は、神主が使う「幣」を付けたのでしょう。それにしても、なぜ朝の茶畑なのでしょう。お茶で有名な京都府の宇治には、大幣神事《たいへいしんじ》という行事があるようですので、それを連想したのでしょうか。

鳶《とび》の声花《こえはな》の盛《さか》りの遠近《おちこち》に　康斎
角落《つのおと》したる鹿《しか》のやさしき　其祥

【花盛りの季節、とんびの声が、遠くからも近くからも聞こえてきます。つのを落とした鹿は優しく見えます。】

茶畑のあちこちに、とんびの声がしています。

其祥は、上空のとんびに対し、地上の鹿を付けました。鹿の角は春先に抜け落ちます。いかめしかった鹿の顔が、急に優しい感じになるわけです。

永《なが》き日《ひ》に金《かね》に構《かまわ》はぬ俄連《にわかづれ》　井月
そしたる味噌《みそ》に妙《みょう》な呪詛《まじない》　甫山

【日が長くなった春、お金に無頓着な人と、たまたま連れになりました。味噌に妙なまじないをしています。】

鹿の集う春の奈良公園のあたりを、金づかいの荒い人といっしょに遊び歩いた、という句でしょうか。

「そしたる」の意味が分かりませんが、味噌に何か呪文をかけている、変な状況です。たまたま連れになった人ですから、知らない人なのでしょう。そこへ「自分の知らない風習をおこなっている」と付けたわけです。

どうしても轄《くさび》のきかぬ鍬《くわ》のひづ　其祥
江戸《えど》の流行《はやり》を真似《まね》る江《え》の島《しま》　井月

【どうしても、くわの頭のくさびがはずれてしまいます。江戸の流行を、江の島でも真似しています。】

「まじない」に対し、「効かぬ」と連想したのでしょうか。くわは、金属部をしっかり固定するために、くさびをはめこむのですが、ゆるくて抜けてしまう、ということなのだと思います。「ひづ」の意味が分かりませんが、ここでは「くわの頭」と解釈してみました。
　くさびがはずれて緩む様子を、井月は、幕末の江戸の風俗に見たのかも知れません。そんな江戸の流行を、江の島でも真似しているよ、と付けたのでしょう。

塗棒《ぬりぼう》の駕打囲《かごうちかこ》ふ《う》女房《にょうぼ》連《れん》　甫山
　酒《さけ》もしばらく呑《のま》ぬ夏痩《なつやせ》　其祥

【担ぎ棒を美しく塗った駕籠《かご》の周りを、とり囲んでいる女官たちです。酒もしばらく飲まず、夏やせしました。】

　流行りの着物を着た女性たちの様子を付けました。漆塗りの豪華な駕籠に、高貴な人が乗っているのでしょう。
　其祥は、駕籠に乗っていたのは夏やせした殿様だと想像して付けました。

艾《もぐさ》搗臼《つくうす》の具合《ぐあい》を直《なお》させて　井月
　鏡誉《かがみほめ》〳〵《ほめ》とぎ立《たて》る椽《えん》　甫山

【もぐさをつく臼の具合を直させました。鏡をほめながら、縁側で研ぎました。】

　土用灸《きゅう》といって、夏やせ防止のためにお灸をすえるのでしょう。もぐさを臼でつき、乾燥させている様子です。
　甫山は、「よくがまんした」と褒めながら熱いお灸をすえている様子を連想し、鏡を褒めながら研いでいる様子に転換しました。江戸時代の鏡は、銅でできていたので、ときどき研いでやる必要があったのです。

忽《たちま》ちに富士《ふじ》の裾野《すその》の打曇《うちくもり》　其祥
　尾花《おばな》隠《がく》れに狐《きつね》啼《なく》也《なり》　井月

【たちまちのうちに、富士のすそ野が曇りました。すすきの陰に狐が鳴いています。】

　研いだ鏡が、またすぐに曇ってしまった様子を連想し、天候が急変した富士山の景色に転じました。
そこに井月は、野の狐を添えました。尾花は秋の季語で、すすきのことです。

唄《うたい》労《つか》れ踊《おどり》つかれて更《ふけ》る月《つき》　康斎
替《かわ》りの早《はや》き角力《すもう》番附《ばんづけ》　其祥

【歌や踊りに疲れて、月夜は更けていきます。相撲の番付が、もう替わっています。】

秋の尾花に対し、秋の月見の宴を付けたのでしょう。
其祥は、酒を飲みながら、相撲の番付表を見ている様子を付けました。相撲も秋の季語です。去年とずいぶん力士の番付が替わっているなあ、といった様子です。

二三年《にさんねん》身延《みのぶ》に飯《めし》を焚覚《たきおぼ》ひ　月信
店《みせ》やの庭《にわ》でいつも弓曳《ゆみひく》　康斎

【二～三年、身延山で飯炊きの仕事を覚えました。店の庭でいつも弓を引いています。】

相撲部屋の炊事係は、身延山で飯炊きの修業を積んだ人だった、という連想でしょう。身延山は、日蓮《にちれん》宗《しゅう》総本山の久遠寺《くおんじ》があることで知られています。
身延山で何年も修行する様子に対し、弓の練習を毎日する様子を付けたものと思われます。日蓮の言葉に、「矢の走るは弓の力、雲の行く事は竜の力、男の仕業は女の力なり」というのがあります。それで康斎は、弓のことを付けたのでしょう。

猫《ねこ》の眼《め》の針《はり》ほどに成《な》る陽炎《かげろう》に　其祥
燕《つばめ》のかげの移《うつ》る藍《あい》がめ　井月

【猫が目を針のように細める明るい日差しに、陽炎が立っています。つばめの影が、藍の染料のかめに映っています。】

庭で弓矢のけいこをする人を、猫がながめています。
井月は、そこに渡り鳥のつばめがやってきた様子を添えました。染物屋の軒下の風景としたのでしょう。
暖かくなってきたので、藍建《あいだて》といって、かめの中に染料を溶かして、染める準備をしているのでしょう。

是《これ》といふ《う》不足《ふそく》も見《み》えず花《はな》の枝《えだ》　康斎
　こゝ《こ》ろ休《やす》めにうたふ《う》小謡《こうたい》　其祥

【これという不足も見えず、桜の枝にも花がじゅうぶん付きました。気休めに小謡を歌いました。】

　春のつばめに対し、花の季節を付けました。花見の準備の様子です。

　すべて不足なく調ったので、ほっと一息ついて、ふと口から歌がこぼれる様子を付けたのでしょう。小謡は、謡曲の中の一節のことでしょうか。

十九《明治二年弥生、基角亭にて。三子・露鶴は上伊那郡富県《とみがた》村の人。井月全集154・新編224》

山里《やまざと》や雪間《ゆきま》をいそぐ菜《な》の青《あお》み　井月
　長閑《のどか》に水《みず》のふえる谷川《たにがわ》　三子

【山里では、ところどころ雪が解けた地面に、急いで菜が青みを増しています。谷川も水量が増え、のどかに流れています。】

　早春の風景です。雪解けを待ってましたとばかりに成長する、植物の生命力が感じられる句です。

　それに対して三子は、雪解けで水量が増した谷川を添えました。

はつ乙鳥《つばめ》来《き》ては戸口《とぐち》に囀《さえず》りて　梅花
　朝《あさ》から客《きゃく》の絶《たえ》ぬ休《やす》み日《び》　露鶴

【初つばめが来て、戸口にさえずっています。休日は、朝から客が絶えません。】

「長閑《のどか》」に対して、春の季語であるつばめを付けました。外敵が近づかぬよう、わざと人間の出入りの多い玄関に巣を作ると言われています。

　その戸口に、朝から客が次々とやってくる、にぎやかな春の日の様子を付けました。

酒折《さかおり》も肴《さかな》の折《おり》も月用意《つきようい》　井月
　こわれ茶碗《ちゃわん》を捨《すて》るやゝ《や》寒《さむ》　三子

【酒も肴も折に詰めて、月見の用意が調いました。欠けた茶碗を始末する、やや寒さを感じる秋です。】

「客」に対して、酒や肴を用意する様子を付けました。これから月見に行くのでしょう。「折」とは、浅い木箱のことです。昔は酒を木箱に入れて、重箱といっしょに持ち歩くことがあったようです。

そこに三子は、茶碗を捨てる様子を付けました。月見の宴で、お客に失礼のないよう、欠けた茶碗を始末したのでしょう。

洗濯《せんたく》を彼岸前《ひがんまえ》にとせつかるゝ《る》　露鶴
男《おとこ》の手《て》とは思は《おもわ》れぬふみ　井月

【彼岸前に洗濯をするよう、催促されました。男の筆跡とは思えない手紙でした。】

「やや寒」から、季節の変わり目である彼岸を付けました。夏物の服をしまったりするので、その前に洗濯をしてほしいと催促されている様子です。

井月は、それを女性からの手紙だと連想しました。母親かな、姉さんかな、恋人かな、とあれこれ想像が膨らむ句となっています。さらには、「故郷の父親から手紙が届いた。男の筆跡とは思えないので、きっと母親が代筆したのだろう、洗濯のことまでこまごまと書いてあるし」といった解釈もできます。

口《くち》にこそ出《だ》さねど胸《むね》は打曇《うちくも》り　露鶴
願《がん》ほどくとて富士詣《ふじもうで》する　基角

【口にこそ出しませんが、胸中は曇っています。願かけをほどくといって、富士山にお参りしました。】

手紙には、人に言えない悩み事が書かれていた、と転じました。

基角は、ひそかに願かけをしていた人を連想し、願いが叶《かな》ってお礼参りに行く様子を付けました。

冷麦《ひやむぎ》を交《まぜ》ればどうか間《ま》にも合《あ》ふ　三子
金《かね》もちぶりのならぬ家柄《いえがら》　露鶴

【冷麦をまぜれば、どうにか間に合います。金

持ちぶることができない家柄です。】

願ほどきは、病人が亡くなった時にも行われたようで、その連想から葬式の様子を付けました。精進落としの料理が足りなかったのでしょう。

露鶴は、金持ちのような振る舞いをしようと思っても、料理が足りなくてボロが出る、といったような連想をしました。

月代《つきしろ》にしばし後《おく》るゝ《る》迎ひ《むかい》ぶね　基角

菊《きく》を大事《だいじ》に荷《にな》ふつり台《だい》　井月

【月の光に少し遅れて、迎えの舟が来ました。つり台（板の両端を二人で担ぐ道具）にのせて、菊を大事に運びました。】

金持ちの旦那を、月見の宴会に迎えに行く舟だったのでしょう。

井月は、菊を運ぶ様子を付けました。菊を持って行って、月といっしょに楽しもうということなので しょう。大事に担いで慎重に舟に載せたので、遅れてしまったわけです。

くふ《う》柿《かき》も〳〵《くうかきも》みな甘《あま》くなし　露鶴

眉《まゆ》をかゝ《か》れし犬《いぬ》の尾《お》をふる　井月

【食う柿も食う柿も、みんな甘くなかったです。まゆを書かれた犬が、尾を振っています。】

菊の秋に対し、柿を付けました。かじってみたら、どれもこれも渋柿だった、という様子です。

井月は、「柿」を「書き」と読み替え、まゆを書かれた犬を付けました。それにしても、まゆを墨で太く書かれた犬が、尾をふって寄ってくる様子は、想像しただけで吹き出してしまいます。楽しい付け句だと思います。

何処《どこ》へとぶ行《ゆく》みち分《わか》ぬ花《はな》の山《やま》　基角

ふまれながらにのびる早蕨《さわらび》　筆

【花びらがどこへ飛んでゆくのか、行き先が分からない花盛りの山です。芽を出したばかりのわらびが、踏まれながらに伸びます。】

犬がころころと、どこへ跳び歩くのだろう、という連想で付けたのでしょう。風に吹かれて、桜の花が落ちる様子です。

そこへ、足元で伸びるわらびを付けました。「筆」とは「執筆《しゅひつ》」の略で、連句の会の記録係のことです。


二十《明治三年九月十七日。上伊那郡西春近村《にしはるちかむら》下牧《しもまき》・叶水亭（五声の家）にて。井月全集156・新編226》

鴫《しぎ》なくや宿引戻《やどひきもど》る手持《てもち》なき　井月
三日月沈《みかづきしず》むほどの山《やま》の端《は》　石山

【しぎが鳴く秋、宿引きも暇で戻ってきました。三日月がほどなく沈もうとしている山の端です。】

しぎは、秋の田んぼにいる鳥です。田舎の宿場でしょうか。宿引きとは、旅人に声をかけて泊まるように誘う人のことですが、泊まってくれそうな旅人も来ず、帰ってゆく様子でしょう。

そこへ石山は、三日月が沈む頃の時刻を付けました。秋の三日月ですから、もう夕闇が迫っています。

早稲酒《わせざけ》の今年《ことし》はいたく隙取《ひまどっ》て　五声
都合《つごう》のよさに明《あけ》る裏木戸《うらきど》　井月

【今年は、早稲酒が出るのにやけに時間がかかりました。酒屋に行くのに都合のよい、裏木戸を開けて買いに行きましょう。】

秋の三日月に対し、新酒を付けました。毎年楽しみにしているのに、今年の新酒は遅かったなあ、という様子です。

井月は、新酒を急いで買いに行く様子を付けました。表の門よりも裏木戸のほうが、酒屋に近いので都合がよい、ということでしょうか。

手《て》を吹《ふい》て竿《さお》をかしげる筏《いかだ》のり　石山
鰒煮鍋《ふぐにるなべ》は誰《だれ》もいやがる　五声

【いかだ乗りが、手を吹いて、さおをかしげています。ふぐを煮る鍋は、みんな嫌がります。】

裏木戸から出たところに、いかだがつないであるのでしょう。手を「吹く」ということは、ふっと息を吹きかけてから、いかだをこいでいるのでしょう。寒い冬の川の様子です。

五声は、「吹く」を「ふぐ」と読み替えて付けました。西日本のほうでは、ふぐを「ふく」と発音する地方もあるようです。

錆鎗《さびやり》も魔除《まよけ》と錺《かざ》る嗜《たしなみ》に　井月
行灯付《あんどんつけ》て姨《おば》の文《ふみ》よむ　石山

【錆びた槍《やり》も、魔除けになると言って飾ってあります。そんな叔母のことを思い出しながら、行灯をつけて手紙を読んでいます。】

ふぐの毒にあたらないよう、魔除けを飾ったのでしょうか。刃物は魔除けになると言われています。ご先祖さまが使った槍でしょう。

石山は、それは叔母が飾ったものだと連想し、叔母からの手紙を読む様子を付けました。

とり急《いそ》ぐ首途《かどで》に人《ひと》の取持《とりもっ》て　五声
鉄漿《かね》を含《ふくめ》て捜《さが》す小鏡《こかがみ》　井月

【とり急ぎ旅に出るというので、あれこれ取り仕切って世話をやいてくれています。お歯黒を口に入れて、小鏡を探しています。】

叔母からの手紙は、何かの急用でしょうか。旅の支《し》度《たく》をしている様子でしょう。

井月は、そこに鉄漿《おはぐろ》をつけて身支度をしている女性を連想しました。お歯黒は、既婚女性であることを示すもので、明治まで風習があったようです。「含める」は、口の中に入れるという意味なのでしょう。

一本《いっぽん》の牡丹《ぼたん》をいとふ《う》事《こと》もなし　石山
風《かぜ》そよ〳〵《そよ》と這入《はい》る脊戸口《せどぐち》　五声

【一本の牡丹を、大事にするということもありません。風がそよそよと、背戸口から入ってきます。】

お歯黒を付けて出かけたのは、牡丹見物だったと転じました。たくさん咲いていて、一本くらい取っても、どうということもないのでしょう。

　五声は、風が家の中へ入ってくる様子を付けました。牡丹の花びらをひらひらと揺らす、やさしいそよ風を連想したのでしょう。

撰分《えりわけ》る雑魚《ざこ》のはね出《だ》す兜鉢《かぶとばち》　井月
　月《つき》と□子との使《つか》い又来《またく》る　羽子丸

【選り分けた雑魚が、どんぶりから跳ね出しています。月の宴の使いの者が、またやって来ました。】

　背戸口のあたりで、魚を選り分けている様子です。兜鉢は、かぶとの形をした鉢、つまりどんぶりのような器のことでしょう。

　一字読めないので解釈が難しいのですが、月見でしょうか。とにかく「使いがまた来る」ということは、料理に使う魚が足りなくて、また買いに来た、という様子と思われます。

神棚《かみだな》の普請揚《ふしんあが》りに菱茹《ひしゆで》て　五声
　子供《こども》の前《まえ》の合《あわ》ぬ良寒《ややさむ》　井月

【神棚の取り付けが終わったので、菱の実を茹でて出しました。やや寒い秋の日なのに、子どもたちは着物の前がはだけています。】

　月に対して、秋の季語である茹菱《ゆでびし》を付けました。普請とは工事のことですが、ここでは、大工さんを呼んで、神棚を取り付けてもらったのでしょう。ご苦労さまと、菱の実を茹でて出した様子です。

　井月は、「その菱の実を摘んできたのは、寒そうな格好をした子どもたちでした」という意味で付けたのでしょう。

敷詰《しきつめ》し花毛《はなもう》せんに筆取《ふでと》って　五声
　重《じゅう》から直《じか》にはさむ草餅《くさもち》　筆

【花見の席で、敷き詰めた毛せんに筆を執りました。重箱から、じかに草餅をはさんで食べました。】

　「子供」から、ひな人形に敷く毛せんを連想したのでしょう。

　そこに、重箱の料理を付けました。じかに箸ではさんで草餅を食べる様子は、気さくな集まりを連想させます。

二十一《明治四年孟冬。春鶴（のちに菊園）は上伊那郡伊那町上牧《かみまき》の人。井月全集158、540・新編228》

人声《ひとごえ》の空《そら》につかへ《え》て花日和《はなびより》　春鶴
春《はる》の気色《けしき》をみせる小簾《こすだれ》　井月

【人々の声が、空を満たして塞いでしまうような、にぎやかな花見日和です。小すだれが春らしい景色を見せています。】

花見の風景でしょう。

井月は、そこにすだれを添えました。平安貴族の牛《ぎっ》車《しゃ》でしょうか。ちょっとすだれを持ち上げて、桜を眺めている様子を想像させます。

市《いち》に振《ふ》る担《た》桶《ご》の若鮎《わかあゆ》盛《も》りわけて　布精
そばへ《え》る犬《いぬ》を足《あし》で追《お》いやる　春鶴

【市場で、天秤棒《てんびん》で担いだ桶《おけ》の若鮎を盛り分けました。たわむれる犬を足で追いやりました。】

春の景色に対し、春の若鮎を付けました。「振る」は、天秤棒の両側に吊《つ》るした桶を振りながら担ぐ様子でしょう。

春鶴は、足元の犬ころが商売の邪魔をするので、追いやった様子を付けました。「そばえる」は「戯える」と書き、動物がたわむれる様子です。

さわ〱《さわ》と湯治《とうじ》を送《おく》る有明《ありあけ》に　井月
燃《も》やしさる火《ひ》の消《きえ》てや丶寒《やさむ》　布精

【さわさわと湧き出る温泉で湯治生活を送っている明け方。燃やしっぱなしだった火が消えて、やや寒さを感じました。】

犬が寄って来たのは、湯治場だった、と転じました。温泉につかって療養している様子ですが、有明ですから朝風呂なのでしょう。

そこへ布精は、秋の早朝の寒さを付けました。「燃しさる」は、燃やしっぱなしで去ることだと解釈してみました。

（この連句には、まだ続きがあるようですが、以下略されています。）

（春鶴の帖中に）

◇

葉柳《はやなぎ》のそよぎも見《み》えて茶《ちゃ》の飪《にもの》　菊園

目《め》はあらけれど越後《えちご》かたびら　井月

【葉柳がそよぐ様子も見える春、お茶を煮ています。目は粗いですが、越後かたびらを着ています。】

野外で茶をたてているのでしょう。いわゆる野点《のだて》の風景です。

井月は、参加者の服装を付け加えました。目は粗くても高級品です、と内心自慢をしている女性の様子が想像できます。

二十二《明治五年霜月。上伊那郡手良《てら》村野口・文軽亭にて。井月全集159・新編229》

雪散《ゆきちる》や酒屋《さかや》の壁《かべ》の裏返《うらがえ》し　井月

いまに囲《かこい》ひの出来《でき》ぬ水仙《すいせん》　禾圃

【雪の散る日、酒屋の壁板を裏返しにしています。いまだに水仙の囲いができません。】

改装工事でしょうか。壁そのものを裏返すのは無理だと思いますので、ここでは壁板のことと解釈してみました。

禾圃は、壁板から「冬囲い」を連想したのでしょう。水仙の囲いがまだ出来ていない様子を付けました。

差《さし》かかり遁《のが》れぬ席《せき》に手伝《てつどう》ふて　井月

樽《たる》の印《しるし》の目立大文字《めだつおおもじ》　文軽

【通りかかり、逃げられない席で手伝いました。大きな文字が書かれた樽を運ぶのを。】

水仙の囲いをする作業を、手伝わされたのでしょう。通りかかって、「おや、ちょうどいいところにきた、手伝え」と言われた様子です。

文軽は、大きな字の書かれた樽を運ぶのを手伝った、と転じました。

うちかへ《え》す波《なみ》にゆらる丶《る》磯《いそ》の月《つき》　禾圃
西瓜《すいか》の皮《かわ》に辷《すべ》る宿引《やどひき》　井月

【磯の打ち返す波に、月が揺れています。スイカの皮に宿引きが滑りました。】

海女《あま》が使う「磯樽《いそだる》」という道具があるので、樽に対して磯をつけたのでしょうか。

そして井月は、なぜスイカのことをつけたのでしょう。磯はすべりやすいので、スイカの皮で滑って転ぶ人を付けたのでしょうか。また、「うちかえす」から、客がぜんぜん来なくて、うちしおれて帰ってくる宿引きのことを付けたのかも知れません。

取組《とりくみ》のふつり合《あい》なる江戸角力《えどずもう》　文軽
見《み》ぬふりでみる娘《むすめ》やさしき　禾圃

【江戸相撲の取り組みが不釣り合いです。見ぬふりをしながら見ている娘は、優しい子なのでしょう。】

秋の季語である西瓜《すいか》に対し、秋の相撲を付けました。取り組みが不釣り合いということは、実力の違いすぎる者を闘わせている様子なのでしょう。

禾圃は、相撲の見物客の中に、若い娘がまじっている様子を付けました。見ぬふりで見るということは、男の裸を見るのが恥ずかしいのでしょうか。うぶな様子から、優しい娘だとしたのでしょう。

温《ゆ》泉に倦《うみ》て一間《ひとま》の内《うち》の筆《ふで》すさみ　井月
朸《おうご》の先《さき》へ懸《かけ》し汗《あせ》ふき　文軽

【温泉に飽きたので、部屋にこもって筆で何か書きました。杖《つえ》の先へ汗ふきをかけています。】

見ぬふりで見ているのは、温泉場の裸だったと転じました。「すさみ」は、気晴らしに何かすることですから、俳句か何か、思いつくままに書いた様子です。

文軽は、そこに汗ふきを付けました。入浴後の汗を拭いた手ぬぐいを、杖にかけたということなのでしょう。旅人の様子としたわけです。

ぬきさふ《そう》にしては手間《てま》取《どる》居合抜《いあいぬき》　禾圃
　水《みず》に影《かげ》さす柳《やなぎ》はら〳〵《はら》　井月

【居合抜きを見せる人が、抜きそうで、なかなか抜かず手間取っています。水辺に影を落とす柳は、はらはらと散ります。】

冷や汗をふきながら、居合抜きをしている様子に転じました。座った状態から一瞬で刀を抜くところを見せる武芸ですが、薬売りなどの客寄せに、見せ物として道端で行われていたようです。しかし、もったいつけて、なかなか抜かないので、見物人たちがはらはらしながら見ている様子なのでしょう。

井月は、「はらはら」しながら見ている様子に、「はらはら」と揺れる柳の葉を付けました。

寺方《てらがた》も町衆《まちしゅう》もある月《つき》の客《きゃく》　文軽

　むし籠釣《かごつる》す釘探《くぎさぐ》るなり　禾圃

【月見の客に、僧侶も町衆もいます。虫籠を吊《つ》るす釘を探しました。】

散る柳に対し、秋の月を付けました。さまざまな人が入り交じって、月見をしている様子です。

禾圃は、月見に虫の声を楽しもうと、虫籠を吊るす様子を付けました。ところが釘が見当たらないのでしょう。

此間《このあい》は薬《くすり》を刻《きざ》む隙《ひま》もなし　井月
　いつしか黴《かび》し棟上《むねあげ》の餅《もち》　文軽

【近頃は忙しくて、薬を刻む暇もありません。いつの間にか、棟上げ式でもらった餅が、かびてしまいました。】

「つるす」から、薬草をつるして干している様子を連想しました。刻んで煎じて飲むのですが、そんな暇もないほど忙しいと言っています。

そこに文軽は、忙しくて、もらった餅を食べるのも忘れていた、と付けました。棟上げとは、建築現場で、屋根の棟木を上げる儀式のことです。建て前とも呼ばれ、そのお祝いに配られた餅を、あとで食べようと思って取っておいたのでしょう。

咲《さき》か丶《か》る花《はな》にはげしき畳《たたみ》さし　禾圃
きのふ《う》もけふ《きょう》も長閑《のどか》なりけり　井月

【花が咲きかかった春の日、忙しく畳を作っています。昨日も今日も長閑です。】

家を建てる様子に対し、畳の準備を付けました。職人さんが大きな針で畳を作っている様子でしょう。「はげしき」ですから、忙しく針を動かしているのだと思われます。

それに対し井月は、のどかな春らしい日が続きますね、と付けました。「はげしさ」に対して、正反対の「のどかさ」を付けたのでしょう。

二十三《明治五年霜月。上伊那郡手良《てら》村野口・文軽亭にて。井月全集160・新編230》

埋火《うずみび》や夜半《やはん》廻《まわ》りの焼徳利《やきどくり》　文軽
外《そと》から月《つき》の影寒《かげさむ》き壁《かべ》　井月

【炭火を灰の中に埋めて、焼き徳利《どっくり》を持って夜半の見回りに出ました。外から月影が寒そうに壁を照らしています。】

酒で体を温めながら夜の見回りをした様子なのでしょう。

井月は、そこへ冬の月を付け加えました。

世《よ》に疎《うと》く只学文《ただがくもん》に身《み》を入《いれ》て　禾圃
年闌《としたけ》るほど美《うつく》しき髭《ひげ》　文軽

【ただ学問に身を入れていたので、世の中に疎いです。歳をとるほどに美しくなるヒゲです。】

壁に向かって座り、浮世から離れて学問に没頭する人の様子です。

文軽は、きっと立派なヒゲをはやしているだろうと想像して付けました。

若菜《わかな》にも折《おり》のしそへ《え》し朝使《あさづかい》　井月
　はや人馴《ひとなれ》し藪《やぶ》の鶯《うぐいす》　禾圃

【朝の使いの者が、若菜にも熨斗《のし》を添えて持ってきました。人馴れたうぐいすが、早くも藪まで来ているようです。】

立派なヒゲをはやした人物が、使いの者に、お年始の品を届けさせたのでしょう。若菜は新年の季語で、春の七草のことです。

禾圃は、「正月七日から、早くもうぐいすが来ていますね」と付けました。旧暦では正月が春なので、うぐいすを付けたのでしょう。

岨崩《そばくず》れしては濁《にご》らす春《はる》の川《かわ》　文軽
　伊達《だて》に日除《ひよけ》を染《そめ》し山駕《やまかご》　井月

【険しい山が崩れては、春の川を濁らせています。派手な色で日除けを染めた山駕籠《かご》が通ります。】

春のうぐいすに対し、春の川を付けました。雪解けによって水量が増し、土を削り取るようにして流れます。濁った汚い水だな、という気持ちではなく、勢いのある水流を描いた句なのでしょう。

井月は、崩れるような険しい山道に、山駕籠を添えました。山駕籠とは、町場で武家が乗るような立派な駕籠ではなく、簡単な造りの、軽量な駕籠のことです。竹で編んだ座席に、日除けを付けただけのものですが、なぜかその日除けが、派手な色で染めてあります。どんな人が乗っているのでしょう。

空病《そらやみ》も恋《こい》に重《かさ》ねてそゝ《そ》け髪《がみ》　禾圃
　酔《よい》を新茶《しんちゃ》にさます別荘《べっそう》　文軽

【仮病も恋に重ねて、髪を乱しています。別荘で、新茶を飲んで酔いを覚ましました。】

山駕籠《かご》には、恋の病に髪を乱している女性が乗っていました。恋の病は、他人から見れば仮病のようなものですが、本人は必死です。

文軽は、恋わずらいの女性が、別荘で療養している様子を連想したのでしょうか。夜は眠れずにお酒を飲んで、朝は酔い覚ましにお茶を飲んでいるのでしょう。

蟬《せみ》の音《ね》の時雨《しぐ》る丶《る》松《まつ》に脂吹《やにふい》て　井月
石《いし》のせて来《き》た車影《くるまかげ》から　禾圃

【蟬しぐれの声が響く松の木に、松やにが噴き出ています。石を載せた車が、松の木の陰から出てきました。】

　別荘の松の木の様子です。松やにのねっとりした感じが、蟬の声とともに夏の暑苦しさを連想させます。

　石を載せてきた車ということは、造園の様子でしょう。さあ、庭石をどう配置しようかと、松の木との取り合わせを考えているのでしょう。

地祭《じまつ》りの押《おさえ》を客《きゃく》に手《て》も取《とら》す　文軽
雪洞配《ぼんぼりくば》る翠簾《みす》の外側《そとがわ》　井月

【地鎮祭の押さえを、参列した客にやってもらいました。御簾《みす》の外側では、ぼんぼりを配置しています。】

石の運搬に対して、工事前の地鎮祭を連想しました。「押」とは何のことか、わかりません。ともかく、参列客の手も借りておこなったということなのでしょう。

　井月は、神事に使うぼんぼりを付けました。なんだか平安貴族の御殿のような様子です。

笛《ふえ》の音《ね》の次第《しだい》に冴《さえ》る須磨《すま》の浦《うら》　禾圃
香《こう》のけぶりの眼《め》にしみる也《なり》　文軽

【須磨の浦で、笛の音が次第に冴えわたって聞こえます。お香の煙が目にしみました。】

　御殿の御簾《みす》やぼんぼりに対し、笛の音を付けたのでしょうか。笛の名手として知られた平敦盛《たいらのあつもり》を連想しました。一の谷の戦いで、わずか十六歳で散っていった敦盛の笛が、須磨の浦に立てば聞こえてくるようだ、という風景です。

　文軽は、お香を連想して付けました。敦盛の供養のために焚《た》かれている線香のことなのでしょう。

散《ちら》さじと花《はな》にてりそふ峯《みね》の月《つき》　井月
小田《おだ》に蛙《かわず》の育《そだ》つ此頃《このごろ》　禾圃

【桜の花を散らすまいと、峰の月が照らしています。小さな田んぼには、蛙《かえる》が育つこの頃です。】

香のけむりから彼岸を連想し、彼岸桜を「散らさじ」としている様子を付けたのでしょう。「花に照り添う」は、寄り添うように優しく照らしている、ということでしょうか。

禾圃は、そこに蛙を添えました。桜の花も散ろうとする頃の、田んぼの様子です。

二十四《明治五年霜月。上伊那郡手良《てら》村野口・文軽亭にて。井月全集162・新編232》

売牛《うりうし》の時雨《しぐれ》て通《とお》る堤《つつみ》かな　禾圃
昼《ひる》はそれ程群《ほどむれ》ぬ水鳥《みずどり》　井月

【売られてゆく牛が、時雨の中、堤を通ります。昼はそれほど水鳥は群れません。】

「しぐれる」には、冷たい雨が降るという意味のほかに、涙を流すという意味がありますから、売られていく牛の悲しさを想像させます。

堤は、川でしょうか、湖でしょうか。井月はそこに水鳥を添えました。雁《かり》などは、日の出とともに湖を飛び立って、夕暮れになると帰ってきます。ですから、昼はそれほど群れません。売られてゆく牛に対して、自由に飛び回ることができる水鳥を、対照的に描いたのでしょうか。

覚悟《かくご》した下駄《げた》も草履《ぞうり》にはき替《かえ》て　文軽
按摩《あんま》の笛《ふえ》の高《たか》き棒鼻《ぼうばな》　禾圃

【下駄を草履にはきかえて、覚悟を決めて出かけました。背の高い杖《つえ》の先に、あんま笛をぶらさげて。】

水鳥の群れを見ながら、歩いてゆく様子でしょうか。「草履にはき替えて」ということは、下駄ばきのラフな格好ではなく、草履をはいてきちんとした格好で出かける、といった意味に解釈できます。

禾圃は、どこか偉い身分の人のところへ呼ばれて、マッサージ師が出かけてゆく様子を想像したのでしょう。「あんま笛」は、お客を呼ぶための笛です。二本の笛が同時に鳴る構造になっており、微妙にピッチがずれているので、独特のうねりのある音が出ます。マッサージ師は目の不自由な方が多く、杖をつきながら仕事に出かけるのですが、その杖の先に、あんま笛をぶらさげているのでしょう。

行違《ゆきちが》ひ《い》月《つき》に透《すか》せし笠印《かさじるし》　井月
笊《ざる》に打《う》ちあけさます茹菱《ゆでびし》　文軽

【行き違いになってしまい、笠印を月の光に透かして見ています。ゆでた菱の実を、ざるにあけて冷まします。】

目の不自由な人が、行き違いになってしまった様子を連想しました。笠の印も見えなかったのでしょう。

その笠印は、武田軍のいわゆる「武田菱」であると文軽は連想し、ゆでた菱の実のことを付けたのではないでしょうか。

わけもなき寺子《てらこ》帰《がえ》りの口喧嘩《くちげんか》　禾圃
白壁《しらかべ》よごす仇名《あだな》いろ〳〵《いろ》　井月

【寺子屋帰りの子どもたちが、わけもない口喧嘩をしています。お寺の白壁に、あだ名をいろいろ落書きしています。】

昔の子どもたちは、菱《ひし》の実をとって食べていたようです。その連想から、寺子屋に通う子どもたちを付けたのでしょう。

そこへ井月は、寺の白い壁を付けました。あだ名を落書きする、やんちゃな男の子たちの様子が想像されます。

眼《め》くは《ば》せを茶台《ちゃだい》の穴《あな》で覗《のぞ》く也《なり》　文軽
すゞ《ず》風《かぜ》まちていそぐ道辺《みちのべ》　禾圃

【目配せしているのを、茶台の穴から覗き見ました。涼風が吹くのを待って、道を急ぎます。】

寺の小僧たちが、食器でいたずらをしています。現代では、テーブルの上にお茶を出すのが当たり前ですが、テーブルなど使わなかった時代には、じかに畳の上に茶碗《わん》を置くわけにいかないので、「茶台」というものに茶碗を乗せて、お出ししたわけです。茶台は、上から見るとドーナツのように、穴があいた形になっているので、その穴から覗いて見た、という様子なのでしょう。

禾圃は、どこか外へ急いで出てゆく様子をつけました。目配せをして、こっそり抜け出して、遊びに出かけて行くのでしょう。

さし宿《やど》に雑掌衆《ざっしょうしゅう》のいかめしく　井月
古《ふる》き色紙《しきし》は箔《はく》が際立《きわだつ》　文軽

【指定された宿に着くと、雑掌衆（雑務を行う役人たち）がいかめしく居ました。古い色紙は金箔・銀箔が際立って見えます。】

急いで次の宿場を目指す旅人の様子へ転じました。泊まった宿で、次の宿を紹介してもらうことを「指し宿」と言います。本当は、こんないかめしい役人のいる宿には泊まりたくないのですが、指し宿なので仕方なく泊まらなければならない、ということなのでしょう。

役人のいかめしい様子から、「箔が付く」を連想して、金箔・銀箔のことを付けたのでしょう。色紙は、和歌などを書くための、装飾つきの紙です。古い色紙は色あせても、金箔・銀箔が際立って見えるのでしょう。

築山《つきやま》を廻《まわ》りて更《ふか》す月明《つきあか》り　禾圃
露《つゆ》ふみ零《こぼ》す森《もり》の五位鷺《ごいさぎ》　井月

【月明かりの中、庭の築山をまわって夜更かしをしました。森のゴイサギは、露を踏みこぼしています。】

金箔《ぱく》が輝く様子に対し、月の光を付けました。秋の月夜に庭を回って楽しむという、なんとも風流な句です。

井月は、夜行性の鳥であるゴイサギを付けました。夜中に庭の池へ来て、魚をとって食べたりします。夜更かしをしたゴイサギも、朝露の時刻になれば木の上に帰っていくよ、といった意味でしょう。

良寒《ややさむ》に雑巾掛《ぞうきんかけ》る板畳《いただたみ》　文軽
囉《もろう》ふた酒《さけ》ですますひと客《きゃく》　禾圃

【やや寒い日、板畳に雑巾をかけました。客一人のもてなしを、もらった酒で済ませました。】

露の秋に対し、「やや寒」を付けました。

禾圃は、雑巾がけの様子から客を迎える準備を連想し、もてなしの酒のことを付けました。

花守《はなもり》といは《わ》るゝ《る》老《おい》の嬉《うれ》しさに　井月
袴《はかま》のひだを直《なお》す麗《うららか》　文軽

【老いて「花守」と呼ばれる嬉《うれ》しさです。はかまのひだを直した、うららかな春の日です。】

その客は、花守の老人だった、と付けました。桜の木の世話をする人のことです。

文軽は、どなたか偉い方に呼ばれて、ほめられている様子を連想しました。春のうららかな日、かしこまって緊張しながら、はかまのひだを直しているのでしょう。

二十五《明治九年弥生、上伊那郡伊那町福島《ふくじま》・富哉の庵にて。禾圃の追善。井月全集164・新編234》

子《ね》の春《はる》もけふ《きょう》を際《かぎ》りと成《なり》に梟《けり》　禾圃居士
眼《め》にあり〱《あり》と残《のこ》る引鶴《ひきづる》　富哉

【子の日月（旧暦の一月のこと）も今日限りとなりました。北へ帰る鶴の姿が、目にありありと残ります。】

「子の春」という言い方は普通しませんが、「子の日月」のことでしょう。今日かぎりというのですから、一月の最終日です。旧暦ですから、少し春らしくなった感じでしょう。

富哉は、鶴の様子を付けました。引鶴は引き返す鶴のことで、春の季語です。正月の終わりを惜しんでいる気持ちも想像できます。

貯《たくわい》ひし独活《うど》も防風《ぼうふ》も茎立《くくたち》て　竹圃
矢立《やたて》の筆《ふで》の切《き》れし旅先《たびさき》　叮人

【育てているウドもボウフウも、茎が立ちました。矢立の筆の先も千切れてしまった旅先です。】

春の引鶴に対して、茎立《くくたち》を付けました。茎がのび始める様子を表す季語です。「貯える」には、集めておくという意味のほかに、養うという意味もあります。ウドやボウフウを、漢方薬にするために育てているのでしょう。

矢立は、携帯用の筆入れのことで、筆先がすりきれてしまった筆を「千切れ筆」と言います。つまり、長旅だったと想像できます。叮人は、漢方薬を携行してゆくような、長旅を連想したのでしょう。

裏椽《うらえん》に芋《いも》の皮《かわ》むく月明《つきあか》り　露江
なるこの縄《なわ》のたるみ勝《がち》なり　机眠

【裏の縁側で、月明かりの下、芋の皮をむきました。鳴子の縄は、たるみがちです。】

旅先で泊めてもらった家では、芋の皮をむいていました。芋名月という言葉がありますので、旧暦八月十五日の月見の様子でしょう。

机眠は、そこへ秋の季語である鳴子を付けました。田んぼや畑のスズメを追い払う装置で、ひもで引っ張って鳴らすのです。それがたるみがちだと言うのですから、月見の準備にかまけて、鳴子を鳴らす仕事をさぼりがち、という意味でしょうか。

行秋《ゆくあき》も耳《みみ》に付《つき》たる蝉《せみ》の声《こえ》　其川
硯《すずり》の海《うみ》も薄《うす》き水《みず》おと　致一

【秋も終わりですが、蝉の声が耳につきます。硯の海も、墨汁が少なくなって薄い水音を立てています。】

鳴子の役目も終わった頃の様子ですが、晩秋に蝉が鳴くのか、ちょっと季節が合わないような気もします。

致一は、残りわずかな蝉の命から、残りわずかな墨汁の様子を連想して付けたのでしょう。

とり出《いだ》す母《はは》の紀念《かたみ》の十寸鏡《ますかがみ》　三保

駕籠《かご》からみゆる紫《むらさき》の紐《ひも》　井呂

【母の形見の真澄《ますみ》の鏡を取り出しました。駕籠から、紫の紐が見えています。】

硯《すずり》に張った水には、物が映るので、鏡を連想したのでしょう。よく研がれて澄んだ鏡のことを真澄の鏡といいます。

井呂は、駕籠に乗った貴人が、母の形見の鏡を見ている様子を連想したのでしょう。紫色には、高貴なイメージがあります。

白雨《ゆうだち》に峠《とうげ》を越《こえ》て濡《ぬ》るゝ袖《そで》　旭水
孫六屋敷人《まごろくやしきひと》に問《とわ》るゝ　文一

【夕立の中、峠を越えて袖が濡れました。孫六屋敷はどこにありますかと、人に問われました。】

貴人の袖が雨に濡れた様子です。白雨は「はくう」とも読み、晴れた明るい空に降る雨のことですが、字足らずになってしまうので、ここでは「ゆうだち」と読んでみました。

文一は、峠で旅人に道を尋ねられた様子を付けたのでしょう。孫六は、美濃《みの》の有名な刀工である孫六兼元《かねもと》のことです。

月薄《つきうす》き野中《のなか》に動《うご》く罔両《かげぼうし》　里井
蓮《はちす》の露《つゆ》の風《かぜ》にはら〳〵《はら》　蒲亀

【月の光が薄く照らす秋の野に、影法師が動いています。蓮《はす》の露が風にはらはらとこぼれます。】

道を尋ねながら歩き回って、夜になってしまった様子でしょう。「罔両」は、芭蕉《ばしょう》の『幻住庵記《げんじゅうあんのき》』という文章の中に出てくる独特の表記で、「かげぼうし」「かげぼし」と読むようです。

蒲亀は、蓮の影法師の様子に転じました。秋の蓮ですから、実がいっぱい入っている、ハチの巣のような花托《かたく》が、ちょっと不気味な感じで風に揺れているのでしょう。

魂棚《たまだな》に指《ゆび》さす児《ちご》の哀《あわ》れ也《なり》　三和
時《とき》の太鼓《たいこ》もいつかすみけり　瓜山

【お盆棚を指さす子どもが哀れです。時を告げる太鼓も、いつしか済みました。】

蓮《はす》から、仏を連想しました。死んだ親の位牌《いはい》を指さして、「これ、何なの？」と言っている幼い子どもなのでしょう。

瓜山は、どうして太鼓のことを付けたのでしょうか。夕刻を知らせるお城の太鼓も鳴り止んだころ、迎え火を焚《た》こう、という様子なのかも知れません。

散込《ちりこみ》し花《はな》にせかるゝ《る》麓川《ふもとがわ》　三翁
凧《たこ》の糸目《いとめ》の解《とけ》て本意《ほい》なき　歌白

【麓川に、桜の花びらが散り込んで、せき止めています。凧の糸目がほどけて残念です。】

時を知らせる太鼓が、夕暮れの川辺にも聞こえてくるのでしょう。麓川はどこの川なのか分かりませんが、ただ山のふもとの川という意味かも知れません。花びらが川をせき止めるというのは、ちょっと大げさな表現ですが、華麗な景色です。

その河原で、凧あげをしているのでしょう。糸目は、凧をコントロールする大事な部分ですが、ほどけてしまって墜落したのでしょう。

初午《はつうま》の間《ま》に合《あわ》せたき納《おさ》め額《がく》　竜視
洗《あろう》ふたやう《よ》な庭《にわ》の敷石《しきいし》　鶴城

【初午の日に間に合わせたい奉納額です。洗ったようにきれいな庭の敷石です。】

凧《たこ》に対し、東京の王子稲荷《いなり》神社の凧市《たこいち》を連想したのでしょうか。初午のお祭りに間に合うように、奉納額を一生懸命書いているのでしょう。

奉納する神社の境内に、きれいな敷石が敷かれている、といった景色を付けたのだと思われます。

帘《さかばた》を覗《のぞい》てみれば誰《だれ》も居《い》ず　文軽
須磨《すま》か明石《あかし》か浦《うら》の松風《まつかぜ》　玉柳

【酒屋を覗いて見れば、誰もいません。須磨でしょうか、明石でしょうか、浦の松風が吹いています。】

敷石のある立派な庭から、大きな造り酒屋を連想したのでしょうか。「帘」は、酒屋の杉玉のことでしょう。玉柳は、酒どころとして知られる神戸や明石を付けました。

それ是《これ》ともてなしぶりの田舎《いなか》めき　田畝
帯《おび》の眼《め》に付紅染《つくべにぞめ》のわり　野人

【あれこれともてなしをする様子が、田舎っぽいです。紅染めの帯を、割り角《つの》出しにしているのが目に付きます。】

京から離れた須磨や明石《あかし》の田舎では、あれこれと過剰なほどにもてなしをする、といった様子でしょう。

野人は、もてなしをする女性の帯のことを付けました。「わり」が分かりませんが、ここでは「割り角出し」という結び方のことと解釈してみました。

青笹《あおざさ》も化粧《けしょう》とみゆる肴籠《さかなかご》　玉哺
雪車曳《そりひき》かけて辷《すべ》る坂道《さかみち》　月松

【肴籠《びく》に敷いた青笹も、化粧に見えます。そりをひいていたら、坂道をすべりました。】

「紅」から、化粧を連想して付けました。びくは、竹で編んだ籠のことで、腰にさげて使います。ここでは音数の都合上、「さかなかご」と読んでみました。底に敷いた青笹があざやかで、化粧のようだと譬《たと》えています。現代でも、さしみや焼き魚の皿のすみに、青い葉を添えることがあるでしょう。

月松は、「びく」に対して「ひく」を付けたと思われます。青笹は夏の季語ですが、いきなり雪車が出てくるので、季節が跳ぶような感じです。

袴着《はかまぎ》の供《とも》に角力《すもう》を連《つれ》る也《なり》　布精
浪《なみ》も静《しずか》に綱越《つなごし》の舟《ふね》　稲谷

【袴着のお供に、相撲取りを連れていきました。波も静かな岸に、綱越しの舟がつながれています。】

雪国では、箱ぞりに小さな子どもを乗せて運びます。その連想から、子どもの袴着を付けたのでしょう。五歳になった男の子が、初めて袴を着る儀式のことで、親せきの家を回ったり、氏神様をお参りしたりしたそうですが、相撲取りをお供に連れている様子でしょう。五歳の子のお祝いにしては大げさな行列です。

綱越の意味が分かりませんが、稲谷は、行列が渡し舟に乗っていくところを連想して付けたのかも知れません。体の大きな相撲取りが乗れば大いに揺れるでしょう。

月更《つきふけ》て未《ま》だ消《きえ》やらぬ捨篝《すてかがり》　井月

砧《きぬた》幽《かす》かに山寺《やまでら》できく　工尺

【月夜も更けましたが、捨てかがりの火がまだ消えていません。砧《きぬた》のかすかな音を、山寺で聞きました。】

舟のかがり火を連想したのでしょうか。戦国時代の捨てかがりへ転じました。野営で、敵の夜襲を警戒し、陣から遠く離れたところに人をつけずに焚《た》くかがり火のことです。

工尺は、遠く離れたところの明かりに対し、遠く離れたところから聞こえる砧の音を付けたのでしょう。

此《この》あたり新《しん》そば時《どき》のとまり客《きゃく》　蘭堂

ぬれ銭掴《ぜにつか》む豆腐屋《とうふや》のつり　菊園

【このあたりには、新そばの季節に泊まり客がいます。豆腐屋の釣り銭で、ぬれた銭をつかみました。】

砧《きぬた》の音を聞きながら、新そばを食べている、秋の宿場の様子です。

菊園は、そば屋に対して豆腐屋を付けたのでしょう。そば屋も豆腐屋も、大量の水を使う仕事です。ぬれた手で銭をつかんでいるのでしょう。商売が忙しい、活気のある様子が想像できます。

催促《さいそく》に断《ことわ》り手紙書直《てがみかきなお》し　里遊

瓢《ふくべ》を提《さげ》て帰《かえ》る門《かど》ぐち　愛花

【催促をされて、断りの手紙を書き直しました。ひょうたんを提げて、門口から帰ります。】

「銭」から、お金の催促の話題を付けました。断りの手紙を書いている様子でしょう。

愛花は、使いの者がその手紙を持って帰ってゆく様子を付けました。ひょうたんを提げているということは、遠方から来た人なのでしょうか。

木《き》の本《もと》の雪《ゆき》ふみ分《わけ》る花《はな》の旅《たび》　一匙
香《こう》の匂《におい》ひの洩《もれ》る陽炎《かげろう》　筆

【木の根元の雪を踏み分けて歩いた、花の季節の旅です。陽炎が立つ暖かい日、お香がどこかから匂ってきました。】

ひょうたんを提げた旅人が、雪を踏み分けて歩いていきます。滋賀県・北国《ほっこく》街道の宿場町である木之本のことかも知れませんが、ここでは単に、木の根元のことと解釈してみました。花の咲く季節ですが、まだ日陰には雪が残っているのでしょう。

そこへ、陽炎がゆらゆら立つ春の日だったと付けました。彼岸でしょうか、お香の匂いがしています。

二十六《明治九年十一月。上伊那郡伊那町福島《ふくじま》・大東舎（富哉の家）にて。井月全集167・新編237》

見《み》て暮《くら》す人《ひと》の世《よ》にさく桜《さくら》かな　菊雄
貧《ひん》に高《たか》ぶる春《はる》の酒盛《さかもり》　井月

【見て暮らす人の世の中に、桜が咲きました。貧しい人々の春の酒盛りは高ぶります。】

「見て暮らす人」とは何でしょう。井月のような、花を見て暮らすだけの人のことでしょうか。あるいは、働いて暮らす庶民の様子を、ただ見て暮らしている、特権階級の人のことを皮肉っているのかも知れません。

井月は、特権階級とは正反対の、貧しい平民たちの酒盛りを付けました。飲んで騒いで、盛り上がっている様子なのでしょう。

檜笠田《ひのきがさた》をすく畔《あぜ》に脱捨《ぬぎすて》　富哉
小銭《こぜに》ひねりて投《なげ》る獅子舞《ししまい》　井月

【ひのき笠を、耕している田んぼのあぜに脱ぎ捨てました。獅子舞が来たので、小銭をひねって投げてやり

ました。】

「春の酒盛」に対し、農作業をほうり出して花見に興じる様子を付けました。

井月は獅子舞が来たので農作業をほうり出して見に行ったのだと転じました。「おひねり」といって、小銭を紙に包んで投げてやるわけです。

月《つき》にまだ十日《とおか》も早《はや》き障子《しょうじ》張《はり》　富哉

砧《きぬた》うち場《ば》を替《かえ》る裏木戸《うらきど》　井月

【月見にはまだ十日も早いですが、障子を張り替えました。砧《きぬた》を打つ場所を、裏木戸のほうへ変えました。】

おひねりの包み紙に対し、障子紙を連想しました。月見の宴会の準備なのでしょう。

井月は、月夜に対して、砧の音を付けました。ふだんは縁側で砧を打っているのかも知れませんが、月見の邪魔にならぬよう、裏の方に作業場を移した、ということなのでしょう。

起《おこ》してもくせの付《つき》たる雨《あめ》の萩《はぎ》　富哉

機《はた》の拍子《ひょうし》の面白《おもしろ》き音《おと》　井月

【起こしても、くせがついていてすぐに寝てしまう、雨の日の萩です。機織りのリズムが面白く聞こえてきます。】

裏木戸のあたりに萩が生えていたのでしょう。地面にしだれるように咲くので、倒れてくせがついてしまった様子です。

井月は、どうして機織りのことを付けたのでしょうか。萩は道端に咲くので、端《はた》と機《はた》をかけたのでしょうか。

わる口《くち》をいひ《い》ば格子《こうし》に振返《ふりかえ》り　富哉

焼芋《やきいも》好《ず》きな禰宜《ねぎ》が後《のち》ぞへ《え》　井月

【悪口を言っては、格子戸のほうを振り返って見ます。禰宜さま（神職の一種）の後妻は、焼芋が好きです。】

機《はた》織りをしながら、人の悪口を言っています。噂《うわさ》をすれば影、と言いますが、本人が来たりしていないだろうかと、警戒している様子でしょう。

井月は、どんな悪口なのかを想像して付けました。「禰宜さまの後妻さんは、焼芋が好きだよね」といった、他愛もないものだった、というわけです。格子戸といえば、神社のイメージが浮かんだのでしょう。

雪車曳《そりひき》に山鳥《やまどり》の尾《お》の長縄手《ながなわて》　富哉
片《かた》くらがりで洗《あら》ふ膳椀《ぜんわん》　井月

【山鳥の尾のように長い縄手道（細いあぜ道）を、そりをひいてゆきます。片暗がりでお膳やお椀を洗っています。】

冬の季語である焼芋に対し、そりをひいて売り歩く様子を付けました。「山鳥の尾」は、長いものをたとえた言葉です。

井月は、柿本人麻呂《かきのもとのひとまろ》の「あしびきの山鳥の尾のしだり尾の長々し夜をひとりかも寝む」という和歌を連想したのでしょう。長い秋の夜、ひとりでさみしく膳や椀を洗う様子に転じました。

月《つき》の出《で》て同者《どうしゃ》の杖《つえ》も突《つき》へらす　富哉
矢立《やたて》とりだす須磨《すま》の良寒《ややさむ》　井月

【月の出るころ、旅の修行者が、杖もつき減らしました。矢立を取り出した、須磨のやや寒い秋です。】

「片くらがり」から、月明かりを連想したのでしょうか。同者は、修行者とか、巡礼の人と言う意味です。杖を突きへらしているということは、長い旅をしてきたのでしょう。

井月は、その修行者が矢立（昔の筆入れ）を取り出している様子を付けました。須磨は『源氏物語』の舞台として有名な歌枕ですから、和歌でも書こうというのでしょう。

鳴竹《なるたけ》のおとにそば立鳥《だつとり》の群《むれ》　富哉
足軽衆《あしがるしゅう》の廻《まわ》る火《ひ》の番《ばん》　井月

【竹のしなる音に、鳥の群れが耳をそばだてています。足軽衆が火の番に回っています。】

「やや寒」の水辺の景色でしょう。風で竹がしなる音がするたびに、水鳥の群れが耳をそばだてて警戒しています。

井月は、警戒する水鳥の様子に対し、火を警戒して回る足軽たちの様子を付けました。足軽とは、江戸時代の歩兵のことです。

からりつと《っ》吹払《ふきはろう》ふたる花の宿《はなのやど》　井月
若菜《わかな》の露《つゆ》を拭《ぬぐ》ふ板敷《いたじき》　富哉

【からりとした風が吹き払った花の宿です。若菜についた露を、板敷のところで拭っています。】

「火の番」に対し、からっ風を付けました。花見の季節の宿で、何を吹き払ったのでしょうか。桜の花びらでしょうか。

井月は、「吹く」を「拭く」と読み替えて、若菜についた露を拭きとる様子を付けました。

かつぎ込《こむ》恵方《えほう》参《まい》りのみやげ物《もの》　井月
池《いけ》を見越《みこし》の鶴《つる》の羽遣《はづかい》ひ　富哉

【恵方参りのみやげ物をかつぎ込みました。池の向こう側に鶴の羽使いが見えます。】

新春の若菜摘みに対し、恵方参りを付けました。その年の恵方の方角にある神社へ、元日にお参りに行くことです。明治頃までは行われていたようですが、やがて方角に関係のない「初詣」のほうが一般的になって、恵方参りは廃れてしまったようです。

富哉は、正月にふさわしい景色として、鶴を付けました。

髭袋《ひげぶくろ》はづ《ず》して御座《ござ》に付給《つきたまう》ふ　井月
二見《ふたみ》が浦《うら》の空《そら》に夕虹《ゆうにじ》　富哉

【ひげ袋を外して、席にお着きになりました。二見浦《ふたみがうら》の空に夕虹が立っています。】

池のある広い庭を眺めているのは、ひげのはえた偉人でした。ひげ袋は、あごひげを入れて保護するための袋で、耳からつるすのだそうです。『三国志』に登場する関羽《かんう》という武将が、ひげ袋をつけていたといいます。

富哉は、あごひげから三重県の英虞湾《あごわん》を連想したのでしょう。英虞湾の端には「御座」という岬があります。そして、同じく三重県の名所である二見浦を付けたのでしょう。夫婦《めおと》岩で有名なところです。

途中《とちゅう》から三味線筥《しゃみせんばこ》は返《かえ》す也《なり》　井月
扇《おうぎ》もなくて曬ひ《もらい》風《かぜ》する　富哉

【途中から三味線箱は返しました。扇もなくて、風をあおいでもらいました。】

夕虹のかかるころ、お座敷に三味線を運んでゆく芸者さんの様子です。三味線を立てて収納する箱は、底のほうに引き出しが付いており、張り替え用の絃《げん》など小物を入れることができるようになっています。

富哉は、その引き出しに扇を入れておいたのに、返してしまったので困っている様子を付けました。

薄草履《うすぞうり》夏《なつ》も冷《ひや》つく石《いし》の上《うえ》　井月
きせるをみがく茶屋《ちゃや》の椽先《えんさき》　富哉

【薄い草履をはいて石の上に立つと、夏でも足が冷やつきます。茶屋の縁側の先できせるを磨いています。】

「もらい風」から、風邪をひく様子に転じました。つめたい石の上で冷えたのでしょう。

富哉は、縁側を降りたところにある平たい踏み石のことを連想し、縁側できせるの手入れをしている人を付けました。

打交《うちまじ》り百万遍《ひゃくまんべん》の声《こえ》すなり　井月
小供《こども》気遣《きづか》ふ車《くるま》井《い》の際《きわ》　富哉

【みな打ち交じって、百万遍のお念仏を唱える声がしています。車井戸の際で、子どもが落ちないように気遣っています。】

ごしごしと何度もみがく様子に対し、「百万遍」を連想したのでしょう。南無阿弥陀仏《なむあみだぶつ》を百万回唱えることを目指して、村人たちがお堂などに集まって行う「念仏講」のことです。車座になって、長い一本の数《じゅ》珠《ず》をみんなで手に持って回しながら唱えるのです。

富哉は、長い数珠を回す様子から、井戸のつるべの滑車を回す様子を連想しました。滑車の付いた井戸は「車井戸」とか「車井」と呼ばれますが、深いことが多く、子どもが落ちたら大変です。

いざらせてとふ婦切込月明《うふきりこむつきあか》り　井月
まばらに残《のこ》る新田《しんでん》の稲《いね》　富哉

【月明かりが照っているところへ、たらいをずらして、豆腐を切り込んでいます。新田には、まばらに稲が残っています。】

井戸水に、豆腐をひたしてある様子を付けました。「いざる」は、引きずるようにして運ぶ様子でしょう。豆腐の入ったたらいを、月明かりの下へいざって切っています。

富哉は、稲を刈ったところと刈っていないところがまばらになっている、旧暦八月ごろの田んぼの様子を付けました。ちょうど月のきれいな季節です。

いなごとる為《ため》によく出《で》る狐《きつね》の子《こ》　井月
仕懸《しかけ》とりどりかる業《わざ》の小屋《こや》　富哉

【いなごをとるために、狐の子がよく出ています。軽《かる》業師《わざし》の小屋には、いろんな仕掛けがしてあります。】

田んぼに出てきたのは、かわいらしい子ぎつねでした。

富哉は、なぜ軽業師のことを付けたのでしょうか。おそらく、上方落語の演目に『七度狐《しちどぎつね》』とか『軽業』というのがあるので、それを連想して付けたと思われます。

鋳《い》もの師《し》の時刻外《じこくはず》さず戻《もど》り来《く》る　井月
軒《のき》に広《ひろ》げし春《はる》の干網《ほしあみ》　富哉

【鋳物職人が、時刻に遅れずに戻ってきます。軒先に、干し網を広げている春です。】

「業」から、職人を連想しました。鋳物を溶かし込んで、冷えて固まるのを待つ様子でしょうか。食事などに出かけていた職人が、ちょうどよい頃合いに戻ってきたのでしょう。

富哉は、鋳物で有名な富山県高岡市を連想したのでしょうか。富山ですから、春のホタルイカ漁に使う網を軒先で干している様子なのかもしれません。

重詰《じゅうづめ》の品《しな》に色《いろ》もつ花鰹《はながつお》　井月
　雨晴《あめはれ》きつ《っ》て木《こ》の芽萌立《めもえたつ》　富哉

【重箱に詰めた料理に、色どりをもたせる花鰹です。雨が晴れきって、木の芽が萌え立つ季節です。】

「干」から、天日干しのかつおぶしを連想したのでしょう。

富哉は、雨があがったので重箱を持って外へ出かける様子を付けました。「木の芽」は春の季語で、木々が芽吹くころの雨を「木の芽雨」といいます。

二十七《明治九年十二月二十七日、上伊那郡手良《てら》村堀ノ内・喜撰庵（田畝の家）にて。井月全集170・新編240》

雪散《ゆきちる》や黒羽二重《くろはぶたえ》の五ツ紋《いつつもん》　井月
　任《まか》せる人《ひと》に見《み》せる水仙《すいせん》　田畝

【黒羽二重の紋付に、雪が散っています。任せる人に水仙を見せました。】

白い雪と、黒い羽織の取り合わせが美しい句だと思います。正装をして、何かの祝いでしょうか。儀式でしょうか。

田畝は、人に水仙の咲く庭を見せている様子を付けました。「今日からこの店はお前に任せた。そうそう、水仙の咲くこの庭の手入れも、ちゃんとやってくれよ」という場面なのかもしれません。つまり、黒紋付を着ているのは引退するご主人で、今日は店を引き継ぐ日だった、ということでしょう。

それ是《これ》と土佐家《とさけ》の軸《じく》を撰分《えりわけ》て　井月
　種《たね》もの袋鼠《ぶくろねずみ》喰《くい》ひさく　田畝

【それこれと、土佐派の掛け軸を選び分けています。種の入った袋をネズミが食い裂いてしまいました。】

後任の者に、掛け軸を分け与える様子でしょう。土佐派は、狩野《かのう》派と並ぶ日本画の流派です。

田畝は、土佐弁つまり高知県の方言を連想したのでしょうか。「ちゅう」という語尾が特徴的で、たとえば知っているは「知っちゅう」、来ているは「来ちゅう」となります。それでネズミのことを付けたのではないかと思われます。

船《ふね》とまで月見《つきみ》の友《とも》の誘引合《さそいあい》　井月
見世《みせ》の灯籠《とうろう》はづ《ず》す初夜過《しょやすぎ》　田畝

【船に乗りましょうとまで誘い合った月見の友です。夜の初めを過ぎた、店の灯籠を片付けるころ。】

ネズミは船に住みつくと言われていますので、その連想で付けたのでしょう。「これから夜船に乗ろうよ」「うん、それがいい」と誘い合っている様子でしょう。

田畝は、店を閉める頃だと付けました。月見で酒を飲んで、まだ遊び足りない客たちの様子です。

内《うち》にかと音信《おとずれ》て行踊《ゆくおど》り連《れん》　井月
姉《あね》といは《わ》ずにしれる気配《きくばり》　田畝

【うちに来たのでしょうか、踊りの集団が家々を回り歩いています。何も言わなくてもお姉さんだと知れるような、細やかな気配りです。】

灯籠から、祭を連想したのでしょう。現代でも、村の青年団が家々を回り、花笠《がさ》踊りなどを見せて、ご祝儀をもらったり、酒をもらったりする地方があります。

その踊りの集団に、酒などを注いでやっている娘の様子を付けたのでしょう。お姉さんらしい気配りだというわけです。

私語《ささやい》て通《かよい》を渡《わた》す勝手口《かってぐち》　井月
昼寝《ひるね》が済《すめ》ば未刻《やつ》下《さが》る頃《ころ》　田畝

【ひそひそとささやきながら、勝手口から人を通しているようです。昼寝の済んだ午後二時すぎに。】

気配りのできる姉さんが、そっと指図をしている様子です。「渡す」という言葉には「通過させる」という意味がありますので、誰かこっそりと勝手口を通らせたのでしょう。

そんな異変に、昼寝をしていた家人が気付いた、という様子を付けました。いったい何事でしょうか。あやしげな状況です。

網《あみ》ながら水《みず》へ冷《ひや》せし真桑瓜《まくわうり》　井月
埃静《ほこりしず》めて店《みせ》を初《はじ》める　田畝

【網のまま、水につけて真桑瓜を冷やしてあります。水まきをして、店を始めます。】

昼寝が済んで、おやつに冷えた瓜を食べたのでしょう。真桑瓜は、古くから食べられている瓜の一種です。

水に冷やしている様子から、田畝は八百屋の風景を連想したのでしょう。「ほこりしずめ」とは、水まきのことです。

打揃《うちそろ》ひ《ぃ》 朸休《おうごやす》める朝《あさ》の月《つき》　井月
自慢《うぬぼれ》ながら配《くば》るわせ酒《ざけ》　田畝

【朝の月を見ながら、みんなそろって杖《つえ》を休めています。新酒を自慢しながら配っています。】

「店をはじめる」から、朝の景色を付けました。朝から杖を休めているとは、どういう状況でしょうか。

田畝は、朝から酒屋の前に並んで、新酒を配ってもらうのを待っている様子だと連想しました。

蜻蛉《とんぼ》のとまりて見《み》ゆる石《いし》の肌《はだ》　井月
旅《たび》の衣《ころも》を洗《あら》ふ《う》加茂川《かもがわ》　田畝

【トンボが石の表面にとまっているのが見えます。加茂川で旅の衣を洗いました。】

秋の早稲酒に対し、トンボを付けました。

田畝はそれを河原の風景だと連想しました。加茂川という名の川は日本全国あちこちにありますので、特定はできません。また、鴨川や賀茂川と書くところもあります。

(以下なし)

花《はな》の頃連歌《ころれんが》の御会広《ごかいひろ》やかに　井月

【桜の花のころ、連歌の会を盛大に行いました。】

「旅の衣」から、連歌の会に向かう人を連想したのでしょう。連句のことを、かつては「俳諧の連歌」と呼びました。

残念ながらこの句で終わっています。途中でやめてしまったのでしょうか。


二十八《明治十年初冬。上伊那郡赤穂《あかほ》村・素人亭にて。

井月全集171・新編241》

霞《かす》む日《ひ》やまばらな松《まつ》の奥深《おくぶか》き　祖丸
山里遠《やまざととお》く雉子鳴《きぎしな》くなり　井月

【霞がかかる日、まばらに生える松の木が、奥深く見えます。山里では遠くからキジの鳴く声が聞こえます。】

春霞のかかる、松林の風景です。霞んで奥が見えないので、深い森のように思える、といった様子なのでしょう。

井月はキジを添えました。キジも春の季語です。

京戻《きょうもど》り五人囃子《ごにんばやし》の雛買《ひなこ》うて　祖丸
門《もん》の見《み》かけを誰《だれ》も羨《うらや》む　井月

【京から戻るとき、五人囃子のついたひな人形を買いました。門の見かけの良さを誰もがうらやみます。】

山里に、京の都から帰ってきた様子を付けました。ひな人形といっても、三人官女だけが付いたものや、五人囃子がついたものなど、いろいろあると思います。京都のみやげに、豪華な五人囃子つきのひなを買ったということでしょう。

井月は、お金持ちのことを連想し、立派な門のある家の様子を付けました。

児守子《こもりご》の連《つ》れ呼《よ》び歩行《ある》く宵《よい》の月《つき》　祖丸
水切《みずき》つて置《お》く茹菱《ゆでびし》の笊《ざる》　井月

【子守奉公の女の子が、月の宵に連れを呼び歩いています。ゆでた菱の実を、ざるに入れておいて、水を切っています。】

お屋敷の門のあたりで、子守りの少女が連れを呼び歩いているのですが、どういう状況でしょう。誰かとはぐれてしまったのでしょうか。

そして井月は、なぜ菱の実のことを付けたのでしょう。子守奉公の女の子は、炊事場の雑務も手伝うのが普通だったようですから、ゆでた菱の実を置きっぱなしにして、連れを呼びに出た、ということなのでしょうか。

柴折《しばお》りて粥《かゆ》をぬくめる良寒《ややさむ》に　祖丸
貧《まず》しけれども美《うつく》しき妹《いも》　井月

【柴を折って火にくべて、粥を温めるやや寒い日です。貧しいけれども美しい君が。】

菱《ひし》の実をゆでる台所から、お粥を煮る様子に転じました。

井月は、お粥を煮ているのは、美しい女性だと付けました。「妹」は、いもうとのことではなく、親しい女性を呼ぶときの言葉です。貧しいけれども君がいれば幸せだという、恋の句なのでしょう。

それとなく粧《よそ》ひ道具《どうぐ》を片付《かたづけ》て　祖丸
親《おや》に知《し》らさで極《き》める奉公《ほうこう》　井月

【それとなく化粧道具を片付けました。親に知らせずに奉公に行くことを決めました。】

美しい女性に対し、化粧道具を付けました。「それとなく」は、はっきり言わない様子を表す言葉です。

井月は、「化粧道具を片付けたのは、家を出ていくためだ」と連想し、奉公に出る女性のことを付けました。親に知らせず、「それとなく」出てゆく準備をしているわけです。

精進《しょうじん》も今日《きょう》より落《お》ちる河豚汁《ふくとじる》　祖丸
城《しろ》の太鼓《たいこ》に合《あ》はす寺鐘《てらがね》　井月

【今日で精進の期間も終わりますので、河豚《ふぐ》汁を食べています。お城の太鼓に合わせて、お寺の鐘をつきました。】

奉公に励む様子から、「精進」に転じました。一定の期間、行いを慎み、肉食などを断って身を清めることです。そしてその期間が明けたので、「精進落とし」といって御馳走《ごちそう》を食べたのでしょう。

井月は、「精進」という言葉から、お寺のことを連想しました。城の太鼓も、お寺の鐘も、時を知らせるために鳴らすものです。「おや、お城の太鼓が聞こえてくるぞ、いかんいかん、こちらの鐘も鳴らさなくては」と、あわてて合わせている様子なのかも知れません。つまり、鐘を打つもの忘れて、河豚汁を夢中になって食べている生臭坊主のことなのでしょう。

月影《つきかげ》を抱《かか》へる家《いえ》の住居《すまい》ぶり　祖丸
今《いま》を盛《さか》りと秋《あき》の七草《ななくさ》　井月

【月の光を抱え込むような、広いおうちです。今を盛りとばかりに、秋の七草が茂っています。】

寺の鐘が鳴って、月が昇りました。月の光を抱えるとは、どういう様子でしょう。詩的な言い回しですので、好きなように想像してよいのですが、たとえば広い敷地の中央に池があって、そこに月影を映して抱え込むようだ、という解釈ができるでしょう。

井月は、栄えている家を想像し、「盛り」という言葉を付けました。月は秋の季語なので、秋の七草を付けたのでしょう。

大八《だいはち》のきしる程積《ほどつ》む今年米《ことしごめ》　祖丸
貰《もろ》うて置《お》けぬ御祝《おいわい》ひの膳《ぜん》　井月

【大八車がきしむほどに、今年とれた米を積みました。お祝いの膳をもらって帰りたいのですが、そうもいきません。】

秋の盛りから、米の豊作を連想しました。大八車は、車輪が二つある運搬用の車のことで、大人八人分の働きをするから大八車というのだそうです。

井月は、食べきれないほどのご馳走《ちそう》を連想し、もらって帰りたいくらいだと付けました。

花《はな》の山朱《やまあけ》の手摺《てす》りも朧《おぼろ》なる　祖丸
日傘《ひがさ》に囲《かこ》ふ春《はる》の乗物《のりもの》　井月

【桜咲く山も、赤い手すりも、朧に見えます。日傘で囲った春の乗り物がやって来ました。】

朱塗りの祝い膳を連想し、朱塗りの手すりを付けました。花の山は遠景、赤い手すりは近景ですから、見るものすべてに朧がかかる春の宵の景色でしょう。

井月は、「春の乗り物」を付けました。平安時代の牛車でしょうか。江戸時代の駕籠《かご》でしょうか。明治の人力車でしょうか。日傘で囲っているというのですから、おつきの人が何人もいるような、高貴な人物をイメージしたのでしょう。

開帳《かいちょう》の札《ふだ》も見《み》らるる如月《きさらぎ》に　井月
干《ほ》すに約《つま》しき染殿《そめどの》の庭《にわ》　祖丸

【御開帳の立て札も見られる二月。着替えを干すのにつましい染殿の庭です。】

日傘から、善光寺の御開帳を連想しました。開帳札とは、御開帳が行われることを、広く告知するための立て札です。御開帳は旧暦の三月から四月にかけて行われたので、二月（如月）ごろ予告の立て札を立てたのでしょう。

如月は「更衣」とも書きますので、祖丸は着替えを干す風景に転換しました。染殿は、染物を行う建物のことで、その庭が「つましい」というのですから、狭い庭なのでしょうか。あるいは庭木や池などのない質素な庭という意味でしょうか。いずれにせよ、「豪華な着物を干すには、質素な庭ですね」といった様子なのでしょう。

越《こし》かたや裾野《すその》の曠《はれ》の蝶千鳥《ちょうちどり》　井月
揃《そろい》ひの笠《かさ》の並《なら》ぶさみだれ　祖丸

【旅をしてきたほうを振り向いてみれば、晴れた裾野に蝶や千鳥が見られます。そろいの笠が、五月雨《さみだれ》の中に並んでいます。】

「約《つま》しき庭」に対し、正反対の広い裾野を付けたのでしょうか。長く歩き続けて、ふと振り返って見ると、心がほぐれる風景が広がっていた、といった様子でしょう。

祖丸は、さみだれの中、笠をかぶって田植えをする早乙女《さおとめ》たちを添えました。広い裾野に拓かれた田んぼの様子なのでしょう。蝶の頃からやや進んだ季節です。

我《わ》が家《いえ》も忍《しの》び足《あし》して午睡時《ひるねどき》　井月
恋《こい》に夜光《やこう》の玉《たま》も偸《ぬす》むか　祖丸

【我が家なのに、忍び足で歩く昼寝時です。恋のために夜光の玉も盗むのでしょうか。】

五月雨《さみだれ》のけだるさに対し、昼寝を付けました。寝ている人を起こさないように、忍び足で歩いている様子です。

祖丸は、忍び足から泥棒のことを連想して付けました。夜光の玉とは、きっと夜でも光る不思議な玉なのでしょう。恋しい相手のために盗むという、何だかドラマチックな場面を想像させます。「我が家」から盗み出すのですから、「代々伝わる家宝を、こっそりと持ち出して駆け落ちする男女」なのかも知れません。

行暮《ゆきく》れて乳守《ちもり》に宿《やど》を仮枕《かりまくら》　井月
余所《よそ》の木《こ》の葉《は》の軒《のき》に散《ち》り敷《し》く　祖丸

【旅の途中で日が暮れてしまったので、乳守に宿を借りました。よその木の葉が軒下に散って、敷かれています。】

乳守は、かつて大阪府堺市にあった花街です。駆け落ちした二人が、仕方なくそこに宿を借りた様子でしょう。

祖丸は、木の葉が散る冬の季節だと付けました。軒がひしめき合う花街なので、となりから木の葉が散ってくる様子なのでしょう。

下手《へた》に呼《よ》ぶ声《こえ》も豆腐《とうふ》の売習《うりなら》ひ　井月
洗濯《せんたく》ものの糊《のり》仕度《じたく》する　祖丸

【豆腐売りの見習いでしょう、下手な呼び声が聞こえてきます。洗濯物の糊の仕度をしています。】

軒下に出てみたら、豆腐売りの声が聞こえてくる様子です。

祖丸は、下町の風景を想像し、洗濯物を付けました。昔は「洗い張り」といって、いちいち着物の糸をほどいて、反物《たんもの》の状態に戻してから洗い、洗濯糊を付け、長い板に張り付けて乾かしたのです。

月《つき》の頃薄塩物《ころうすしおもの》をきりほどき　井月
　竿《さお》になりたる雁《かり》の一《ひと》むれ　祖丸

【月見の季節、薄塩物を切りほどきました。竿になった雁の群れがひとつ飛んでいます。】

洗濯したり、料理を作ったりと、忙しい様子を付けたのでしょう。塩物とは、塩漬けにした魚などのことです。「きりほどき」ということは、これから切って焼いて食べるのでしょう。

祖丸は、月見のころの空を飛ぶ、雁の群れを付けました。雁は、竿のように一直線に並んだり、カギのように直角に並んだりして飛んでいきます。

霧晴《きりばれ》や唐崎《からさき》のぞむ遠眼鏡《とおめがね》　井月
　橋《はし》のたもとに競ふ《きそう》鎗《やり》の穂《ほ》　祖丸

【霧が晴れた日、唐崎を遠眼鏡で眺めました。橋のたもとには、槍《やり》の先が競うように並んでいます。】

唐崎は、琵琶《びわ》湖のほとりの滋賀県大津市の地名です。そこで雁《かり》の群れを眺めているのでしょう。

祖丸は、遠眼鏡でのぞき見たら、橋のたもとに槍を持った集団がいた、と付けました。戦乱の様子でしょうか。滋賀県で橋と言えば、瀬田の唐橋が有名です。古来、交通の要衝だったので、しばしば戦いの舞台になったようです。同じ滋賀の名所ということで、「唐崎」に対して「唐橋」を付けたのかも知れません。

戸《と》の方《ほう》を外《そと》へ向《む》けたる貸厠《かしかわや》　井月
　汐干帰《しおひがえ》りか酒《さけ》のほろ酔《よい》　祖丸

【客に貸す便所の戸は、外のほうに向いています。潮干狩りの帰りでしょうか、酒を飲んでほろ酔いの人が便所に入っていきます。】

槍《やり》を持った武人が、便所に入っていく様子でしょう。昔の便所は、家の中ではなく、外にあるのが普通でした。ここでは「貸し厠」といっているので、料理屋か何かの、客に貸すための便所なのでしょう。店のほうに戸が向いていたら、中が見えて汚らしいので、外に向いているわけです。

　祖丸は、そこに酔っ払った客が入っていく様子を付けました。潮干狩りは、春のレジャーとして江戸時代から盛んに行われていたようです。

数《かず》ならぬ身《み》も誘《さそ》はれて花《はな》の友《とも》　井月
　石《いし》取《と》る跡《あと》に陽炎《かげろう》の立《た》つ　祖丸

【客の数に入っていない私も、花見の友として誘われました。石を取ったあとに陽炎が立っています。】

　ほろ酔いに対し、酒の友を付けました。よそ者の自分も誘ってくれてありがとう、という様子でしょう。いかにも井月らしい内容の句です。

　祖丸は、花見の席を作るために、邪魔な石をどけた様子を付けました。石をどけた跡はしめっていて、そこから水蒸気が立ち、陽炎になったのでしょう。

二十九《上伊那郡伊那町福島《ふくじま》・富哉の句帖に。井月全集174・新編244》

ふら〱《ふら》として怪我《けが》もなき青瓢《あおふくべ》　井月
　格子《こうし》の外《そと》に豆腐箱提《とうふばこさげ》　富哉

【ふらふらとゆれていても、丈夫でケガもない青びょうたんです。格子戸の外に、豆腐箱をぶらさげた人が立っています。】

　風に揺れる青ひょうたんの様子です。ふらふらしていて自分のようだと思ったのでしょう。

　富哉は、ひょうたんをぶらさげた旅人が、手土産《みやげ》を提げてやって来た様子を付けました。もしかしたら、井月が豆腐を持って、富哉の家へ来たのかも知れません。

此《この》あたり誰《だれ》も知《しり》たる通《とお》り者《もの》　井月
　硯《すずり》を貸《かし》て今《いま》に返《かえ》さぬ　富哉

【このあたりでは誰もが知っている人です。硯を貸したのに、いまだに返してくれません。】

手土産《みやげ》を提げて来たのは、このあたりで名の知れた人でした。通り者には、「遊び人」とか「博徒」という悪い意味も含まれています。

富哉は、その無責任ぶりを連想して、「貸したものを返してくれない」と付けました。

曠《はれ》やかに和田一門《わだいちもん》の花衣《はなごろも》　井月
霞《かすみ》も薄《うす》く成《なり》し西山《にしやま》　富哉

【晴れやかに、和田一門の花ごろもが見えます。霞も薄くなる西の山です。】

硯《すずり》を、和田一門のお屋敷で貸してもらった、という連想でしょうか。和田一門といえば、鎌倉武将の和田義盛《よしもり》の一門が有名ですが、この句だけでは特定できません。花衣は、花見のときに着る華やかな衣装のことですから、武将のイメージとは違うような気がします。

富哉は、花見の様子に、春の霞を付けたのでしょう。西の山の霞も薄くなって、そろそろお開きの時間ということでしょうか。

三十《上伊那郡伊那町福島《ふくじま》・富哉家に所蔵。井月全集175・新編245》

春雨《はるさめ》や茶《ちゃ》も手作《てづく》りの長《なが》ばなし　三和
友睦《ともむつ》まじきその丶鶯《のうぐいす》　井月

【春雨の降る日、茶を作る手作業をしながら長ばなしをしています。友と仲良く、園のうぐいすの声を聞きながら。】

埼玉の狭山《さやま》茶などは、蒸した茶葉を手揉《も》みしながら乾かして作ります。そんな様子なのでしょう。

井月は、「長ばなし」から、友の仲のよさを連想しました。さらに春雨の中、うぐいすの声が聞こえてくる様子を添えています。

水遅《みずおそ》く流《なが》る丶岸《るきし》に芹摘《せりつみ》て　富哉
おなじやうなる笠《かさ》の目印《めじるし》　井月

【水がゆっくり流れる岸で芹を摘みました。笠の目印

は、みな同じように見えます。】
友と仲良く、河岸で芹を摘んでいる様子です。水がゆっくり流れているということは、穏やかな日なのでしょう。
井月は、芹摘みをしている人たちの笠を付けました。目印がついているということは、貸し笠なのでしょうか。たとえば、川辺の温泉宿に泊まった人たちが、笠を借りて芹摘みに出た、というような状況が想像できます。

白壁《しらかべ》の蔵《くら》に移《うつ》りし月《つき》の色《いろ》　富哉
菩提作《ぼだいづく》りはみんな施《ほどこ》し　井月

【白壁の蔵に、月の色が映っています。菩提もと（日本酒のもとになるもの）で造った酒は、みな人に施します。】

「笠《かさ》の目印」から家紋を連想し、家紋のついた蔵へ転じました。月の色は、黄色い光でしょうか。夜の白壁を照らしている様子でしょう。

井月は、造り酒屋の蔵の壁を連想しました。「菩提もと」は、日本酒の古くからある醸造法で、もともとは室町時代に寺院で作られていたものなのだそうです。酒が出来上がったら、みんな檀家《だんか》たちへ施したのでしょう。

鶏《にわとり》の羽風《はかぜ》にゆるゝ芋《いも》の露《つゆ》　富哉
巳刻《よつ》を寝覚《ねざめ》に手《て》を叩《たた》く也《なり》　井月

【ニワトリの羽の風で、芋の葉についた露が揺れています。午前十時ごろ、ようやく目が覚めたのでしょうか、手を叩いて人を呼んでいるようです。】

酒造りだけでなく、ニワトリを飼ったり、芋を作ったりと、自給自足をしている寺院の様子でしょう。

井月は、これを農家の庭先の風景ととらえ、手を打つ音が聞こえる、と付けました。その家のご隠居でしょうか。目が覚めて誰かを呼びつけているのでしょう。

何《なに》がなと慰《なぐさ》め兼《かね》て草艸紙《くさぞうし》　富哉
うたぐりはれぬ宵《よい》の立聞《たちぎき》　井月

【何かないかと、気持ちをなぐさめかねて、草双紙を読みました。宵に立ち聞きしてしまった件について、疑いが晴れません。】

目が覚めて、何かないかと探る様子を付けました。草双紙とは、絵入りの娯楽本のことです。「慰めかねて」ということは、心が静まらない様子なのでしょう。

井月は、「心が静まらないのは、立ち聞きしてしまった話について、疑いが晴れないから」だと付けました。

暖《ぬく》とさに窓《まど》も障子《しょうじ》も明《あけ》はなし　富哉
汁拭《つゆふき》とりし関《せき》の孫六《まごろく》　井月

【暖かさに、窓も障子も開け放しました。名刀「関の孫六」の汁を拭きとっています。】

立ち聞きされたのは、座敷を開け放っていたからだ、と連想しました。

井月は、開け放った座敷に座って刀の手入れをする様子を付けました。井月は武士階級の生まれと言われていますが、刀研ぎの家だったという説もあります。

どや〳〵《どや》と獅子《しし》を追行里子供《おいゆくさとこども》　富哉
よし有家《あるいえ》に祝《いわ》ふ袴着《はかまぎ》　井月

【里の子どもたちが、どやどやと獅子舞のあとを追っています。縁のある家で、子どもの袴着を祝いました。】

関の孫六で居合抜きの大道芸を見せている、祭日の様子を連想したのでしょう。獅子舞が家々を回っている風景を添えました。

井月は、はしゃぐ子どもの様子から、袴着の祝いを連想して付けました。五歳になった男の子が初めて袴をはく儀式です。ちなみに井月自身、立ち寄った家で袴着の祝いに加わることがあったようです。

薄氷塵《うすごおりちり》もいて付手洗石《つくちょうずいし》　富哉
短冊《たんざく》ほしき明《あけ》がたの夢《ゆめ》　井月

【手水石に薄氷が張り、塵も凍りついています。明け方に見た夢を短冊に書き留めておきたいです。】

袴着《はかまぎ》は十一月の行事なので、薄氷を付けました。凍てつく冬の、庭先の景色でしょう。

井月は、目覚めたばかりの明け方ととらえ、「いま見たばかりの夢を、忘れないうちに短冊に書いておきたい」と付けました。

うら道《みち》は月《つき》にしらけし花《はな》の雪《ゆき》　富哉
育《そだ》ちに世話《せわ》もいらぬ若草《わかくさ》　井月

【裏道に積もった桜の花びらは、月の光に照らされて、白い雪のように見えます。若草は、世話もいらず育っています。】

明け方に対し、「しらける」を付けたのでしょうか。「花の雪」は、雪のように一面に散る花びらのことだと解釈してみました。

井月は、桜が散ったあとの地面に、今度は若草が覆う様子を付けました。

砂留《すなどめ》にさして芽《め》のふく柳《やなぎ》かな　富哉
瀬《せ》すぢ《じ》を別《わけ》てのぼる若鰷《わかあゆ》　井月

【河原の土手の砂止めに、挿し木した柳が芽をふいています。川の流れを分けるかのように、のぼってくる若い鮎《あゆ》です。】

春の若草に対し、柳を付けました。柳は水辺を好む植物なので、川の堤防を固めるためによく植えられます。

井月は、春の川をのぼってくる鮎の様子を付けました。

見渡《みわた》せば山《やま》に霞《かすみ》も靆靉《たなびい》て　富哉
宿《やど》のさし図《ず》で通《とお》る畑《はた》みち　井呂

【見渡せば、山に霞もたなびく春です。宿の指図で畑道を通りました。】

春の若鮎《あゆ》に対し、春の霞を付けました。

井呂は、霞の中を旅する人を付けました。泊まった宿で、「この畑道を行くのがいいですよ」と、教えてもらったのでしょう。

駕籠《かご》立《たて》て月《つき》にながむる蔵《くら》ぶしん　井月
虫《むし》も啼《なく》なり所〴〵《ところどころ》に　其伯

【駕籠を立てて、月明かりの中、蔵の建築現場を見ました。所々に虫も鳴いています。】

宿から駕籠で出発したようです。なぜ月明かりの中、蔵の普請の現場などを見に行ったのでしょう。其伯は、その謎には答えず、ただ秋の虫が鳴く様子をつけました。「駕籠」から虫かごを連想したのかも知れません。

雨止《あめやみ》て荻《おぎ》の上越風《うえこすかぜ》もなし　富哉
閨《ねや》の明《あか》りも細《ほそ》きき〴〵ぬ《ぎぬ》　井月

【雨が止んで、すすきの上を越す風もありません。寝室の明かりも細く漏れ、それぞれの服を着て出てゆきました。】

秋の虫が鳴いていたのは、雨上がりの荻の中でした。きぬぎぬとは、男女がそれぞれ服を着て帰ってゆくことです。つまり、雨が止んだので恋人たちが帰っていった、という様子なのでしょう。

思《おも》ひ出《いだ》す奈良《なら》の旅籠《はたご》の柘《つげ》の櫛《くし》　富哉
素湯《さゆ》は泌《たぎ》りて蓋鳴《ふたなら》す也《なり》　井月

【奈良の旅籠で買った柘の櫛を思い出しました。鉄びんの白湯《さゆ》が煮えたぎって、ふたをカタカタと鳴らしています。】

服を着て、櫛で髪をとかす様子を連想したのでしょうか。二人で奈良を旅行したときの、思い出の櫛なのかも知れません。

井月は、髪を洗うために湯を沸かしている様子を付けました。「泌りて」は「滾《たぎ》りて」の誤りでしょう。

水仙《すいせん》の寒《かん》にも負《まけ》ぬ池《いけ》の際《きわ》　富哉
里《さと》の神楽《かぐら》の仕懸《しかけ》とり〴〵《どり》　井月

【寒さに負けず、水仙が池の際に咲いています。里神楽には、いろんな仕掛けがしてあります。】

湯をわかす冬の日に対し、寒中の水仙を付けました。

井月は、神社の境内にある池を想像し、里神楽が演じられている様子を付けました。里神楽は冬の季語で、一種の無言劇です。劇ですから、さまざまな仕掛け（演出）がしてあるのでしょう。

犬吼《いぬほえ》て月《つき》のさし込戸《こむと》の透間《すきま》　富哉
人事《じんじ》の梨子《なし》を盗《ぬすま》れに梟《けり》　井月

【犬が吠《ほ》える晩、月の光が戸のすき間からさし込んできます。人が大事に育てた梨を、盗まれてしまいました。】

里神楽が終わり、月のさし込む時刻へ転じました。井月は、犬が吠えたのは泥棒が入ったからだと想像して付けました。「人事の梨」とは何でしょうか。ここでは、天然の梨ではなく、人が栽培した梨のことだと解釈してみました。

畚提《ふごさげ》て見渡《みわた》す先《さき》はきりの海《うみ》　富哉
手斧《ておの》の音《おと》のひゞ《び》く作事場《さくじば》　井月

【もっこをかついで、見渡す先は霧の海でした。手斧の音が工事現場に響いています。】

盗んだ梨を、もっこに入れて担ぐ様子でしょうか。網状の運搬道具であり、棒を通して二人で担いで使います。

井月は、もっこから作業場を連想して付けました。

いつ来《き》ても掃除《そうじ》のとゞ《ど》く花《はな》の庭《にわ》　富哉
時《とき》をはかりて強《しい》る草餅《くさもち》　井月

【いつ来ても、掃除が行き届いている花咲く庭です。時を見計らって、「草餅を食べてくださいな」と強いられました。】

手斧《おの》に対し、庭師を連想したのでしょう。小ぎれいにしている庭の様子です。

井月は、こまごまと気が付いて世話を焼くのが好きな人を連想したのでしょう。「時をはかりて」は、そろそろおなかがすく頃だろうと見計らって、周到に用意してあった草餅を出してくる様子なのでしょう。「強いる」というのですから、なかば無理やりに食べさせている、おせっかいな感じがします。

三十一《明治十一年霎月下旬、上伊那郡伊那町福島《ふくじま》・大東舎(富哉の家)にて。井月全集178・新編248》

鶴《つる》を追《お》ふ手際《てぎわ》ではなし鳥《とり》おどし　井月
廻《まわ》りみちして帰《かえ》る茸狩《たけがり》　富哉

【鳥おどしの仕掛けがしてありますが、鶴を追い払うほどの威力はないでしょう。きのこ狩りの帰り道に、回り道をしてみました。】

鳥おどしは、田畑を鳥から守るための仕掛けのことで、鳴子を鳴らしたり、赤い布の切れはしなどを吊《つ》るしたりしたようです。「その程度では、鶴を追い払うほどの威力はないだろう」と言っているのでしょう。

富哉は、「鳥おどしの仕掛けを見たのは、きのこ狩りの帰り道だった」と付けました。

まだ月《つき》に間《ま》の有《ある》うちに客請《きゃくうけ》て　井月
渡《わた》り屋根《やね》やの気軽《きがるなり》也けり　富哉

【まだ月見の日には早いのに、客の予約を受けました。渡りの屋根職人は気軽な人です。】

茸《きのこ》狩りの秋に対して、月見を付けました。気の早い客が、月見の宴会の予約をしてきたのでしょう。

富哉は、かねてからいたんでいた屋根を、宴会の前に直さなければと思い、屋根職人を呼ぶ様子を付けました。「渡り」とは、店を構えて定住している職人ではなく、あっちこっちの仕事を受けて出かけてゆく職人のことでしょう。

鯉《こい》はねて猫《ねこ》の眠《ねむ》りを覚《さま》すらし　井月
風《かぜ》も途切《とぎれ》て軒《のき》の暖《あたた》か　富哉

【鯉が跳ねて、猫の眠りを覚ましたらしいです。風も途切れて、軒下は暖かです。】

屋根で昼寝をする猫を付けました。池の鯉がバシャッと跳ねたので、目が覚めたのでしょう。

富哉は、猫が寝ているのは軒下の縁側だとし、風の途切れた暖かさを付けました。

遠《とお》くからみれば柳《やなぎ》の色深《いろふか》み　井月
蜆《しじみ》をびくに提《さげ》る小娘《こむすめ》　富哉

【遠くから見れば、柳の色も深まりました。少女がしじみをとって、びくに提げている水辺です。】

「暖か」に対し、春の柳を付けました。見慣れた柳の木ですが、遠くから見れば青みが増しているなあ、と季節の移り変わりに気づいた様子です。

柳は水辺を好む植物ですので、富哉は、水辺でしじみをとる少女を付けました。

葛《かつ》しかの便《たよ》り聞《きき》たく立寄《たちよっ》て　井月
柳《やなぎ》の枝《えだ》にむすぶ白糸《しらいと》　富哉

【葛飾《かつしか》の便りを聞きたいと立ち寄りました。柳の枝についた雪は、白糸餅のようです。】

しじみから江戸川を連想し、葛飾を付けました。

葛飾区の「区の木」は、しだれ柳なのだそうです。昔から柳に縁の深い土地だったのかも知れません。白糸は、「白糸餅」のことと解釈してみました。ひねって白糸の束のような形にした餅菓子です。柳の枝についた白い雪を、白糸餅に譬《たと》えたのでしょう。

忽《たちま》ちに白雨雲《ゆうだちぐも》も何処《どこ》へやら　井月
紙《かみ》くづ籠《かご》の中《なか》に細筆《ほそふで》　富哉

【たちまちに、夕立雲もどこかへ行ってしまいました。紙屑《くず》かごの中に落とした細筆も、どこかへ行ってしまいました。】

白糸餅から、入道雲を連想しました。夕立が、あっという間に晴れてしまった景色なのでしょう。

富哉は、「どこへやら」という言葉から、「細い筆を落として見つからない」という様子を付けました。

用心《ようじん》の為《ため》に懸置竹火《かけおくたけひ》なは《わ》　井月
隣《となり》でも打風呂《うつふろ》の拍子木《ひょうしぎ》　富哉

【用心のために掛けてある、竹火縄です。隣の家で

も、風呂の拍子木を打っています。】

「籠」から、竹をそいで編んだ火縄を連想しました。銃を使うつもりはないけれども、用心のために土間に掛けてあるのでしょう。

富哉は、「用心」から「火の用心」を連想し、拍子木を付けました。風呂の拍子木とは、銭湯で背中を流す従業員（＝三助）を呼びつけるために鳴らすものだそうです。

奥筋《おくすじ》の夫人《ふじん》はみんな帰《かえ》らるゝ《る》　井月
　穴《あな》に顔出《かおだ》す野狐《のぎつね》の影《かげ》　富哉

【東北地方の御夫人たちは、みな帰りました。穴に帰った野狐が、顔を出しています。】

銭湯から、夫人たちが帰ってゆく様子でしょう。「奥筋」とは、奥州方面、つまり東北地方のことです。

富哉は、「山奥の穴に帰った野狐」を連想して付けました。すました顔の夫人たちのことを、野狐にたとえたのでしょうか。

月花《つきはな》の友《とも》を外《はず》さぬ放《はな》れ家《いえ》　井月
　小重《こじゅう》に入《いれ》て配《くば》る草《くさ》もち　富哉

【離れ家で、月の友・花の友を外さずに宴会をしています。小重箱に入れて草餅を配っています。】

野狐《のぎつね》の出そうな、人里離れた場所にある家の様子です。「月花の友」とは何でしょう。友人のことかも知れませんし、酒のことかも知れません。月見だと言っては集まり、花見だと言っては集まって、宴会をするわけです。

富哉は、そこに草餅を添えました。重箱に詰めた食べ物を、持ち寄って宴会をしているのでしょう。

春雨《はるさめ》に崩《くず》るゝ《る》岨《そば》のすべり道《みち》　富哉
　首《くび》なし地蔵《じぞう》呪《まじない》にきく　井月

【春雨に崩れている、険しくて滑りやすい山道です。道端の首無し地蔵は、まじないに効くらしいです。】

春の草餅に対し、春雨を付けました。山道の風景です。

井月は、山道に立つ「首無し地蔵」を付けました。明治維新のときに起こった「廃仏毀釈運動」によって、寺が壊され、地蔵の首がはねられたりしたのです。現在でも、首を修復したような不自然な地蔵を、ときどき見かけます。「呪」は「まじない」と読んでみました。どんなまじないでしょう。

目薬《めぐすり》をさして堪《こらえ》るひとり者《もの》　富哉
　下《くだ》り役者《やくしゃ》の噂《うわさ》とり〴〵《どり》　井月

【目薬がしみるので、それに堪えている独り者です。上方から下ってきた役者のうわさが、あれこれ聞こえてきます。】

おまじないをしたり、目薬をさしたりして、目を治しています。独り者ですから、心配してくれる女房もおらず、一人で辛抱している様子なのでしょう。

とかく独身者というものは、周囲からうわさの標的にされがちです。井月は、そんな連想から、うわさが飛び交う様子を付けたのでしょう。「あの、大阪から来ている役者は、独り者だろうか」「いやいや、いい人がいるに決まっているだろう」といった感じです。

うたぐりの晴《はれ》ぬ夜中《よなか》の鐘《かね》の声《こえ》　富哉
　後《うし》ろ姿《すがた》をそれと見《み》て取《とる》　井月

【疑念が晴れず、寝付けずに夜中の鐘の音を聞きました。後姿は、たしかにあの人でした。】

「噂《うわさ》」に対し、「疑い」を付けました。どんな疑いでしょうか。

井月は、「あのとき見た後ろ姿は、たしかにあの人だった。どうしてあそこにいたのだろう」という疑念を付けました。浮気の現場か何かでしょうか。

薄氷《うすごおり》木《こ》の葉交《はまじ》りの手水《ちょうず》いし　富哉
　開帳札《かいちょうふだ》の盛《さか》る辻《つじ》〳〵《つじ》　井月

【手水石に、木の葉交じりの薄氷が張っています。御開帳を知らせる立て札が、あちこちの辻に盛んに立つこの頃です。】

「後ろ姿」から、庭で手を洗う人を連想したのでしょう。

井月は、手水石といえば寺社につきものだという連想から、御開帳を知らせる立て札のことを付けました。善光寺の御開帳は、旧暦の三月から四月に行われましたので、その予告の立て札が、まだ薄氷の残る寒い季節に立てられたわけです。

酒積《さけつみ》て三里《さんり》八丁《はっちょう》下《くだ》り船《ぶね》　富哉
巾着切《きんちゃくきり》とあとで気《き》の付《つく》　井月

【酒を積んだ船が、三里八丁を下っていきます。巾着切り（スリのこと）にやられたと、あとで気が付きました。】

御開帳が近いので、酒を仕入れる様子でしょう。一丁は一町とも書き、約一〇九メートル。一里＝三十六町ですので、換算すれば「三里八丁」は十二キロ～十三キロほどになります。

井月は、旅人がスリにやられた様子に転じました。気が付いたときには、もう三里八丁も来てしまっていて、どうすることもできない、といった様子です。

門畑《かどばた》に月《つき》の豆引唄《まめひくうた》の声《こえ》　富哉
砧打《きぬたうち》にと雇《やと》はれて行《ゆく》　井月

【門の先にある畑で、月に供える豆を収穫する作業歌が聞こえます。砧《きぬた》を打ちに雇われて行きました。】

巾着から、「巾着豆」を連想し、旧暦九月十三日の「豆名月」の様子に転じました。大豆の収穫は、引き抜いて束ねて乾燥させたあと、棒で叩《たた》いて脱穀します。

井月は、月に対して砧を付けました。

渋鮎《しぶあゆ》を盆《ぼん》に並《なら》べて二三本《にさんぼん》　富哉
わたり始《ぞめ》した家《いえ》の賑《にぎや》か　井月

【渋鮎を二三本、盆に並べました。橋の渡り初めをした家は、賑やかです。】

雇った人に、ごちそうを出したのでしょう。渋鮎は、「落ち鮎」「下り鮎」「さび鮎」とも言い、秋に川を下ってゆく鮎のことです。

井月は、賑やかな家族の食事を連想し、渡り初めの様子を付けました。渡り初めは、三世代の夫婦がそろっている家庭が先頭に立って行う習わしになっています。

聞《きき》わけぬ子《こ》に曳《ひか》されてまんぢう屋《じゅうや》　富哉
毛《け》ぬきをかりて今《いま》に返《かえ》さぬ　井月

【聞き分けのない子どもに引っ張られて、まんじゅう屋に行きました。毛抜きを借りて、いまだに返していません。】

にぎやかな家庭から、「聞きわけのない子」を連想しました。「まんじゅう買って！」と、だだをこねる様子でしょう。

井月は、なぜ毛抜きのことを付けたのでしょうか。おそらく、「曳く」から「毛抜きで引っ張る様子」を連想したものと思われます。さらに言えば、芝居の演目に『饅頭娘《まんじゅう》』と『毛抜き』というのがあるので、そのつながりで付けたのかも知れません。『饅頭娘』は、伊賀越道中双六《いがごえどうちゅうすごろく》という芝居の中の一節で、「七歳の幼い花嫁が、三々九度の代わりに饅頭を欲しがる」という場面があるのだそうです。『毛抜き』は、いわゆる歌舞伎十八番の一つで、「磁石で操られた毛抜きが、立って動く」という奇抜な場面で知られています。

竹階子《たけはしご》懸《かけ》て届《とど》かぬ花《はな》の枝《えだ》　富哉
蝶《ちょう》の飛越《とびこす》ほどの垣結《かきゆう》ふ　富哉？

【竹はしごを掛けても、花の枝に届きません。蝶が飛び越すほどの垣根を結いました。】

「返さぬ」に対し、「届かぬ」を連想して付けたのでしょうか。

竹はしごは、竹を縄で結んで作ったものです。そこから垣根を結ぶ様子を連想して付けたのでしょう。蝶が飛び越してゆくほどの高さのある垣根です（なお、順番からいえば、富哉ではなく井月の句なのかも知れません）。

三十二《明治十二年如月、上伊那郡伊那町福島《ふくじま》・井田斎（竹圃の家）にて。井月全集181・新編251》

（畑中《はたなか》てふ《ちょう》家《いえ》にこたび木盃《きはい》の賞有《しょうあり》しを寿《ことほ》ぐ）

盃《さかずき》に請《う》けて目出《めで》たし初日影《はつひかげ》　井月
折《おり》〳〵匂《にお》ふ窓《まど》の梅《うめ》が香《か》　竹圃

【盃に、初日の出の光を映して、めでたい正月です。ときどき窓から梅が匂ってきます。】

盃の酒が、朝日にきらきら輝く、美しい元日の風景です。

竹圃は、梅の香りを添えました。旧暦の正月は、立春のころですから、梅が咲くこともあったのでしょう。

見渡《みわた》せばどの山〳〵《やまやま》も雪解《ゆきとけ》て　富哉
筏《いかだ》の脚《あし》の早《はや》きむしろ帆《ぼ》　井月

【見渡せば、どの山々も雪が解けました。川では、むしろ帆をつけた筏が勢いよく進んでゆきます。】

「梅が香」に対して、春の雪解けを付けました。山々の風景です。

井月は、山に対して川の様子を付けました。春の風を帆にいっぱい受けて進むいかだの様子です。

鯰《なまず》さく手元《てもと》に月《つき》のさしかゝ《か》り　竹圃
色付柿《いろづくかき》も蔵《くら》の屋根越《やねごし》　富哉

【なまずをさく手元を月明かりが照らしています。色づいた柿も、蔵の屋根越しに見えます。】

「足が速い」には、食品の日持ちがしないという意味がありますので、魚を料理する様子を付けたのでしょう。なまずは夏の季語ですが、秋の月見の宴の仕《し》度《たく》でしょうか。季節の解釈に戸惑う句です。

富哉は、柿も色づいた頃の秋の句を付けました。

出《で》がたりのひゐ《い》きに寄《よせ》も盛《さか》る秋《あき》　井月
いつか咄《はな》しの丸《まる》くなる中《なか》　竹圃

【ひいきの義太夫《ぎだゆう》の出語りに、寄席も盛っている秋です。いつのまにか話が丸くなる中。】

色づく柿に対し、盛る秋を付けました。三味線を弾きながら物語を語る芸のことを「義太夫」と言い、歌舞伎や文楽では、ふつうは義太夫は姿を隠して演じますが、場面によっては姿を見せて演じることがあり、これを「出語り」と言います。ひいきの義太夫が姿を見せると、お客さんたちも盛り上がるわけです。

「話が丸くなる」ということは、シリアスだった芝居が、いつしか緊張感の解けた場面に移り変わった、という様子なのでしょう。

近《ちか》みちに心当《こころあて》ある町《まち》の裏《うら》　富哉
松魚《かつお》にこと葉懸《ばかけ》る流行医《はやりい》　井月

【近道に心当たりがある裏町です。繁盛している医者が、鰹《かつお》に言葉をかけています。】

「咄《はな》し」に対し、おしゃべりしながら道をゆく様子を付けました。込み入った裏町で、近道をよく知っているよ、という様子なのでしょう。

井月は、近道を通って、急いでかつおを届ける様子を連想しました。届け先は、いま人気の医者で、「これはこれは、いい鰹ですね」などと声をかけている様子です。

月一句手向《つきいっくたむけ》る迄《まで》の追善《ついぜん》に　竹圃
西瓜《すいか》の皮《かわ》にじやれる犬《いぬ》ころ　井月

【月ごとに一句たむけるほどの、手厚い追善供養をしています。スイカの皮に犬ころがじゃれています。】

医者に対して、病死した人の追善供養を付けました。月に一度、追悼の俳句をたむけるというのですから、よほど尊敬する俳諧の師匠だったのでしょう。

井月は、供養のおそなえはスイカだったと連想しました。スイカを縁側で食べて、皮を捨てたのでしょう。それで庭先の犬ころがじゃれている様子を付けたのでしょう。

毛見衆《けみしゅう》のとくに立《たた》れて気《き》の休《やすみ》　竹圃
広《ひろ》くて困《こま》る寺《てら》の開発《かいほつ》　井月

【毛見衆（年貢を査定する役人）が、早く去って行って、気が休まりました。寺の土地に開発した田畑は、

広くて困ります。】

犬がじゃれる様子に気持ちがやすらいだ、と連想し、年貢の査定が終わってほっとする様子へ転じました。「とくに」は「疾くに」と解釈してみました。

井月は、田畑を開墾する様子を付けました。明治初期の廃仏毀釈運動によって壊された寺の跡地でしょうか。「開発」は、明治の初めごろまでは「かいほつ」と読んでいたそうです。

根《ね》くるみを載《のせ》て引張花車《ひっぱるはなぐるま》　富哉
君《きみ》の恵《めぐ》みを仰《あお》ぐ長閑《のどか》さ　筆

【根くるみをのせた花車を引っ張りました。世の太平のありがたさを天に仰ぐ長閑さです。】

開墾作業で一番大変なのは、木の根の処理です。そんな連想から、根くるみを付けたのでしょう。盆栽の技法のひとつで、置き物を包むように植物の根っこをはわせることを言います。花車とは、花を乗せた車のことでしょうか。

かつて結婚式で歌われた謡曲の『高砂《たかさご》』に、「君の恵みぞありがたき」という一節があります。嫁入り道具一式を乗せた車を引っ張ってゆく様子を連想して付けたのでしょう。

三十三《明治十二年初夏、上水内郡《かみみのち》七二会《なにあい》村笹平《ささだいら》・鶴の門（亀遊の家）にて。井月全集182・新編253》

碁《ご》に労《つか》れ弓《ゆみ》にも倦《うみ》て鐘霞《かねかすむ》　井月
小鮎《こあゆ》もたせて返《かえ》す家《いえ》の子《こ》　亀遊

【碁に疲れ、弓にも飽きた頃、鐘の音が霞んで聞こえます。家に来た子に、小鮎を持たせて帰しました。】

碁や弓をたしなむということは、武家でしょうか。春の日長に、暇を持て余している様子です。

亀遊は、鐘が鳴ったから、そろそろおうちに帰りなさいよ、といって子どもを帰す様子を付けました。

須磨《すま》のまき見《み》てさへ春《はる》を惜《おし》むらん　井月
和漢《わかん》をせなに負《おぶ》ふ《う》風呂敷《ふろしき》　亀遊

【『源氏物語』の須磨の巻を見てさえ、ゆく春が惜しまれるでしょう。和漢の古典を風呂敷に包んで、背負って旅をします。】

「返す」に対し、須磨を付けました。『源氏物語』を読み始めて、須磨の巻あたりで挫折することを「須磨返し」と言います。

亀遊は、春を惜しんでいるのは旅の俳諧師だと連想し、和漢の古典を大事に背負っている様子を付けました。あるいは和漢を「和漢薬」と解釈してみるのも面白いでしょう。

月代《つきしろ》の鈍染《にじみ》かゝ《か》りし橋手前《はしてまえ》　井月
みちに冠《かぶ》さる芒《すすき》ひともと　亀遊

【月の光がにじみかかるような橋の手前です。道にすすきが一本かぶさっています。】

風呂敷包みを背負った人が、橋の手前にさしかかりました。「にじむ」は、液体がしみて広がるという意味ですが、ここでは、月明かりで景色の輪郭がぼんやり見える様子と解釈してみるのがよいでしょう。

亀遊は、橋の手前にあったのは一本のすすきだったと付けました。

上人《しょうにん》の事思《ことおも》ひ出《い》す露《だ》の秋《つゆ》《あき》　井月
霊《れい》ともなくてもゆる狐火《きつねび》　亀遊

【露がおりる秋の季節になると、上人のことが思い出されます。まさか霊魂ではないのでしょうけれど、狐火が燃えています。】

秋のすすきに対し、露を付けました。上人とは、徳の高い僧侶のことです。

亀遊は、上人の霊魂を連想したのでしょう。狐火は、夜中に遠くのほうに見える、何だか分からない青白い光のことです。実際に見たかどうかは別として、狐火は冬の季語としてよく使われます。

あら砂《ずな》をまきて音信《おとず》る閨《ねや》の窓《まど》　井月
木履片手《ぼくりかたて》につ《つ》とぬき足《あし》　亀遊

【粗い砂を、寝室の窓の外にまいたので、誰かが訪れれば音がします。ぽっくりを片手に持って、そっと抜き足でやってきました。】

幽霊が出るというので、用心のためでしょうか、人が踏めばじゃりじゃりと音がするように、砂をまいたのでしょう。

ぽっくりは、女性や少女がはく、木製のはきものです。亀遊は、砂を踏んで音がしないように、ぽっくりを手にもって近づいた様子を付けました。

ゑ《え》り元《もと》へひやりと落《おち》し青蛙《あおがえる》　井月
雨《あま》ぐせさりし空《そら》の朝月《あさづき》　亀遊

【襟元へ、雨蛙《あまがえる》がひやりと落ちました。雨模様が去って、空には朝の月が出ています。】

ぬき足で近づいて、いたずらをした様子でしょう。青蛙はアマガエルのことです。

亀遊は、アマガエルから雨空を連想し、夜のうちに雨がやんだ様子を付けました。

き〻分《わけ》る菩提作《ぼだいづく》りの出来加減《できかげん》　井月
程《ほど》よくからき葉せうが《はしょうが》の味《あじ》　亀遊

【菩提もと（日本酒の醸造法のひとつ）で造った酒の出来具合はどうか、利き酒をしました。ほどよく辛いです、葉生姜《しょうが》の味は。】

朝月に対し、朝早くから仕事をする杜氏《とうじ》を連想しました。「菩提もと」は室町時代からある古い醸造法です。亀遊は、「辛口の酒だった」と付けました。さらに、辛口から葉生姜を連想したのでしょう。

旅役者角力《たびやくしゃすもう》のあとへ乗込《のりこみ》て　井月
竪横駄荷《たてよこだに》のつゞ《づ》く町並《まちなみ》　亀遊

【旅役者が、相撲取りのあとへ乗り込みました。縦横に、荷物を背負った馬が続く街並みです。】

葉生姜《しょうが》の秋に対し、相撲を付けました。渡し船でしょうか。それとも、明治時代の日本に登場した乗合馬車でしょうか。相撲取りのあとに乗り込んだので、窮屈なのでしょう。

亀遊は、賑《にぎ》やかな街の風景を連想して付けました。

毛《もう》せんにくるまつ《っ》て寐《ね》る花《はな》ふゞ《ぶ》き　井月
長閑《のどか》にてふ《ちょう》の群《むれ》る原中《はらなか》　亀遊

【毛せんにくるまって、花吹雪の中で寝ました。のどかに蝶《ちょう》の群れる野原で。】

街の喧騒《けんそう》をよそに、昼寝する人を付けました。毛せんは、茶会や花見などに使う敷物です。酔っ払って、寝てしまったのでしょうか。

亀遊は、昼寝に対し、のどかな野原の様子を付けました。

目通《めどお》りは残《のこ》らず桑《くわ》の畠也《はたけなり》　亀遊
諏訪《すわ》は祝《ほうり》が名《な》に聞《きこ》えけり　井月

【目の前は、残らず全部が桑畑でした。諏訪の神主は有名です。】

「長閑《のどか》」に対し、春の桑畑を付けました。「目通り」には、偉い人に会うという意味もありますが、ここでは単に「目の前」という意味に解釈してみました。

一面に桑畑が広がっているのは、製糸が盛んだった諏訪の景色だと、井月は連想したのでしょう。「ほうり」は神職のことで、諏訪大社の様子でしょう。

漁船《りょうぶね》でちひ《い》さな富士《ふじ》に指《ゆび》をさし　亀遊
此川《このかわ》にして石《いし》の奇麗《きれい》さ　井月

【漁船に乗って、小さな富士を指さしました。このきれいな川の石は、やはりきれいです。】

諏訪《すわ》湖の景色でしょう。よく晴れた日には、はるかに富士山が見えます。

井月は、諏訪湖ではなく、きれいな川の景色に転換しました。連句では、同じ話題が長く続くことを嫌います。ですから諏訪湖を離れて、別の場所の景色としたのでしょう。

めし盛《もり》のひゐ《い》きふとんを重《かさね》しき　亀遊
しんた《だ》かく屋《や》（？）と皆《みな》が私語《ささや》く　井月

【飯盛り女が、ひいきに使っていた布団を重ね敷きにしました。「厄介者が死んだか」と、皆がささやきました。】

「きれい」から、飯盛り女を連想しました。宿場で給仕をしながら、客を取っていた女性のことです。

「しんたかくや」の意味が分かりません。ここでは、「しんたか」を「死んだか」と読み、「くや」を「厄介者」という意味の隠語と解釈してみました。「厄」を「クヤ」と逆さ読みにしたのでしょう。

つまり、宿場で働く女性が死んだので、布団を重ね敷きにして寝かせた、周りの者がこそこそと悪口を言っている、といった解釈になりますが、果たしてどうでしょうか。

醒《さめ》てから悔《くや》むきのふ《う》の友《とも》はぐれ　亀遊
折《おり》も有《あろう》ふに葬《そう》の出《で》がしら　井月

【昨日の友とはぐれたことを、酔いから覚めて悔やみました。折もあろうに、葬式の出棺に出くわしました。】

死んだのは、昨日はぐれた友だった、と付けました。昔は携帯電話もメールもなかったので、旅の友とはぐれてしまったら、それっきりだったと思われます。

井月は、縁起の悪いところへ出くわした様子を付けました。

一《ひと》しきり雷《らい》に途切《とぎ》るゝ田植唄《たうえうた》　亀遊
ぷん〳〵《ぷん》匂《におう》ふ夕川岸《ゆうがし》の鯵《あじ》　井月

【田植唄が、ひとしきり雷鳴に途切れました。夕方の川岸であじを焼く匂いが、ぷんぷん匂ってきます。】

田植えの手を休めて葬列を見送る様子を連想しました。そこへ雷が鳴ったので、早乙女《さおとめ》たちが怖がって、きゃあきゃあ言っているのでしょう。

井月は、夕飯のしたくに魚を焼いている様子を付けました。田植えが遅れて、夕刻になってしまった、ということでしょうか。

さつ〳〵《さつ》と運《はこ》ぶ月見《つきみ》の茶菓子類《ちゃがしるい》　亀遊
残暑《ざんしょ》の亭《てい》に独鈷鎌首《とっこかまくび》　井月

【颯々《さつさつ》と、月見の茶菓子類を運びました。残暑の日の屋敷で、和歌の論争をしています。】

あじを焼き、菓子を盛り、もてなしの準備でしょう。颯々とは、さわやかな風の音のことですが、ここでは、てきぱきと次から次へ茶菓子を運ぶ様子なのでしょう。

井月は、そこに集まっていたのは論争好きの歌人たちだった、と付けました。独鈷鎌首とは、その昔、歌人たちが集まって六百番の歌合せをしたとき、独鈷（密教の法具）を振りあげ、鎌首をもたげて大論争をした、という故事にちなむ言い回しです。

滝《たき》うらや斧《おの》のひゞ《び》きに霧散《きりちっ》て　亀遊
それかと覗《のぞ》く鵙《もず》の早《はや》にへ《え》　井月

【斧の音に霧が散る、滝の裏です。これがモズのはやにえかと、のぞき込んで見ました。】

「残暑の亭」は、斧の音が聞こえる山奥にあったと連想しました。水しぶきや霧でしっとりと湿った、滝の裏の涼しげな様子が想像できます。

井月は、山奥でモズの「はやにえ」を見つけた様子を付けました。つかまえた蛙《かえる》などを木の枝に突き刺しておく習性のことです。

かも通《どお》り此頃《このごろ》あがる塩直段《しおねだん》　亀遊
問屋《とんや》が捌《さば》く越《こし》の送《おく》り荷《に》　井月

【かも通りでは、このごろ塩の値段が上がりました。北陸から送ってきた荷物を、問屋がさばいています。】

モズのはやにえから干物を連想し、塩を付けました。賀茂川沿いの通りのことでしょうか。生活に欠かせない塩の値段が上がって、京の都の人々が嘆いている様子でしょう。

井月は、その塩は北陸から送られてきたものだと連想し、問屋の様子を付けました。

花前《はなまえ》にいそぐ料理《りょうり》の別座敷《べつざしき》　亀遊
ときの物《もの》とて茹《ゆで》る桜《たら》の芽《め》　井月

【桜の花の前に、料理を急いで並べている別座敷です。季節のものだといって、たらの芽をゆでました。】

「捌《さば》く」から、魚をさばく料理を付けました。忙しい台所の様子でしょう。別座敷とは、別棟にある座敷のことでしょうか。

井月は、たらの芽を台所で茹でている様子を連想して付けました。

三十四《明治十二年初夏、上水内《かみみのち》郡日高村下長井《しもながい》・盛斎亭にて。井月全集185・新編256》

朝凪《あさなぎ》や蝶《ちょう》の影《かげ》さす洗《あら》ひ《い》臼《うす》　井月
雛菓子売《ひながしうり》の声懸《こえかけ》て行《ゆく》　盛斎

【朝凪の時刻、洗って干してある臼に、蝶の影がさしています。ひな祭りの菓子を売る人が、声をかけてゆきます。】

陸から吹く風と、海から吹く風とが切り替わる時間帯の、無風の状態を「凪」といいます。とても穏やかな春の朝です。

盛斎は、ひな祭りの時期だと付けました。ひなあられや、ひし餅などを、行商の人が売りに来た様子なのでしょう。

柳《やなぎ》見《み》るために障子《しょうじ》を開《あけ》させて　井月
思《おも》ひ《い》もよらぬ客《きゃく》と成《なり》けり　盛斎

【柳を見るために障子を開けさせました。思いもよらぬ客となりました。】

ひな菓子に対し、春の柳を付けました。柳が青みを増したので、ちょっと障子を開けて見た様子です。

盛斎は、外をゆく人と目が合って、「ちょっと寄っていきなさいよ」といって招き入れる様子を付けたのでしょう。

月《つき》に酌酒《くむさけ》にことなる名《な》を呼む《よばん》　井月
何《なに》より清《きよ》き露《つゆ》のしら玉《たま》　盛斎

【月夜の晩酌で、この酒を別の名前で呼ぼうと思いま

した。何よりも清い露の白玉と。】

客を招き入れて、酒を酌み交わしているうちに、興が乗って、「この酒をもっといい名前で呼んでみよう」と思いついたのでしょう。

盛斎は「露の白玉」という名を付けました。

銭《ぜに》もたぬ身《み》は衣脱《きぬぬぎ》て放亀《はなしがめ》　井月

ひと筋道《すじみち》の出合《であい》がしらに　盛斎

【お金を持っていないので、服を脱いで子どもたちに与え、亀を放してやりました。一本道の出会い頭に、亀がいじめられているのを見たので。】

「清き」から、銭を持たぬ清貧を連想したのでしょう。浦島太郎のような話です。事実、子どもたちが亀に酒を飲ませていじめているところを、井月が助けてやった、という話が伝わっています。

盛斎は、一本道での出来事だったと付けました。

ぬれ事《ごと》やとり散《ちら》したる鬼《おに》の面《めん》　井月

新茶《しんちゃ》は人《ひと》を嬉《うれ》しがらせる　盛斎

【歌舞伎の男女が愛し合う場面で、鬼の面を取り散らしています。新茶は人を嬉しがらせます。】

「出合」から男女の出会いを連想し、歌舞伎のぬれ事を付けました。鬼の面が下に散らかっているという、なかなか異様な演出なのでしょう。

盛斎は、歌舞伎の桟敷《さじき》席で出されるお茶のことを付けました。ひと口飲んで、「ああ新茶だ、嬉しいな」という気持ちです。鬼の面とは何なのか深く追求せず、このようにあっさり転換してしまうのも、連句の付け方のひとつなのでしょう。

花御堂《はなみどう》つゝ《つ》じの色《いろ》を柿《こけら》ふき　井月

深山《みやま》は何処《どこ》も水奇麗也《みずきれいなり》　盛斎

【花御堂（お花祭りに使う小さなお堂）の屋根は、つつじ色の板で葺《ふ》かれています。山奥はどこも水がきれいです。】

「新茶」から、茶摘みの季節を連想し、旧暦四月八日の「お花祭り」の様子に転じました。小さなお堂の中に誕生仏を祀《まつ》るのですが、その板葺きの屋根がつつじ色だという様子です。新暦では五月の中旬ごろですので、ちょうどつつじの季節でしょう。

盛斎は、山深い寺を連想して、水もきれいだと付けました。

暮《くる》る間《ま》を月《つき》まち兼《かね》てのぼる寺《てら》　井月
初《はじめ》て涼《すず》し軒《のき》の風《ふう》りん　盛斎

【日が暮れるまでの間、月見が待ちきれなくて、寺へのぼりました。軒の風鈴の音を、はじめて涼しいと感じました。】

山深くにある寺の住職のところへ行って、月見をするのでしょう。

盛斎は、寺の軒に風鈴が吊《つ》るしてある様子を付けました。秋になって初めて涼しさを感じることを「新涼」と言います。秋風に、風鈴もようやく涼しい音を立てている、といったところでしょう。

麦《むぎ》めしを振舞《ふるまう》ふ折《おり》の木《き》の子汁《こじる》　井月
雨《あめ》の小止《こやみ》に野辺《のべ》の狐火《きつねび》　盛斎

【麦飯をふるまうとき、茸《きのこ》汁をいっしょに出しました。雨の小止みには、野辺に狐火が見えるでしょう。】

秋の涼しさを感じながら、茸汁を食べています。ふるまうということは、秋祭りでしょうか。

盛斎は、秋雨の小止みの風景を付けました。雨が降っているのに晴れている状況を「狐の嫁入り」と言いますが、いっぽうで、狐火が列になって現れる現象も「狐の嫁入り」といいます。その連想から、狐火のことを付けたのでしょう。

手枕《たまくら》に夢《ゆめ》と遊《あそ》ぶも花《はな》ごゝ《こ》ろ　井月
春《はる》の名残《なごり》を惜《おし》むたかどの　盛斎

【腕枕をして、夢の中で遊ぶのも花見の気分です。春の名残を、高殿で惜しんでいます。】

狐火《きつねび》を見たのは夢の中だった、と連想しました。「花ごころ」という言葉はありませんが、井月はときどき使っています。桜の花の季節の気分、といった意味でしょう。
盛斎は、花街の店の様子を付けました。店の二階や三階から、ゆく春を惜しみながら眺めている、といったところでしょう。

籠馴《かごなれ》し鶯《うぐいす》の声面白《こえおもしろ》く　盛斎
中《あた》り外《はず》れのしれる楊弓《ようきゅう》　井月

【籠で飼われることに馴れたうぐいすの鳴き声が、面白く聞こえてきます。楊弓の当たりはずれなど、高が知れたものです。】

行く春を惜しみながら、うぐいすの声を楽しんでいます。うぐいすの飼育は、昔の風流人の趣味のひとつだったようです。いい声で鳴くかどうか、うぐいすによって当たりはずれがあったのでしょう。

その連想から、井月は弓矢の遊技場のことを付けました。「楊弓」と呼ばれ、江戸時代から明治の中頃まで盛んだったようです。男性客を楽しませるために、矢を拾う係の女性には美人をそろえていたようで、しかし美人かどうか、その当たりはずれも高が知れたものだ、といったところでしょう。

待合《まちあい》に忍《しの》び出立《でたち》の屋敷衆《やしきしゅう》　盛斎
気《き》てんのきゝ《き》し赤岩《あかいわ》が妻《つま》　井月

【待合に、人目を忍ぶいでたちの屋敷衆が来ています。赤岩の妻は機転がききます。】

楊弓《ようきゅう》のような庶民の遊びに、身分の高い人がお忍びで来ている様子を連想したのでしょう。待合とは、芸者さんと待ち合わせて飲食をしたり遊んだりするための店のことです。

赤岩の意味がわかりませんが、待合のおかみさんが、気を利かせて、奥の部屋のほうへお通しした、ということなのでしょうか。

雪《ゆき》と成空《なるそら》に時刻《じこく》を取違《とりちが》ひ　盛斎
鴨《かも》の命《いのち》の卒《おわ》る鉄砲《てっぽう》　井月

【雪になる空模様に、時刻を間違えました。鉄砲の音がして、鴨の命が終わります。】

機転のきく女性でも、時刻を取り違えることがある、といった連想でしょうか。雪雲に覆われて、薄暗くなって、時刻が分からなくなった様子でしょう。

井月は、冬の空に、冬の渡り鳥である鴨を付け加えました。また、狩猟も冬の季語です。

念仏《ねんぶつ》を唱《とな》るこゑ《え》の皺枯《しわがれ》て　盛斎
釣瓶《つるべ》なは《わ》うつ脊戸《せど》の日当《ひあた》り　井月

【念仏を唱える声がしわがれています。つるべの縄を打つ背戸に日が当たっています。】

「命のおわる」から、念仏を付けました。老人が南《な》無阿弥陀仏《むあみだぶつ》を唱えている様子です。

葬式や法事の場面ではなく、普段から念仏を鼻唄がわりに唱えている老人を、井月は連想したのでしょう。縄打ち仕事をしている背戸（家の裏の戸）の様子を付けました。

西瓜《すいか》切《き》る普請《ふしん》の小屋《こや》の休時《やすみどき》　盛斎
又鬼灯《またほおずき》の不慮《ふりょ》の災難《さいなん》　井月

【工事現場の小屋では、休憩時間にスイカを切っています。またホオズキが、不慮の災難に会います。】

縄打ち仕事から、作業小屋を連想しました。本来、「普請」とはお金や労働力を出し合うことですが、転じて、工事のことを普請と言うようになったようです。

井月は、なぜホオズキのことを付けたのでしょう。そして、ホオズキの災難とは何のことでしょう。工事のためにホオズキが刈り取られてしまう様子を連想したのでしょうか。

拍子《ひょうし》よき踊《おどり》に月《つき》の澄《すみ》ぬらん　盛斎
そばもしるこも大《おお》かたに成《なる》　井月

【リズムのよい踊りに、きっと月も澄むでしょう。そばも、しるこも、大体できました。】

鬼灯《ほおずき》の災難とは、盆踊りの人間たちに踏まれてしまうことだ、と転じました。

井月は、盆踊りの準備をしている様子を連想し、そばやしるこを用意する様子を付けました。踊りのあとに食べるのでしょう。

谷深《たにふか》き処《ところ》に誰《だれ》か家居《いえい》して　盛斎
連歌《れんが》に行《ゆく》も牛《うし》にのらるゝ《る》　井月

【谷深いところに、誰か暮らしている人がいます。連歌の会に行くにも、牛に乗って行きます。】

そばやしることを所望しているのは、谷深い所で暮らす人でした。「家居」とは、仕官せずに家で暮らしている様子を表す言葉です。

井月は、誰か身分のある人物が、山奥に引きこもって暮らしている様子を連想しました。連歌の会に行くにも、遠いので牛に乗らなければならないのでしょう。あるいは牛車《ぎっしゃ》でしょうか。

分杭《ぶんくい》の新《あら》たに立《たち》し流行神《はやりがみ》　盛斎
わかし湯《ゆ》なれどいつも賑《にぎや》か　井月

【分杭峠《くい》に、流行り神が新しく建ちました。温泉ではなく沸かし湯ですが、いつも賑やかに繁盛しています。】

牛に乗って街道を行く様子を連想しました。分杭峠は、秋葉街道の峠のひとつで、上伊那郡《かみいな》と下伊那郡《しもいな》の境界になります。流行り神とは、急にブームになって信仰を集める神のことで、その石碑が峠に建ったのでしょう。

井月は、秋葉街道を旅する人が、宿に泊まる様子を連想して付けました。

ほろ酔《よい》の花《はな》に浮雲《あぶな》き石畳《いしだたみ》　盛斎
鐘《かね》も霞《かすみ》をわけて聞《きこ》ゆる　井月

【ほろ酔いで桜の花を眺めれば、危なくつまずきそうな石畳です。鐘の音も、霞をかきわけて聞こえてきます。】

「賑《にぎ》やか」から、花見の様子へ転じました。

井月は、石畳から寺を連想し、鐘の音を付けました。「鐘霞む」は春の季語です。

三十五《明治十二年晩夏、下高井《しもたかい》郡瑞穂《みずほ》村小菅《こすげ》・梅春亭にて。井月全集188・新編259》

蝉《せみ》なくや報謝《ほうしゃ》の銭《ぜに》の皆《みな》に成《なる》　井月
奇麗《きれい》に掃除《そうじ》出来《でき》し井浚《いざらい》　梅春

【蝉が鳴くころ、お礼にもらったお金は、使い果たしてしまいました。井ざらい（水路の掃除）はきれいにできました。】

蝉の短い命のように、あっという間にお金を使ってしまった、という様子でしょう。字を書いて謝礼をもらって暮らす井月自身のことでしょうか。

梅春は、その謝礼は水路の掃除をして得たものだったと付けました。お金が空っぽになってしまった様子から、水路がきれいになった様子を連想したのかも知れません。

長持《ながもち》も単笥《たんす》も錠《じょう》を直《なお》させて　井月
ものかく筆《ふで》の辷《すべ》る手《て》のひら　梅春

【長持もたんすも、錠を直させました。ものを書く筆がすべる手のひらです。】

「きれいに掃除」に対し、家具を直す様子を付けました。嫁入り道具に持ってきた長持やたんすも、もう古くなって、うまくカギが回らなくなったのでしょう。

梅春は、鍵を直してスムーズに回るようになった様子から、筆がすらすらと進む様子に転換しました。

川魚《かわうお》の一品《いっぴん》足《た》らぬ月用意《つきようい》　井月
やつ《っ》と間《ま》にあふ綿《わた》の送《おく》り荷《に》　梅春

【月見の用意に、魚が一品足りないです。綿の送り荷が、やっと間に合いました。】

「すべる」から、ぬるぬるすべる魚を連想したのでしょう。月見の宴会の準備をしている台所の様子です。

料理をやっと間に合わす様子から、梅春は、荷物がやっと間に合った様子に転換しました。秋になって着物や布団に綿を入れるのでしょう。

啌寒《うそさむ》う榎《えのき》の注連《しめ》の中《なか》だるみ　井月

懸《かけ》ると直《すぐ》に流行看板《はやるかんばん》　梅春

【うそ寒い日、榎のしめ縄が中だるみしています。看板をかけると、すぐに流行る店です。】

冬にそなえて綿を送る様子に対し、「うそ寒い」を付けました。なんとなく寒いという意味の、秋の季語です。榎は大木になりますので、しめ縄を張って御神体のようにすることもあるのでしょう。

梅春は、しめ縄をかける様子から、店の看板をかける様子へ転換しました。

丑《うし》の日《ひ》の約束《やくそく》かたき屋敷衆《やしきしゅう》　井月
油《あぶら》とろりと落《おと》す戸《と》の溝《みぞ》　春梅

【土用の丑の日には、うなぎを食べる約束を固く守っている屋敷衆です。油をとろりと戸の溝に落としました。】

流行りの店に、屋敷衆が入って行く様子です。大きな屋敷に住んでいる身分のある人たちなのでしょう。

春梅は、あぶらの乗ったうなぎを連想し、戸のすべりをよくするために油を塗っている様子へと転換しました。

岩附《いわつき》（槻）の便《たよ》りに葱《ねぎ》を事付《ことづけ》て　井月
鐘《かね》の音《ね》さゆる雪《ゆき》の先触《さきぶれ》　梅春

【岩槻《いわつき》の手紙に葱をことづけました。鐘の音が冴《さ》える夜に、雪の先触れが降ってきました。】

油から、南蛮料理を連想し、ねぎを付けたのでしょうか。埼玉県で栽培されている「岩槻ねぎ」は、やわらかくて細身で背が低い、葉ねぎの一種です。

梅春は、冬の季語であるねぎから、寒い夜を連想して付けました。岩槻には「時の鐘」という、江戸時代から続く鐘楼があります。

紅裏《もみうら》も八《や》ツ《つ》下《さが》りなる張返《はりかえ》し　井月
隠《かく》せど文《ふみ》の溜《たま》る針箱《はりばこ》　梅春

【紅絹《もみ》の裏地の着物も古びて色があせて、張り返しています。針箱に隠した手紙が溜まっています。】

先触れから、婚礼の行列を連想したのでしょうか。張り返しとは、着物をほどいて洗い張りし、別の着物を作ることです。赤い裏地ですから、花嫁衣裳だったのでしょう。「八つ下がり」とは、午後二時すぎのことですが、「色あせる」という意味があります。

梅春は、裁縫道具を連想して付けました。亭主に内緒の手紙でしょうか。針箱の中に隠しておけば、男が開けてみることはあるまい、といった様子でしょう。

取次《とりつぎ》の手間《てま》どつ《っ》て居《お》る勝手口《かってぐち》　井月
包《つつみ》ののしを先開《まずひら》き見《み》る　梅春

【取りつぎの者が手間取っている勝手口です。包みの熨斗《のし》を、まず開いて見ました。】

手紙から、取り次ぎを連想しました。大きな屋敷でしょうか。女中が、御主人に用件を取り次ぐのに手間取っている様子なのでしょう。

梅春は、その女中がのし包みの中身を確かめている様子を付けました。

月《つき》にして花《はな》の戻《もど》りの坊主持《ぼうずもち》　井月
村《むら》を挟《はさ》んでかゝ《か》る初虹《はつにじ》　梅春

【月の出ている夜道、花見からの帰りに、坊主持ち（荷物を押し付け合う遊び）をしながら歩きました。村をはさんで、初虹がかかりました。】

「包み」から、荷物を持った人を連想しました。坊主持ちとは、僧侶に出会うたびに荷物を持つ人を交代する、という遊びです。花見帰りの浮かれた気分も想像できます。

梅春は、なぜ初虹を付けたのでしょう。七十二候に「虹始見《にじはじめてあらわる》」というのがありますので、花見の季節が終わって初虹の季節へ移り替わる様子を付けたのでしょうか。新暦では四月中旬ごろにあたります。

暖《あたたか》につれて程《ほど》よき酒《さけ》の味《あじ》　梅春
棟上究《むねあげきめ》て市《いち》の買物《かいもの》　井月

【暖かくなるにつれて、ほどよい味になる酒です。上棟式の日を決めて、市へ買い物に行きました。】

春の初虹に対して、暖かな気候を付けました。酒の発酵が進んで、よい味になる様子でしょう。

井月は、酒をふるまう上棟式を連想しました。あれこれ準備のために買い物に行くのでしょう。

ちとの間《ま》に馴《なれ》て気安《きやす》き新世帯《しんしょたい》　梅春
里《さと》のこと葉《ば》をふだん慎《つつ》しむ　井月

【新しく越してきた一家は、ちょっとの間に住み慣れて、気安く暮らしています。里の言葉は、普段は使わないようにしています。】

新築した家に、新しくやって来た一家の様子でしょう。

井月は、その一家が方言（訛《なま》り）を出さないように暮らしていると付けました。なにか出身地を隠さなければならない事情でもあるのでしょうか。井月自身、昔のことを聞かれると口をつぐんで答えなかったといいます。

出来立《できたて》の越後縮《えちごちぢみ》の目《め》に立《たっ》て　梅春
刃《は》もの丶疵《のきず》の汗拭《あせぬぐう》ふ也《なり》　井月

【出来立ての越後ちぢみが目立ちます。刃物の傷の汗をぬぐいました。】

「慎む」に対して、正反対の「目立つ」を付けました。新しい着物を着ているので、目立っている様子でしょう。

越後ちぢみは、夏服に使われる布地ですので、井月は汗を拭く様子を連想して付けました。「刃物の傷」とは何でしょうか。何かわけがありそうだと、あれこれ想像をかきたてる付け句です。北越戦争で負傷したのでしょうか。

かげんよくさまして這入夏《はいるなつ》の風呂《ふろ》　梅春
誰《た》が手跡《しゅせき》ともしれぬ標札《ひょうさつ》　井月

【夏の風呂は、加減よくさまして入りました。誰が書いた筆跡か分からない表札です。】

汗をぬぐったのは、夏の風呂あがりだった、と付けました。かつては、庭先に桶《おけ》を出して風呂に入る家も多かったのではないでしょうか。

井月は、風呂あがりに、ふと表札の文字に眼がとまって、ずいぶん立派な字だが誰が書いたのだろう、と思った様子を付けました。

施《ほどこ》しの薬《くすり》もいつか皆《みな》に成《なり》　梅春
見物《けんぶつ》の出《で》る牛《うし》の角突《つのつき》　井月

【施しの薬も、いつか使い果たしてしまいました。牛の角突きに、見物人が来ています。】

表札のかかった玄関で、薬を恵んでもらっている様子です。

井月は、犀角《さいかく》という漢方薬を連想したのでしょう。実際にはサイの角ではなく、牛や水牛の角を粉末にしたものだったようです。牛の角突きは、長岡市の山古《やまこ》志《し》や小千谷《おぢや》市などで現在でも行われています。

唄《うた》（あるいは吹）笛《ぶえ》の声《こえ》にも月《つき》の誘《さそう》ふらん　梅春
約《つま》しい秋《あき》を修行者《しゅぎょうしゃ》の宿《やど》　井月

【歌や笛の音も、月見に誘っているのでしょうか。修行者の宿に泊まった、つましい秋です。】

「見物の出る」から、歌や笛の様子に転じ、月見の誘いを付けました。

井月は、月見の宴で泊まった質素な宿のことを付けました。修行者とは、僧侶のことでしょうか。山伏のことでしょうか。

慰《なぐさみ》に余所《よそ》の衣《ころも》は擣《うち》ながら　梅春
有馬《ありま》の湯《ゆ》なら連《つれ》に成《なり》たき　井月

【気晴らしに、よそから頼まれた衣を砧《きぬた》で打ちました。有馬の湯へ行くのなら、連れになりたいです。】

「約《つま》しい秋」に対して、衣《きぬ》打ち仕事を付けました。砧で叩《たた》いているうちに、嫌なことも忘れ、気が晴れることもあるでしょう。

井月は、気晴らしに温泉旅行に行く様子を付けました。有馬温泉は、日本屈指の名湯として知られています。

幸《さいわい》と咄《はな》し相手《あいて》に尋《たず》ねられ　梅春
又一休《またいっきゅう》に勝《かち》を取《とら》るゝ《る》　井月

【これ幸いと、話し相手に尋ねられました。また一休に勝ちを取られてしまいました。】

温泉旅行で、連れの人にいったい何を尋ねられたのでしょう。

井月は、とんち問答を連想して付けました。とんちといえば一休さん（室町時代の禅僧・一休宗純《そうじゅん》）が連想されます。

笠迄《かさまで》も花《はな》の筵《むしろ》に敷足《しきた》して　梅春
幾世替《いくよかわ》らぬ春《はる》のことの葉《は》　井月

【花見のむしろに、笠までも敷き足しました。春の言葉は今も昔も変わりません。】

とんち問答をしたのは、花見の席だったのでしょう。場所取りの様子でしょうか。むしろを敷いて、それでも足りなくて、かぶっていた笠も地面に並べておいた、という様子が想像できます。

「春のことの葉」は、春の季語である「花」のことでしょう。今も昔も変わらない景物《けいぶつ》であるなあ、という感歎《かんたん》を込めていると思われます。

三十六《明治十三年春四月。下高井《しもたかい》郡瑞穂《みずほ》村小菅《こすげ》・真居庵（梅春の家）にて。井月全集191・新編262》

筆置《ふでお》いて待鶯《まつうぐいす》の乙音《おとね》かな　可春
雪《ゆき》の崩《くず》れて雫《しずく》もつ竹《たけ》　井月

【筆を置いて、うぐいすの乙音を待ちました。雪が崩れて、竹にしずくが付いていています。】

乙音は、「おとね」あるいは「おつね」「つぎね」と読むようです。初音《はつね》が聞こえてきたので、次の鳴き声が聞こえてくるのを待った、という様子でしょう。

井月は、雪解けの様子を付けました。雪の重みを跳ねのけた、竹のみずみずしい感じが想像できます。

長閑《のどか》さに道《みち》の辺《あた》りの踏《ふみ》よくて　梅春

足《あし》そゝがせて通《とお》る小座敷《こざしき》　可春

【のどかな日、道も歩きやすくなりました。足を洗って、小座敷へ通りました。】

道端の雪も消えて、歩きやすくなったのでしょう。可春は、わらじを脱いで、足を洗って座敷へ入ってゆく様子を付けました。これから宴会でしょうか。

玉《たま》を見《み》るやうに奇麗《きれい》な月《つき》の芋《いも》　井月
古酒《こしゅ》も新酒《しんしゅ》もおなじ売《う》れ口《くち》　梅春

【月に供えた里芋は、玉を見るようにきれいです。古酒も新酒も同じところへ売れていきました。】

小座敷には、月見の用意がしてありました。「芋名月」という言葉があるように、月見には里芋を供える風習があります。

梅春は、月見に酒を付け加えました。秋は新酒ができる季節です。古酒も新酒もどちらも買ってゆくということは、裕福な家を想像させます。

大角力木戸《おおずもうきど》にも余《あま》る肩《かた》の巾《はば》　可春
上方《かみがた》もの丶甘《あま》き弁舌《べんぜつ》　井月

【大きな相撲取りの肩の幅は、木戸に入らないくらいです。上方出身の人は、弁舌が甘いです。】

大量に酒を買っていったのは、相撲取りでした。木戸は、住居の出入り口などのことでしょう。

その相撲取りは、上方(京都や大阪)の出身だった、と井月は付けました。弁舌が甘いということは、京ことばをしゃべるのでしょう。

一寸《ちょっと》した事《こと》が互《たがい》の縁《えん》となり　梅春
急《きゅう》に求《もと》めるかさね着《ぎ》の紅《べに》　可春

【ちょっとしたことが、互いの縁になりました。重ね着の紅を、急に買い求めることになりました。】

甘い弁舌で口説かれて、仲良くなった男女の縁のことでしょう。

可春は、婚礼の準備のことを付けました。白・紅・黒を三枚一組にした三襲《みつがさね》という婚礼衣装がありますが、その紅だけを買い求めるとは、どういうことでしょう。急な挙式が決まって、なにか慌てているような感じです。

柿茨宮司《かきいばらぐうじ》が家《いえ》をのぞき込《こ》み　井月
干兼《ひかね》た草《くさ》のけぶる蚊遣《かや》り火《び》　梅春

【柿の木や茨の茂る宮司の家を、のぞき込みました。蚊遣り火に焚《た》いた生乾きの草が煙っています。】

婚礼の準備の様子から、宮司を連想したのでしょう。「柿茨」の解釈が難しいです。柿は「こけら」と読めば「板ぶきの屋根」という意味になり、茨は「くさぶき」と読めば「かやぶきの屋根」という意味になります。しかしここでは、柿の木によじ登って、いばらの間から宮司の家をのぞき見している様子だと解釈してみました。

梅春は、のぞいた家で蚊遣り火を焚いている様子を付けました。杉や松などの青葉を燃やして、蚊を追いやることです。生の青葉ですから、かなり煙たいと思われます。

汲《くま》せたる茶水《ちゃみず》に月《つき》の涼《すず》しみを　可春
わすれて仕舞《しま》ふ翌《あす》の注文《ちゅうもん》　井月

【汲ませた茶水に、涼しい月が映っています。明日の注文を忘れてしまいました。】

蚊遣りを終えて、涼んでいる宵の様子を付けました。茶水は、お茶をたてるのに汲んできた水でしょう。井月は、なぜ明日の注文のことを付けたのでしょう。ほっと一息お茶を飲んだら、つい注文のことを忘れてしまった、ということでしょうか。

履替《はきかえ》のわらじに脚《あし》の軽《かる》うなり　梅春
淡路《あわじ》の沖《おき》のみゆる渡《わた》し場《ば》　可春

【わらじを履き替えたら、足が軽くなりました。渡し場に立てば、淡路の沖が見えます。】

注文の品を届けに向かう様子でしょう。昔の旅人は、履き替え用のわらじを行李《こうり》に入れて持ち歩いていたようです。

可春は、旅人が船の渡し場に立った様子を付けました。渡し場といえば、ふつうは川の渡し船の風景を想像しますが、ここでは淡路といっていますので、瀬戸内海の渡し船でしょう。

花《はな》の雲風《くもかぜ》に会釈《あしらう》ふ気《き》の無《なく》て　井月
手枕《たまくら》のよき春《はる》の芝原《しばはら》　梅春

【花曇りの空模様は、風を相手にする気もないようです。春の芝原で、手枕で昼寝をするのもよいものです。】

淡路の渡し場に、花曇りが立ち込めている景色でしょう。「あしらう」は、「相手にする」という意味です。風が吹いてきても、相手にしないでどんよりと曇り続けている、といった様子でしょう。

梅春は、桜の花を見ながら、芝の上で昼寝をする様子を付けました。

夜《よ》の雨《あめ》の晴《はれ》て外山《とやま》に薄霞《うすがすみ》　可春
手際《てぎわ》よいのをほめる重詰《じゅうづめ》　井月

【夜に降っていた雨は晴れて、外山に薄霞がかかっています。重詰めを作る手際がよいのをほめました。】

春の芝原に、薄霞がかかっている様子です。外山は、栃木県の日光にある山のことでしょうか。

井月は、雨が上がったので、重詰めを持って野遊びに出る様子を連想したのでしょう。春の楽しい一日を想像させます。

居続《いつづけ》の客《きゃく》に器量《きりょう》を望《のぞ》まれて　梅春
両人《ふたり》が中《なか》へなげる青梅《あおうめ》　可春

【居続けの客に、器量良しをと望まれました。二人の中へ青梅を投げました。】

料理の手際は良いけれど、器量の悪い女性を連想したのでしょうか。「居続け」とは、花街で、帰らずに何日も泊まり続ける客のことを言うのだそうです。もっときれいな女はいないのかと、言われたのでしょう。

そんなわがままな客の様子を見かねて、誰かがすっぱい梅を投げつけた、ということでしょうか。

抜《ぬき》はなす関《せき》の孫六《まごろく》見事也《みごとなり》　井月
船《ふね》で行《ゆこう》ふか駕籠《かご》で行《ゆこう》ふか　可春

【抜き放った関の孫六は、見事な刀です。船で行きましょうか、駕籠で行きましょうか。】

すっぱい梅を、居合抜きの大道芸に投げつけている様子を連想したのでしょうか。関の孫六は、美濃《みの》の名工が作った刀です。

可春は、名刀を手に入れるために、岐阜県関市へ向かう様子を連想して付けたと思われます。関市は長良《ながら》川の水運で栄えた町でしたから、船で行くことも考えたのでしょう。

御朱印《ごしゅいん》のたんとでもなき寺《てら》の格《かく》　井月
態《わざ》と馳走《ちそう》の巨燵開《こたつひら》けり　可春

【御朱印が多くないので、寺の格もそれほど高くないのでしょう。わざとご馳走を並べたこたつを設けています。】

船や駕籠《かご》で行こうとしていたのは、お寺参りだと転じました。御朱印帳は、参拝記念にスタンプを押してもらう帳面のことです。多いところでは三つも四つも押してくれる寺もあります。「たんとでもない」ということは、一つか二つだけだったのでしょう。

可春は、巡礼者が宿坊に泊まったときの様子を付けました。こたつの上に御馳走をたくさん用意して、わざとサービスよくしている、ということでしょう。

都《みやこ》にも尋《たずね》るほどの冬牡丹《ふゆぼたん》　井月
狐《きつね》が啼《ない》てあとの寂《さび》しき　可春

【都の中でも、人が尋ねて訪れるほど、素晴らしい冬牡丹です。狐が鳴いたあとの寂しさが身にしみます。】

冬のこたつに対し、冬牡丹を付けました。見事に咲いているという噂《うわさ》を聞きつけて、人が訪ねてくる様子でしょう。

可春は、狐の鳴き声を付けました。狐は冬の季語ですから、冬牡丹の季節に合います。もしかしたら、明治維新で天皇が東京へ行ってしまったので、京の都が寂しくなってしまった、という意味を込めたのでしょうか。

更《ふけ》たともおもは《わ》ず月《つき》に慰《なぐさみ》て　　井月
　筧《かけい》の水《みず》のいとゞ《ど》冷《ひやや》か　　可春

【いつの間にか夜が更け、月を見て心を慰めました。筧の水が、とても冷ややかです。】

「寂しさ」に対し、「慰み」を付けました。美しい月が出ていたのでしょう。

可春は、秋の夜更けに、庭に引いた水もずいぶん冷たくなったと付けました。

新《しん》そばに曳《ひき》とめられし中《なか》の坊《ぼう》　　井月
　御供揃《おともぞろい》をふれる拍子木《ひょうしぎ》　　可春

【中の坊で、新そばを食べていってくださいと引きとめられました。お供の者がそろったことを知らせる拍子木が鳴りました。】

冷たい水で、ゆであがった新そばをすすいでいるのでしょう。「坊」とは、僧侶の住居などを指す言葉で、僧房とも言います。お寺の住職に「そばを食べて行きなされ」と引き留められた様子です。

可春は、大名行列が大きなお寺を訪れた様子を連想して付けたのでしょう。

交《まぜ》ざかな兎角弓師《とかくゆみし》の義理堅《ぎりがた》く　　井月
　いつも替《かわ》らぬまめな年寄《としより》　　可春

【とかく弓師は義理堅く、交魚《こうぎょ》をいただきました。いつも変わらない、まめな年寄です。】

大名行列のお供の中に、弓師（弓の師範、あるいは弓作りの職人）がいた、という連想でしょうか。交魚とは、祝儀のときなどに贈る、複数の魚をまぜたものだそうです。還暦か何かの、お祝いの席の様子に転じました。

可春は、その弓師は達者な老人であると付けました。

咲《さく》までの日《ひ》を楽《たの》しみに花《はな》ごゝ《こ》ろ　　井月

貯《たぼ》ふ《う》ておけば蕨強《わらびこわ》ばる　　可春

【咲くまでの日を楽しみに待つのも、花を愛《め》でる心です。貯えておいたわらびが固くなってしまいました。】

達者な老人が、桜の開花を心待ちにしている様子でしょう。

可春は、わらびのことを付けました。おいしいときに食べないと、まずくなってしまう様子です。楽しみを取っておくと、期を逃してしまいますよ、といった意味で付けたのでしょうか。

三十七《明治十五年三月一日、上伊那郡西春近《にしはるちか》村下《しも》牧《まき》・不狐亭（有隣の家）にて。井月全集194・新編265》

初鶏《はつどり》や常《つね》に似合《にあわ》ぬ太《ふと》き声《こえ》　　有隣
若水汲《わかみずくみ》の歩行《あるく》井《い》の端《はた》　　井月

【初鶏は、いつもの様子とは違う太い声に聞こえてきます。若水を汲みに、井戸ばたを歩きました。】

　いつも鳴いているニワトリも、新年はじめての鳴き声は、あらたまって聞こえてくる、といった様子でしょう。

　井月は、若水を付けました。新年はじめて汲む水のことで、いつもの井戸ではなく、わざわざ遠くまで汲みに行ったのでしょう。汲みに行く途中で人と会っても、口をきいてはいけない、というしきたりがあったようです。

笊《ざる》に置薺《おくなずな》を人《ひと》に好《この》まれて　　有隣
やいとすへ《え》れば囉《もら》ふ《う》豆熬《まめいり》　　井月

【ざるに洗って置いたナズナを、人に好まれました。お灸《きゅう》をすえて、豆の菓子をもらいました。】

　新年の若水汲《く》みに対し、若菜摘み・春の七草を付けました。ナズナも新年の季語です。

　井月は、一月の行事である若菜摘みに対して、二月の行事である二日灸のことを付けたのでしょう。「豆いり」は、大豆や米を炒《い》って砂糖をまぶした菓子のことで、熱いお灸をがまんしてすえたご褒美にもらったのでしょう。

そよ〳〵《そよ》と北風《きたかぜ》の吹月明《ふくつきあか》り　　有隣
崩《くず》れし簗《やな》を皆《みな》が繕《つくろ》ふ　　井月

【月明かりの晩、そよそよと北風が吹きました。崩れた簗をみんなで繕いました。】

豆菓子をもらって、月明かりの下を帰っていくのでしょう。北風は冬の季語ですが、「そよそよ」と言っているので、冬のはじめでしょうか、終わりでしょうか。

井月は、冬のはじめととらえ、川に仕掛けた簗のことを付けました。夏のあいだ活躍した簗が、だいぶ傷んでしまったので、村のみんなで直した、という様子でしょう。

手間透《てますき》に菩提作《ぼだいづく》りに取懸《とりかか》り　　有隣
唄《うた》に調子《ちょうし》のはづ《ず》む朝起《あさおき》　　井月

【手がすいたときに、菩提造りに取りかかりました。早起きをして、歌に調子がはずんでいるようです。】

簗《やな》を繕う作業も終わり、手がすいたのでしょう。菩提造りは、酒の醸造法のひとつです。

井月は、杜氏《とうじ》が酒造り唄を歌いながら、朝から仕事に励んでいる様子を付けました。

奪合《うばいおう》ふて文引《ふみひき》ちぎる女《おんな》ども　　有隣
誰《だれ》が仕業《しわざ》か悪《わる》いいたづ《ず》ら　　井月

【女たちが、手紙を奪い合って引きちぎっています。悪いいたずらは、誰の仕業でしょう。】

調子のよい歌声は、かしましい女どもだった、と転じました。どうして手紙を奪い合っているのか、あれこれ想像させられる句です。

井月は、いたずらの手紙だったと付けました。悪い男のしわざでしょうか。

隠居家《いんきょや》を近頃裏《ちかごろうら》へ曳移《ひきうつ》し　　有隣
籠《かご》の小鳥《ことり》を大事《だいじ》がりけり　　井月

【隠居の住まいを、近ごろ裏へ引っ越しました。かごの小鳥を大事がっています。】

いたずらをされて困っているのは、裏のご隠居さんだった、と転じました。今まで表のほうで暮らしていたのに、裏のほうへ移したということは、もう世間との関わりを離れて、静かに暮らしたいのでしょう。

井月は、世間との関わりを離れて、かごの小鳥だけを大事にしている様子を付けました。

阪一《さかひと》つ下《くだ》るうちさへ寒《えさむ》き月《つき》　有隣

十夜《じゅうや》いとなむ寺《てら》の賑《にぎわ》ひ　井月

【坂を一つ下るうちさえ寒い、月の晩です。十夜法要を営んでいる寺は賑わっています。】

籠の鳥を大事がって暮らしているようなご隠居が、寒い夜、坂道を下ってゆく様子です。どこへ行くのでしょうか。

井月は、十夜法要に行くのだと付けました。浄土宗の行事のひとつで、旧暦十月五日から十五日まで、念仏を唱え続けるのだそうです。

水入《みずいれ》た儘《まま》借《かり》て来《く》る担桶《にないおけ》　有隣

里《さと》にたしなきそろばんの数《かず》　井月

【水を入れたまま、担い桶を借りてきました。田舎《いなか》の里では、そろばんの数が足りません。】

賑《にぎ》わう寺で、忙しく水を運んでいる様子でしょうか。担桶は「たご」と読み、二個を一組にして、天秤《てんびん》棒で担ぐものです。水を運ぶのに使いますが、「肥たご」といって肥やしを運んだり、「池たご」といって魚を入れて売り歩くのにも使ったようです。

井月は、なぜ「そろばんの数が足りない」と付けたのでしょう。魚を売買する様子を連想し、そろばんがなくて困っている様子を付けたのでしょうか。

斯花《このはな》の曇《くもり》にまことよい日和《ひより》　有隣

浅香《あさか》の沼《ぬま》に田《た》にし鳴《なく》ころ　井月

【この花曇りの季節に、本当によい日和です。安積沼《あさかぬま》

に田螺《たにし》が鳴くころ。】
そらばんの数が足りないのは、花見で賑《にぎ》やかな頃だ、と転じたのでしょう。「斯花」は梅の花のことですが、ここでは「この花曇り」という意味に解釈してみました。梅でも桜でも、とにかく春の日和のことを詠んだのでしょう。
井月は、春の沼の風景を付けました。安積沼は、福島県の郡山あたりにあった沼で、古来より歌枕として知られていましたが、江戸時代には、すでにほとんど田んぼになっていたようです。「たにし鳴く」は春の季語ですが、実際には鳴きません。つまり、存在しない沼に、存在しない鳴き声を取り合わせた句ですから、どういう春の景色か、自由に想像して楽しめばよいのでしょう。

餅《もち》を売峠《うるとうげ》の店《みせ》も春闌《はるたけ》て　有隣
　祝《ほうり》が家《いえ》に泊《とま》る哀《あわ》れさ　井月

【餅を売る峠の店も、春たけなわです。神職の家に泊めてもらう哀れさです。】

浅香の沼を訪ねた歌人が、茶屋で一休みする様子でしょう。

井月は、峠を行き交う旅人を連想しました。旅籠《はたご》に泊まるお金がないので、神社に泊まろうとしたら、神主が出てきて、「うちに泊まっていきなさい」と言われたのかも知れません。

猿《さる》の胆《きも》は始終《しじゅう》絶《たや》さぬ嗜《たしなみ》に　有隣
　育《そだ》ちのよきか嫁《よめ》の働《はたら》き　有隣

【猿の胆を、いつも絶やさず用意しているたしなみです。嫁の働きぶりは、育ちが良いのでしょう。】

神主の家では、いつも猿の胆を用意している、と付けました。猿の胆は薬になると言われています。

有隣に対して有隣が付けています。いつも薬を準備している様子から、育ちのよい嫁だと連想して付けたのでしょう。

時雨空《しぐれぞら》日向《ひなた》へ廻《まわ》す洗衣《あらいぎぬ》　井月
　一羽烏《いちわがらす》の啼《な》て冬枯《ふゆがれ》　有隣

【しぐれの降る空模様に、洗い張りした衣を日向へ移しました。冬枯れの野山に、からすが一羽鳴いています。】

働き者の嫁が、家事をしている様子でしょう。しぐれは、冬の初めごろに降るにわか雨のことです。洗濯したものが濡《ぬ》れてしまったので、よく乾くように日向へ移したのでしょう。

有隣は、草木も枯れたさびしい冬の景色に、からすを一羽添えました。

我内《わがうち》をそつ《っ》と覗《のぞ》けば誰《だれ》も居《い》ず　井月
柿越《かきごし》に遣《や》る生竹《なまたけ》の筇《つえ》　井月

【我が家をそっとのぞいて見れば誰もいません。垣根越しに、生竹のつえを渡してやりました。】

寂しい冬枯れの景色に対し、寂しい我が家を付けました。我が家をそっとのぞいて見るということは、家族に内緒でこそこそ何かやっているのでしょう。

井月に対して井月が付けていきます。門からではなく、垣根ごしにこっそり出入りする様子を付けました。

殺生《せっしょう》は好《この》んでせねど肴好《さかなずき》　有隣
躄《いざり》の車《くるま》きち〳〵《きち》と鳴《なる》　有隣

【好き好んで殺生をするのではありませんが、魚が好きです。いざり車の音が、きちきちと鳴ります。】

竹の杖《つえ》をついた老人は、魚好きだったのでしょう。肴は、お酒のつまみのことですが、ここでは魚のことと解釈してみました。

いざり車とは、足の不自由な人が乗る、車の付いた箱のことで、現代で言えば車いすのことです。足が不自由でも、元気に出歩いている老人の様子でしょう。「元気の秘訣《ひけつ》は?」と聞かれれば、「魚をしっかり食べているからでしょうかね」と答えている様子が想像できます。

さし昇《のぼ》る月《つき》に消《けし》たる小提灯《こぢょうちん》　井月
みやげに囉《もら》ふ新《しん》そばの出来《でき》　有隣

【月が昇ったので、小提灯の火を消しました。みやげにもらった新そばの出来がよいです。】

きちきちと車の音をさせて、月見に出かけた様子でしょう。月を楽しむために、明かりを消しました。

有隣は、料理屋で月見をしている様子を連想し、帰り際に手土産《みやげ》として新そばをもらったと付けました。

流行医《はやりい》に鮭《さけ》の楫落《かじおち》直《ね》切《ぎ》られて　井月
囃太鼓《はやしだいこ》に声《こえ》の揃《そろ》は《わ》ぬ　有隣

【人気のある医者に、鮭《さけ》の楫落ちを値切られました。お囃し太鼓の音に、声がそろいません。】

新そばに対し、秋の季語である鮭を付けました。「中落ち」なら、魚の背骨の周りに付いた肉のことですが、「楫落ち」とは何でしょうか。分かりませんが、とにかく魚屋の風景です。お金持ちの医者なのだから、値切らずに買えばいいのに、といったところでしょうか。

有隣は、お囃子《はやし》の様子を付けました。祭のご馳走《ちそう》の準備のために、鮭を買いに来た、という連想なのでしょう。

雪水《ゆきみず》（あるいは有《ある》か）に人《ひと》の込合《こみあ》ふ《う》其祭《そのまつり》　井月
渡《わた》し場《ば》急《いそ》ぐ駕《かご》の曲者《くせもの》　有隣

【雪があるのに、その祭では、人が込み合っています。渡し場へ急ぐ駕籠《かご》の中に、くせ者が乗っていました。】

囃《はやし》太鼓から、祭を連想しました。まだ雪の残る、春先の祭なのでしょう。

有隣は、その人混みの中をかきわけて、駕籠が急いでゆく様子を付けました。中に乗っているのは誰でしょうか。くせ者というのですから、あやしい人物が想像されます。

咲《さき》か《か》ゝる花《はな》に経《きょう》よむ藪《やぶ》の鳥《とり》　井月
陽炎《かげろう》のたつ田楽《でんがく》の旬《しゅん》　有隣

【咲きかかる桜の花に、藪のうぐいすが経を読んでいます。陽炎の立つ春、田楽がおいしい季節です。】

かごからうぐいすを連想し、藪で鳴く様子を付けました。うぐいすは、法華経（ホケキョウ）と鳴くので、経読み鳥と呼ばれます。

有隣は、春の日和を付けました。陽炎も田楽も春の季語です。


三十八《歌雄は上伊那郡東《ひがし》伊那《いな》村の人。井月全集197・新編268》

萩《はぎ》の野《の》や茶《ちゃ》に相応《そうおう》の水《みず》もある　歌雄
昼鮮明《ひるせんめい》に半輪《はんりん》の月《つき》　井月

【萩の咲く野原で、茶をたてるのにふさわしい水もあります。昼、半輪の月が鮮明に見えています。】

秋の野の風景です。ここでお茶をたてたらいいだろうなあ、という様子でしょう。

井月は、昼空に浮かぶ月を付け加えました。半輪ということは、八日月でしょうか。秋の澄み渡った空気に、鮮明に見えたのでしょう。

渋鮎《しぶあゆ》の膏《あぶら》自慢《じまん》に持出《もちだ》して　樫
見《み》る間《ま》に駕籠《かご》の支度《したく》調ふ《ととのう》　井月

【渋鮎のあぶらを、自慢に持ち出しました。見る間に駕籠の支度が調いました。】

秋の鮮明な月に対し、渋鮎を付けました。落ち鮎ともいい、川を下ってゆく、脂ののった鮎のことです。クーラーボックスなど無かった時代、生の鮎を持って出かけるとは考えづらく、焼いた鮎を重箱に詰めて持っていくのでしょうか。なお、「樫」は誰のことか不明です。

ともかく井月は、自慢の品を持って、駕籠に乗って出かける様子を付けました。

いつよりも出来振《できぶり》のよさ筆始《ふではじめ》　樫
重《かさな》る客《きゃく》に燭《しょく》になる屠蘇《とそ》　井月

【書初めの出来ぶりが、いつもより良かったです。お客が続いたので、燭台に火を灯す頃になっても、お屠蘇を飲んでいました。】

「調う」から、文字の形が整った様子を付けたのでしょう。

井月は、お屠蘇を付けました。ふつうは元日の朝に飲む酒のことですが、燭台に火を灯すころ、つまり夕暮れまで飲んでいたという様子でしょう。

窓明《まどあけ》て野辺《のべ》を眺《ながめ》る麗《うららか》さ　樫
式部《しきぶ》経水《めぐり》を恨《うら》む石山《いしやま》　井月

【うららかな日、窓を開けて、野辺を眺めました。式部めぐりの参拝客を恨んでいる石山寺です。】

新春の屠蘇《とそ》に対して、春の麗らかさを付けました。

井月は、窓を開けて野を眺める様子から、身分の高い女官を連想したのでしょう。滋賀県の大津にある石山寺は、紫式部が『源氏物語』を書き始めた寺として知られていますし、また和泉《いずみ》式部が七日間籠もったという話もあります。経水《けいすい》とは月経のことですが、ここでは「めぐり」と読んでみました。紫式部や和泉式部のファンたちが、ゆかりの地をめぐる様子なのでしょう。お寺のほうでは、そんなミーハーな参拝客たちを迷惑に思っている、といったところでしょうか。

私語《ささやく》は履《くつ》を隔《へだて》る足《あし》の裏《うら》　樫
吹雪《ふぶき》の空《そら》にけふ《きょう》も居《い》つゞ《づ》け　井月

【ささやいているのは、履き物を隔てた足の裏でした。吹雪の空に今日も居続けました。】

「恨む」に対し、不満をささやく様子を付けました。足の裏がささやくとは、どういうことでしょう。

井月は、吹雪の中に立ち続けていたので、足の裏がひりひりとしている様子を想像して付けました。

風呂《ふろ》に入《いる》までは頭巾《ずきん》を放《はな》し兼《かね》　樫
越《こし》の兎《うさぎ》の毛《け》も替《かわ》るなり　井月

【風呂に入るまでは、頭巾を手放すことができません。越の国のウサギの毛も、生え変わりました。】

吹雪の中でかぶっていた頭巾を、風呂に入るまで脱がない様子です。頭がはげていることにコンプレックスがあるのでしょうか。

井月は、毛が抜けて生え変わる様子を付けました。ウサギの毛が生え変わるのは、春と秋の二回です。「雪深い北陸のウサギも、春が来れば毛が生え変わるのに、自分はずっとはげたままだ」といったぼやきが聞こえてきそうです。

◇

なお、別紙に次のような草案らしきものが書かれていたようです。

越《こし》の兎《うさぎ》の毛《け》も替《かわ》る也《なり》
　餌《え》の分量《ぶんりょう》の極《きま》る飼鳥《かいどり》
　蒔絵《まきえ》の鳥《とり》は飼《えさ》に世話《せわ》なき
そろ〳〵《そろ》と越《こし》の兎《うさぎ》の毛替《けがわり》に
　中刻《ななつ》も近《ちか》く豆腐屋《とうふや》の来《く》る

三十九《可都美は下高井《しもたかい》郡長丘《ながおか》村七瀬《ななせ》の人。井月全集198・新編269》

直《ね》を問《とわ》ぬ人《ひと》や松魚《かつお》の客《きゃく》らしき　井月
　まだ素袷《すあわせ》ですまぬ朝夕《あさゆう》　可都美

【値段を聞かずに見ているだけの人は、かつおを買いたい客なのでしょう。夏と言っても、まだ繻袢《じゅばん》を着ずにはいられない朝夕です。】

初がつおでしょうか。値段が高くて、買いたくても見ているだけの客の様子でしょう。現代のスーパーでは、値段が表示されているのが当たり前ですが、昔は対面販売でしたから、へたに値段を尋ねれば、店の人に足元を見られる、といったところでしょう。

素袷とは、繻袢を着ず、じかに素肌に着物を着ることです。朝夕がまだ寒く感じられる、初夏の様子を付けたのでしょう。

せつかるゝ《る》釿《ちょうな》はじめも延勝《のべがち》に　井月
　むつ《つ》とする程《ほど》けぶるふけ米《まい》　可都美

【延ばし延ばしになっていた手斧《ちょうな》始《はじ》めを、早くやるよ

うにせっつかれました。いたんだ米が、むっとするほど煙りました。】

まだ朝夕寒いので、もう少し暖かくなってからやろうと、延ばし延ばしにしているのでしょう。「釿」は斧《おの》のことで、「手斧始め」とは大工の仕事始めの儀式のことですが、家の起工式のことかも知れません。

起工式では、お神酒《みき》・米・塩などを供えます。可都美は、ふけ米（いたんだ米）をお供えに使ったと想像して付けたのでしょう。

水加減車《みずかげんくるま》のきしる月《つき》の秋《あき》　井月

鳴《なる》を仕懸《しかけ》の楽《らく》な斧《おの》すぢ《じ》　可都美

【水の加減で、水車がきしんだ音を立てている月の秋です。音が鳴る仕掛けの楽な斧すじです。】

米を炊くときの水加減を連想したのでしょうか。水車小屋の水加減に転じました。

可都美は、「きしる」という言葉から「鳴る」を連想したのでしょう。しかし意味が分かりづらい句です。斧を使って、何か音が鳴る仕掛けを作ったのでしょうか。鳥追いでしょうか。

余所村《よそむら》に突合負《つきあいまけ》ぬ寄角力《よりずもう》　井月

娶《よめ》とりよしの日《ひ》を繰《くっ》て見《み》る　可都美

【寄り相撲の日、よその村から来た者に突き合いで負けはしません。暦をめくって嫁取りに良い日を調べました。】

鳴子の秋に対して、相撲の秋に転じました。寄り角力は、よそから来た人も飛び入りで参加できる相撲大会のことで、なごやかな村の風景が想像できます。長岡の山古志《やまこし》あたりでは、最近まで寄り相撲の伝統が続いていたといいます。

可都美は、立派な男ぶりの若者を連想し、そろそろ嫁取りを考えている様子を付けました。

いろはさへ《え》ろくに習《ならわ》ぬ恥《はずか》しさ　井月

がらりと違《ちが》ふ《う》旅《たび》の方《ほう》がく　可都美

【ひらがなさえ、ろくに習っていないので恥ずかしい

です。旅の方角が、がらりと違いました。】

いざ嫁をもらおうと思っても、字が書けないことを恥ずかしく思う様子です。

可都美は、方向音痴の旅人を連想して付けました。「あんた、それじゃ方向がまるで違うよ」と指摘されて、恥ずかしい思いをした様子でしょう。

玉子酒《たまござけ》薬嫌《くすりぎら》ひ《い》の呑《の》み覚《おぼ》え　井月
びり〳〵《びり》紙《かみ》をむしる二朱判《にしゅばん》　可都美

【薬嫌いの人が、玉子酒を飲み覚えました。びりびりと紙をむしる二朱判です。】

方向を間違えたのは、玉子酒で酔っぱらったからだ、と付けました。薬嫌いの人も、ためしに玉子酒を飲んでみたら、意外とおいしくて気に入ってしまった、という様子でしょう。

二朱判は二朱金ともいい、江戸時代の小さな長方形の金貨です。かつて、人にお金を贈るときは、「包《つつ》み金《きん》」といって、和紙に包んでやりとりしたようですから、その包み紙を破る様子でしょうか。つまり、玉子酒にハマってしまい、お金を浪費する様子を付けたのかも知れません。

小狐《こぎつね》も遣《つか》ふ《う》噂《うわさ》の来《きた》り僧《そう》　井月
裏町筋《うらまちすじ》をまは《わ》る下役《したやく》　可都美

【やってきた旅の僧侶は、小ぎつねも使うという噂です。裏町筋を下級役人が見回っています。】

お金を用意して、僧侶を雇った、という連想でしょう。なにか怪しい術を使うのでしょうか。

可都美は、小ぎつねを手下としてあやつる怪しい僧侶に対して、役人が警戒している様子を付けたのでしょう。

御入部《ごにゅうぶ》の前《まえ》には橋《はし》も道《みち》もでき　井月
うるしの馨《けい》のぬけぬ赤椀《あかわん》　可都美

【領主がやってくる前には、橋も道もできました。うるしの香りのぬけない赤椀です。】

下級役人が見回っているのは、御入部の準備のためだった、と付けました。入部とは、任命された国司が、任地へ初めて入ることを言います。新しい領主さまが来る前に、道を整えた様子なのでしょう。

可都美は、これから新しい任地で使うお椀を付けました。できたての橋や道に対して、ぬりたてのうるしを連想したのでしょう。

三日月《みかづき》を拝《おが》むも花《はな》の戻《もど》り懸《かけ》　　井月

（以下、別紙に書かれたようで欠落）

【花見からの戻りかけに、三日月を拝みました。】

うるし塗りのお椀《わん》でごちそうを食べ、花見から帰る様子です。月を拝む風習は各地にあり、ここでは「三日月さま」を拝む習わしのことでしょう。花見の帰り道に、ついでに拝んだ、といった様子です。

ここで連句が切れてしまっています。

四十《鶯娯は上伊那郡東春近《ひがしはるちか》村田原《たわら》の人。井月全集200・新編271》

あたり合瓢《あうふくべ》の音《おと》や花戻《はなもど》り　　鶯娯
雲雀《ひばり》は消《きえ》て月《つき》に成空《なるそら》　　井月

【花見の帰り道に、ひょうたんが当たり合う音がします。上空のひばりは消えて、月が出ました。】

ひょうたんを、腰に二つもぶらさげていたのでしょうか。歩くたびにカツンカツンと軽い音がする様子です。

井月は、春の空を付け加えました。ひばりは、春の空に高くさえずる鳥です。それもどこかへ消えて、夕月がかかる頃なのでしょう。

雛市《ひないち》の前《まえ》から店《みせ》を借《かり》られて　　鶯娯
筧《かけい》（？）を包皮《つつむかわ》のしめり気《け》　　井月

【ひな市の前から店を借りられました。筧を包む皮が湿っています。】

空に月が昇り、宴会が始まります。桃の節句のお祝い事をするために、店の座敷を借りた様子なのでしょう。

井月は、その座敷の庭に、筧が引かれている様子を付けました。竹製の水路のことですが、雪解け水で竹の皮が湿っているのでしょうか。

納豆《なっとう》の手製《てせい》自慢《じまん》の配《くば》り物《もの》　鶯娯
松笠拾《まつかさひろ》ふ《う》老《おい》の冬《ふゆ》がれ　井月

【自家製の納豆を自慢して配っています。冬枯れの山に、年寄りが松笠を拾っています。】

しめった皮から、納豆の包みを連想したのでしょうか。上手にできた納豆を、近所に配り歩いている様子でしょう。

井月は、納豆を配っているのは年寄りだったと想像して付けました。松ぼっくりは、火を起こすのにちょうどよいので、拾って帰るのでしょう。

ついきけば寺《てら》のやう《よ》なる最明寺《さいみょうじ》　鶯娯
位牌《いはい》に向《むけ》ば泪《なみだ》ぐまるゝ《る》　井月

【最明寺と聞けば、つい寺のことのように思ってしまいます。位牌に向き合えば涙ぐまれます。】

最明寺は、鎌倉幕府の執権・北条時頼《ときより》の別名として知られています。名君といわれた人物で、諸国を廻《まわ》って人々の暮らしぶりを把握し、善政を敷いたと伝えられています。地方の御家人が、松の盆栽をたき木にして時頼をもてなした、という逸話があるので、その連想で付けたのでしょう。

井月は、そんな時頼の時代が良かったなあと、偲《しの》んで涙ぐんでいる様子を付けました。

暮《くら》しよい里《さと》も有《ある》かと私語《ささやい》て　鶯娯
瓜《うり》の育《そだ》たぬ赤土《あかつち》の畑《はた》　井月

【暮らしやすい里もあるのだろうかと、ささやきました。瓜の育たない赤土の畑を見ながら。】

父母の位牌《いはい》を見ながら、ぶつぶつ言っています。なかなか暮らしぶりがよくならない民衆の様子でしょう。

井月は、作物の育たない畑を見ながらぶつぶつ言っている様子を付けました。赤土は痩せた土地というイメージがあります。

日《ひ》の延《のび》て道《みち》の約《つま》しき司召《つかさめし》　鶯娯
からりと晴《はれ》し十六夜《いざよい》の空《そら》　井月

【司召の日が延期になって、道の様子が質素です。十六夜の空がカラリと晴れました。】

痩せた赤土に対して、「約しき」を付けました。司召とは、京の都の役人たちの任命式のことです。例年、その日は道が賑《にぎ》やかなのでしょう。それが延期になってしまい、閑散としている様子だと思われます。

井月は、延期になったのは雨天だったからだと連想し、今日はからりと晴れたと付けました。十六夜は、中秋の名月の翌日のことです。

懸合《かけあい》に向《むき》あふ《う》谷《たに》の鳥《とり》おどし　鶯娯
阿房《あほう》に酒《さけ》のすきな蹇《あしなえ》　井月

【谷のかかしが向き合って、かけあいをしています。まるであほう者と、酒好きなあしなえのようです。】

十六夜《いざよい》の明るい月夜に、秋の田んぼの鳥おどしを付けたのでしょう。鳥を追い払う仕掛けのことですが、ここでは案山子《かかし》のことと解釈してみました。かけあいは、交渉や談判のことと思われます。

井月は、かかしが向き合っていったい何の相談だろう、まるであほう者と、よっぱらいが相談しているような風景だなあ、と想像して付けたのでしょう。案山子には足がないので「あしなえ」としたのだと思われます。

纐纈《こうけつ》の服紗《ふくさ》に昔忍《むかししの》ばれて　鶯娯
建部《たけべ》の宮《みや》へ仮《かり》の奉納《ほうのう》　井月

【絞り染めの服紗に、昔が偲《しの》ばれます。建部大社へ仮の奉納をしました。】

今はあほう呼ばわりされていても、昔は立派な暮らしぶりだった、と連想したのでしょう。纐纈とは、奈良時代からある絞り染めの技法のことです。服紗は、物を包むための絹の布のことでしょう。

井月は、滋賀県の大津にある建部大社へ奉納する品を包んであるのだと付けました。何を奉納するのか、なぜ仮なのか、書かれていないので、そこは自由に想像してみるしかありません。

はら〱《はら》と梅《うめ》のちり込荷《こむにな》ひ《い》水《みず》　鶯娯
　けぶりて仕舞ふ《しまう》若竹《わかたけ》の雨《あめ》　井月

【担いで運ぶ水に、はらはらと梅の花が散り込んでいます。若竹に降った雨は、煙って消えてゆきました。】

奉納の儀式で賑《にぎ》わう神社で、忙しく水を運ぶ様子でしょう。水道がない時代は、井戸や川から水を担いで運んだわけです。重労働ですが、そこに花が一輪降ってくるだけで、心がほぐれる様子でしょう。

井月は、梅の花が散って、若竹の季節に移り変わった様子を付けました。「けぶりて仕舞う」は、雨が蒸発して消えてゆく様子と解釈してみました。

四十一《上伊那郡伊那町福島《ふくじま》・富哉家に所蔵。井月全集202・新編273》

鍬鎌《くわかま》を賜《たまわ》る甲子《きのえね》の日《ひ》かな　富哉
　的《まと》の中《あたり》も長閑《のどか》なるをと　井月

【甲子の日に、鍬や鎌を賜りました。矢が的に当たる様子も長閑です。】

甲子は、十干十二支のはじめであり、物事を始めるのに最適な吉日とされています。新しい農具を使い始めるのに最適な日だ、という様子でしょう。富哉は、篤農家として県からご褒美をいただいたようで、それを祝った連句だと思われます。

井月は、甲子の吉日に、矢も気持ちよく的中する様子を付けました。

鶏《にわとり》の飜《こぼ》さぬや《よ》うに種干《たねほし》て　富哉
　老《おい》の手業《てわざ》の埒明《らちあか》ぬなり　井月

【ニワトリがつついてこぼさないように、種干しをしています。老人の手つきでは、らちが明きません。】

「長閑《のどか》」に対して、農家の暮らしを付けました。何の種でしょうか。来年まくために、種を取って洗って干しておく作業をしているのでしょう。

井月は、老人がよぼよぼと、手間取りながら作業をしている様子を付けました。

集《あつま》りし月《つき》の支度《したく》の仮普請《かりぶしん》　富哉
今年《ことし》は梨《なし》の付《つ》し木戸先《きどさき》　井月

【月見の準備のために集まって、簡単な工事をしました。今年は、木戸の先に梨の実がつきました。】

「らちが明かぬ」から、工事がはかどらない様子を連想しました。仮普請とは、一時的な簡単な建物を建てることで、月見の宴会のために、ちょっとした小屋でも作ったのでしょう。

例年、そうやってみんなで月見を楽しんでいるのですが、今年の秋は、梨が実をつけたなあ、と気が付いたのでしょう。

川《かわ》べりを雁順々《かりじゅんじゅん》にわたる声《こえ》　富哉
貫目《かんめ》ふらせる問屋場《とんやば》の世話《せわ》　井月

【川のほとりで、雁が順々に渡ってゆく声が聞こえます。問屋場で、貫目をふる作業の世話をやいています。】

梨に対して、秋の雁を付けました。たくさんの雁が、順々に水辺に集まってくる、秋の風景でしょう。

井月は、宿場の問屋にたくさんの荷物が集まってくる様子を連想し、順々に重さを書き入れている様子を付けました。

苞提《つとさげ》て孕女《はらみおんな》のしのびみち　富哉
出合頭《であいがしら》に面《つら》をそむける　井月

【手土産《みやげ》を提げて、身重の女性が、人目を忍んで旅をしています。出会い頭に顔をそむけました。】

宿場の問屋の前を、身重の女性が通ります。手土産《みやげ》を提げて、どこへ行くのでしょう。

井月は、顔を見られたくない様子を付けました。人知れず、ひっそりと子どもを生まなければならない事情があるのでしょうか。

蚊一《かひと》つが耳《みみ》に付《つい》ては眠《ねむ》られぬ　富哉
さぐり当《あて》たる徳利《とくり》重《おも》たき　井月

【蚊の飛ぶ音がひとつ耳について眠れません。探り当てたとっくりが重たいです。】

顔をそむけたのは、蚊の音がしたからだ、と転じました。寝苦しい夏の夜の様子でしょう。
井月は、眠れないので酒をひと口飲もうという様子をつけました。暗闇の中でごそごそ探り当てたとっくりには、まだ酒が入っていたので、喜んでいるのでしょう。

薄《うす》ぐらく並木《なみき》もしれて雨《あめ》の月《つき》　富哉
鹿《しか》きゝ《き》にとてのぼる山寺《やまでら》　井月

【雨になってしまって薄暗い月の夜空に、並木が浮かび上がって見えています。鹿の声を聞きに行くといって、山の寺へのぼりました。】

手さぐりの様子から、薄暗い夜を付けたのでしょう。「しれて」は、ここでは「著《しれ》て」のことと解釈してみました。「闇の中に浮かび上がって見えている」という意味でしょう。「雨の月」は秋の季語で、旧暦八月十五日の夜が雨になってしまい、惜しむ気持ちを表しています。
井月は、雨のそぼ降る秋の夜に、寂しく「ピーィ」と響き渡る鹿の声を連想しました。

鳴竹《なるたけ》にびつ《っ》くりしたる旅大工《たびだいく》　富哉
囉ひ《もらぃ》しもちを大事《だいじ》がらるゝ《る》　井月

【鳴る竹の音に、旅の大工がびっくりしています。もらった餅を大事がられました。】

山寺の竹林に強い風が吹いて、ぎしぎし鳴っている様子でしょうか。あちこちの現場を渡り歩く旅の大工さんといえば、肝っ玉のすわった人をイメージしますが、竹の鳴る音に驚くなんて、意外と気が小さいなあ、といった様子です。
井月は、威勢のいい大工さんなら餅をその場でぱくぱく食べてしまうところなのに、この大工さんは食べないで、大事そうに包んで持って帰るよ、という様子をつけました。

口《くち》そゝ《そ》ぐ水《みず》に散込花《ちりこむはな》の塵《ちり》　富哉
消《きえ》た処《ところ》のしれぬはつ虹《にじ》　井月

【口をすすぐ水に、花の塵が散り込んでいます。初虹はどこに消えてしまったのか分かりません。】

餅を食べた口を、すすいでいる様子です。手水石《ちょうずいし》に溜《た》めた水の中に、桜の花びらが散っているのでしょう。

井月は、春の季語である初虹を付けました。夏のくっきりとした虹ではなく、淡い色の虹をイメージさせる季語ですので、どこに消えてしまったのか、あっという間だったという様子が想像できるでしょう。

名物《めいぶつ》の海苔《のり》を丁稚《でっち》にもたせつゝ《っ》　井月
江《え》の島《しま》の画《え》の裏《うら》の小座敷《こざしき》　富哉

【名物の海苔を、丁稚に持たせて歩きました。江ノ島の絵がかけてある裏の小座敷に入って行きました。】

人目を避けてどこかへ消えたのは、丁稚を引き連れた旦那だった、と転じました。

富哉は、その旦那が、裏の小座敷に入って行った、と付けました。これから宴会が始まるのでしょう。

たしなみの鏡《かがみ》とり出《だ》す風呂上《ふろあが》り　井月
心《こころ》がゝ《か》りの絶《たえ》ぬあけがた　富哉

【風呂上がりに、たしなみとして持っている鏡を取り出しました。気がかりなことが絶えない明け方です。】

江ノ島の旅館に宿泊した様子を付けたのでしょう。「たしなみ」は、好みや趣味のことかも知れませんが、ここでは「普段から心がけていること」という意味に解釈してみました。身だしなみを整えるために、いつも鏡を持ち歩いているのでしょう。どこかの良家のおかみさんでしょうか。

富哉は、良家のおかみさんともなれば気がかりなことも多く、寝付けないで明け方を迎えるものだと想像して付けたのでしょう。

迷子《まいご》よぶ声《こえ》も途切《とぎれ》る縄手《なわて》みち　井月
雫《しずく》のたるゝ《る》荷《に》を揚《あげ》る船《ふね》　富哉

【迷子を呼ぶ声も、あぜ道に途切れました。しずくのたれる荷物を船から引き揚げています。】

「心がかり」から、迷子を連想しました。縄手道は、田んぼのあぜ道のことです。「おーい、ぼうや、どこへいったー？」と捜しているのでしょう。

富哉は、縄手から縄のことを連想し、船の荷揚げの景色を付けました。荷物を縄でしばって担ぎ上げているのでしょう。

神迎《かみむかえ》朝清《あさきよ》めとて塩蒔《しおまい》て　井月
霰《あられ》の音《おと》の屋根《やね》に約《つま》しき　富哉

【神迎の日、朝掃除に塩をまきました。あられの音が屋根につましく聞こえます。】

しずくのたれる様子から、朝そうじを連想しました。神迎は冬の季語で、旧暦十月に出雲《いずも》へ出かけていた神々が、それぞれの神社へ戻ってゆく日のことです。神様をお迎えするために、神社を清めた様子でしょう。

富哉は、パラパラと塩をまく様子から、パラパラとあられが降ってくる様子を連想しました。雨の音とは違い、あられの音は軽く響くので「つましき」と表現したのでしょう。

膳立《ぜんだて》に肴《さかな》の数《かず》を焼《やき》ならべ　井月
隣村《となりむら》にはけふ《きょう》の弔《とむら》ひ　富哉

【お膳の準備に、数々の肴を焼いて並べました。隣村には今日、葬式があります。】

「約《つま》しき」に対し、正反対の豪華な膳を付けました。なにかお祝いの席でしょうか。

富哉は、お祝いではなく、葬式の準備だと付けました。葬儀のあとの精進落としで食べるご馳走《ちそう》なのでしょう。不謹慎かも知れませんが、かつて葬式は、ご馳走が食べられる貴重なイベントでしたので、隣近所の人たちで、はりきって準備したと思われます。

北風《きたかぜ》に変《かわ》れば月《つき》は晴《はれ》わたり　井月
砧《きぬた》の唄《うた》の揃《そろ》ふ声々《こえごえ》　富哉

【北風に変われば、月は晴れ渡りました。砧を打ちながら歌う声々がそろって聞こえてきます。】

葬儀のあと、月明かりの下を帰ってゆく様子でしょう。気温が下がり、空気が澄んだ秋の夜空です。

月に対して砧を付けるのは定番ですが、富哉は、砧を打つ音がトントンと寂しく聞こえてくるのではなく、声をそろえて賑《にぎ》やかに作業唄を歌っている様子を付けました。

ことし酒関屋《ざけせきや》が本《もと》に開《ひら》らん　井月
建《たて》た計《ばか》りで壁《かべ》は未《ま》だなし　富哉

【今年の新酒を、関所の役人小屋の下で封を切って飲むのでしょう。建てたばかりで壁はまだありません。】

砧《きぬた》の響く秋の夜に、新酒を付けました。役人たちが酒樽《さかだる》を開いて飲み始める様子です。

富哉は、まだ壁のない、東屋《あずまや》のような小屋だったと付けました。

望《のぞ》まれて向《むか》ふ連歌《れんが》の初《はじ》まりに　井月
丼《どんぶり》で呑酔《のむよい》ざめの水《みず》　富哉

【望まれて向かった連歌の会がはじまります。酔いざましの水を丼で飲みました。】

東屋のような建物で、連歌（連句）の会を行うのでしょう。井月は俳諧師として、招かれて行く様子を付けました。

富哉は、酔っぱらいの俳諧師を連想し、まずは水をごくごく飲んで酔いをさましている様子をつけました。まさに酔っぱらいの井月その人を描いたような句です。

花《はな》と見《み》る幕《まく》のあなたの笑声《わらいごえ》　井月
風《かぜ》は途切《とぎれ》て陽炎《かげろう》のたつ　富哉

【花見の幕の向こう側から、笑い声が聞こえます。風は途切れて陽炎が立っています。】

酔っぱらったのは、花見の席だった、と転じました。幕を張って花見を楽しんでいる様子です。「あなた」は「かなた」のことと解釈してみました。

富哉は、春の季語である「陽炎」を付けました。凪も止んで、花見にはちょうどよい、のどかな日になったのでしょう。


四十二《明治十六年旧四月、上伊那郡伊那町坂下《さかした》・讃岐屋（稲谷の家）にて。井月全集204・新編276》

出口《でぐち》から名《な》の二ツ《ふたつ》ある清水《しみず》かな　稲谷
其行先《そのゆきさき》の道《みち》に居《お》る鷭《ばん》　富哉

【水の出口が二つあるので、二つの名で呼ばれている清水です。その流れて行く先の道にバンがいます。】

清水は、澄んだ湧き水のことで、ここでは「〇〇清水」という呼び名が二つあることを言っているのでしょう。

富哉は、水辺の鳥であるバンを付けました。中型で色の黒い鳥です。

弁当《べんとう》の早《はや》い時分《じぶん》（？）に茶屋《ちゃや》ありて　其伯
勧《すす》めに来《き》ても直《ね》の出来《でき》ぬ駕《かご》　井月

【弁当には早い時間に、茶屋にさしかかりました。駕籠《かご》に乗らないかと勧めに来ましたが、値段の交渉がまとまりませんでした。】

「道」から、街道の茶屋を連想しました。旅人の様子でしょう。ちょっと早いけれど、ここの茶屋でお昼にしようか、あるいはもう少し足を延ばそうか、といった様子です。

井月は、そこへ駕籠屋を付けました。「乗って行かないかい？」「いくらだね？」といった具合に、値段交渉が始まりますが、「値が出来ぬ」ということですから、話がまとまらなかったのでしょう。

どつ《っ》かりと寝《ね》てもいられぬ月《つき》の雨《あめ》　富哉
鬮引《くじびき》にする渋鮎《しぶあゆ》のかさ　井月

【雨月《うげつ》の晩、どっかりと横になって寝てもいられません。くじ引きにする渋鮎の量です。】

客のつかない駕籠屋《かご》に対し、「月の雨」を付けました。旧暦八月十五日の中秋の名月の夜、雨で月が見えない様子です。月見の宴も中止になったのでしょう。

井月は、月見のごちそうの渋鮎を付けました。落ち鮎ともいい、川を下ってゆく鮎のことですが、今年はたくさん獲れず、だれが食べるかくじ引きで決めた、ということなのでしょう。

茸狩《たけがり》の通《かよ》へば蕗《ふき》（?）の木《き》の雫《しずく》　富哉
十畳《じゅうじょう》ふた間《ま》あける庚申《こうしん》　竹圃

【きのこ狩りの人が通れば、蕗の雫が落ちます。十畳の部屋を二つ使って行われた庚申の夜も明けました。】

渋鮎《あゆ》の秋に、茸《きのこ》狩りを付けました。ほかの人に先にとられないように、朝早く行ったのでしょう。「蕗の木」には疑問がありますが、森の道を歩けば朝露が落ちる、という様子だと思われます。

竹圃は、早朝の景色から、庚申明けを連想して付けました。庚申とは、六十日に一度やってくる行事で、近所で集まって、一晩寝ないで過ごすわけです。眠たいでしょうが、公然と夜明かしできるのですから、楽しい行事だったのでしょう。

大阪《おおさか》の咄《はなし》しに付《つけ》る奈良大和《ならやまと》　其伯
礼奉公《れいぼうこう》も去年一《きょねんいち》ねん　露江

【大阪の話のあとに、奈良の話を付け加えました。御礼奉公も去年一年間しました。】

庚申《こうしん》の夜、語り明かした様子です。大阪のどんな話でしょう。にぎやかで活気があって、といった話でしょうか。それに対して、古都・奈良は落ち着いた雰囲気で、といった話でしょうか。

露江は、大阪の大きな店で奉公働きをする人を連想しました。御礼奉公とは、奉公の期間が明けても、恩返しのために無給で働くことを言います。

夏痩《なつやせ》も知《し》りつゝけふ《きょう》も旅《たび》の空《そら》　富哉
うち絶《たえ》ている文《ふみ》のとりやり　竹圃

【夏やせしていることも知りながら、今日も旅の空です。手紙のやり取りも途絶えています。】

御礼奉公を終え、なつかしい故郷へ向けて旅する様子でしょう。炎天下、旅をするのは体力を大変消耗します。

竹圃は、手紙のやり取りもせず、ひたすら旅を続ける人の様子に転じました。

月《つき》にさへ《え》村雨《むらさめ》ありと気《き》をはらし　其伯
しどろもどろに砧打《きぬたう》つなり　露江

【月にさえ、村雨が降ることもあるのだと、気を晴らしました。しどろもどろに砧を打っています。】

音信が絶え、ゆくえをくらました人を連想し、「空のお月さまだって、急に村雨が降ってくることもあるのだ、人生、浮き沈みがあるのは仕方ないだろうよ」と言っている様子を付けました。

露江は、月に対して、定番の砧を付けました。くよくよ考えながら、砧を打っている様子でしょう。

山寺《やまでら》の鐘《かね》の遠音《とおね》も秋深《あきふか》き
九十《くじゅう》の余《よ》でも杖《つえ》はいらない　富哉

【山寺の鐘も遠く聞こえてくる、秋深まった頃です。九十を過ぎましたが杖はいりません。】

砧《きぬた》を打つ音に対し、「遠音」を付けました。澄んだ秋空に、鐘の音が響き渡る様子でしょう。

ここから作者名が欠落していますが、歳をとった寺の住職を想像して付けたのでしょう。秋が深まった様子から、人生の晩年を連想したのかも知れません。

「余」は、一人称に使うこともありますので、「九十歳の私でも」という解釈もできますが、ここでは「九十あまり」という意味に解釈してみました。

咲初《さきそめ》て俄《にわか》に盛《さか》る花《はな》の宿《やど》
馬《うま》の中荷《なかに》の苞《つと》に狗脊《ぜんまい》

【咲き始めて、花の宿がにわかに盛っています。馬の中荷に、手みやげのぜんまいが入っています。】

杖《つえ》をついた旅人が、宿に着いたのでしょう。普段はそんなに盛っていない宿が、桜の季節に盛っている様子です。

その宿に、荷物運びの人が泊まっている様子を付けたのでしょう。江戸時代の伊那街道では、中馬《ちゅうま》といって、馬の背中で荷物を運ぶ人たちが活躍したようです。「中荷」の意味がわかりませんが、中馬で運ぶ荷物のことでしょうか。

四十三《梅薫は下高井《しもたかい》郡平野《ひらの》村東江部《ひがしえべ》の人。井月全集206・新編277》

（暑）

なほ暑《あつ》し降《ふり》そこねたる雨《あめ》の跡《あと》　梅薫
うりをむかせる片《かた》かげの椽《えん》　井月

【降りそこねた雨の跡を見ると、なお暑く感じられます。片陰の縁がわで、瓜《うり》をむかせています。】

降りそこねたということは、パラパラと降って、そのまま止んでしまった雨なのでしょう。降るならちゃんと降ってくれればいいのに、という気持ちが想像できます。

井月は、そんな雨の跡を見ながら、瓜をむいている様子を付けました。冷蔵庫など無かった時代、水で冷やした瓜は、涼しい食べ物の代表だったのでしょう。なお、次のような腹案らしきものが残されています。

猶暑《なおあつ》し降損《ふりそこ》ねたる雨《あめ》の跡《あと》
閑古鳥《かんこどり》なく広《ひろ》き野《の》の沢《さわ》
瓜《うり》をむかせる片陰《かたかげ》の椽《えん》
竪横町《たてよこまち》を心太売《ところてんうる》

入船《いりふね》を待《まて》る小挙《こあげ》の手《て》を明《あけ》て　潮堂
寄《よ》りさへ《え》すれば石《いし》の番持《ばんもち》　文康

【小揚げの衆が手をあけて、船が入ってくるのを待っています。集まりさえすれば、ばんもち石で力比べをしています。】

瓜《うり》をむいて食べている、船つき場の休憩時間を連想したのでしょう。小揚げとは、岸へ荷物を運び上げる仕事をしている人たちのことです。

文康は、力のありあまった若い衆だと想像し、暇さえあれば石を持ち上げて、力比べをしている様子を付けました。「ばんもち石」あるいは「ちから石」といって、道端の道祖神のあたりに、力比べに使った石が転がっているのを現在でも見かけます。

木《こ》の間《ま》洩《も》る月《つき》の光《ひかり》のあざやかさ　喜逸
棚田《たなだ》の水《みず》の落果《おちはて》る音《おと》　白淵

【木のあいだからもれる月の光があざやかです。棚田の水を抜く音が、落ち果てました。】

若者たちが力比べをしているのは、月夜だったと付けました。

白淵は、秋の月夜に田んぼの水を抜く様子を付けました。「落ち果てる音」というのですから、水の音がついに終わってしまうまで、一晩中聞いていたのでしょう。


（更衣）

酒《さか》もりは只《ただ》さへ《え》よいに更衣《ころもがえ》　梅薫
日《ひ》除《よ》けともなる軒《のき》の葉《は》柳《やなぎ》　井月

【ただでさえ酒盛りは良いものですが、しかも今日は衣更えです。軒の葉柳は、日除けにもなります。】

酒好きの人は、何かとイベントにかこつけて、酒を飲みたがるものです。かつて平安時代には、衣更えは宮中行事だったようですから、そんな古代のロマンに思いを馳《は》せながら酒盛りをしたのでしょう。

井月は、夏へ向かう季節だと想像し、涼しげな柳の葉を付けました。なお、次のような腹案らしきものが残されています。

酒《さか》もりは只《ただ》さへ《え》よいに更衣《ころもがえ》
山《やま》ほとゝ《と》ぎす啼初《なきそめ》る頃《ころ》
昼《ひる》へもち越若竹《こすわかたけ》の露《つゆ》
日除《ひよけ》ともなる軒《のき》の葉《は》柳《やなぎ》

若駒《わかこま》の鞍置《くらお》く度《たび》に嘶《いなな》いて　湖堂
ほかりほかり《ほかり》と登《のぼ》る湯《ゆ》泉煙《けむり》　白淵

【若い馬が、鞍を置くたびにいなないています。湯けむりが、ほかりほかりとのぼっています。】

軒下で、これから遠くへ出かけようと、馬の背中に鞍を置いている様子でしょう。

白淵は、温泉へ行くのだと想像して、湯けむりが立ち昇る様子を付けました。

山《やま》の端《は》にほの見初《みえそめ》る有明《ありあけ》に　文康
等閑《なおざり》ならぬどびろくの湧《わく》　善

【山の端が、ほのかに明るくなってきている明け方です。いい加減ではないどびろくが湧いています。】

湯治場で、朝風呂に入っている様子を連想し、夜明けの景色を付けました。

そこへ、朝早くから酒蔵で仕事をしている杜氏《とうじ》の様子を付けたのでしょう。どびろくは、濁り酒の「どぶろく」のことと思われます。なお、「善」は誰のことか不明です。

（帷子）

村雨《むらさめ》も折《おり》には凌《しの》ぐ日傘《ひがさ》かな　井月
汗《あせ》にをり《お》目《め》の消《きえ》る帷子《かたびら》　梅薫

【ときには村雨をしのぐのにも使う日傘です。汗をかいたので、折り目が消えてしまったかたびらです。】

にわか雨のときには、日傘で雨をしのぐこともある、という句でしょう。

梅薫は、「折」から「折り目」を連想して付けました。かたびらは、ひとえの着物のことで、夏の季語です。つまり、夏の着物を着て日傘をさしている様子なのでしょう。

井《い》の本《もと》に鱸《すずき》をひらく手《て》のさえて　井月
声《こえ》をこだまにかへ《え》す高楼《たかどの》　梅薫

【井戸ばたで、スズキを開く手さばきが冴《さ》えていま す。呼びかけた声がこだまになって返ってくるくらい 大きな高楼《こうろう》です。】

手に汗にぎりながら、料理人が魚をさばいている様子でしょう。

梅薫は、お客に出す魚をさばいている様子を想像し、花街の店の高楼を付けました。これから二階や三階の客に、魚を運んでゆくのでしょう。

雲《くも》もなくしづ〳〵《ずしず》月《つき》のさし昇《のぼり》　井月
膝《ひざ》より合《お》うて知《し》らぬ秋冷《あきびえ》　梅薫

【雲もなく、月がしずしずと昇ってきます。膝を寄せ合っているので秋冷えを感じません。】

高楼で月見をしている様子を付けました。晴れた夕空です。

梅薫は、秋の夜の冷えを連想し、膝を寄せ合って仲良く暮らす夫婦の様子を付けました。

四十四《上伊那郡伊那町福島《ふくじま》・富哉家に所蔵。各句の下に名前がないので井月が一人で作ったものか。井月全集208・新編280》

（国尽俳諧之連歌《くにづくしはいかいのれんが》　乾《けん》）

山城《やましろ》の松《まつ》からも透《す》く初日哉《はつひかな》
大和《やまと》は鶏《とり》の声《こえ》もうらゝ《ら》か

【山城の松から、初日の光が透けて見えます。大和はニワトリの声も麗かです。】

山城（京都府）と、大和（奈良県）を織り込んだ句です。山城《やましろ》と山城《やまじろ》をかけてあるのでしょう。

初日の出を拝む様子に対し、初鶏の声を付けました。

河内《かわち》から西《にし》は大《おお》かた種蒔《たねまい》て
和泉《いずみ》の町《まち》に眼立鋳物《めだつてつもの》

【河内から西は、おおかた種まきが済みました。和泉の町には、金物屋が目立ちます。】

うららかな春に対し、種まきを連想しました。河内（大阪府）と、和泉（大阪府）を織り込んだ句です。

種まきに対して、鍬《くわ》などを売る金物屋を付けたのでしょう。「銕」は「鉄」の異体字です。

摂津《せっつ》には兎角月《とかくつき》よき場所《ばしょ》もなし
伊賀越来《いがこえく》ればはや紅葉《もみじ》する

【摂津には、とかく月見によい場所もありません。伊賀を越えてくれば、早くも紅葉《こうよう》していました。】

「町」に対し、月見に向かない、と連想したのでしょうか。摂津（大阪府・兵庫県）と、伊賀（三重県）を織り込んだ句です。

秋の月見に対して、秋の紅葉を付けたのでしょう。

伊勢《いせ》の浦山田《うらやまだ》につゞく《づ》鳴子縄《なるこなわ》
志摩《しま》がらよいと誰《だれ》もほしがる

【山の田んぼに鳴子の縄が続いているのが、伊勢の浦から見えます。しま柄がよいと誰もが欲しがります。】

紅葉の秋に対し、鳴子を連想しました。伊勢（三重県）と、志摩（三重県・愛知県・岐阜県）を織り込んだ句です。

志摩と縞《しま》をかけてあります。鳴子をひっぱるための縄が、しゃれた縞模様だった、と付けたのでしょう。

尾張《おわり》まで読《よ》まずに文《ふみ》をさばき捨《すて》
参河落合《みかわおちあ》ふ《う》間《あい》の櫛《くし》みせ

【おわりまで読まずに手紙をやぶり捨てました。三河で落ち合う待ち合わせの間に、櫛の店を見ました。】

欲しがっていた手紙を、なぜやぶり捨てたのでしょうか。尾張（愛知県）と、三河（愛知県）を織り込んだ句で、尾張と終わりをかけてあります。

人に見られてはいけない手紙には、三河で落ち合おうと書いてあったのでしょう。女性のために櫛を選んでいるのだとしたら、かけおちの場面かも知れません。

遠江秋葉《とおとうみあきば》あたりの冬《ふゆ》ごもり
駿河《するが》は富士《ふじ》の名所《めいしょ》なり梟《けり》

【遠江の秋葉山あたりで、冬ごもりをしています。駿河は富士の名所です。】

「間」から、山間《やまあい》の秋葉街道を連想したのでしょうか。遠江（静岡県）と、駿河（静岡県）を織り込んだ句です。

霊山・秋葉山に対して、霊峰・富士を付けたのでしょう。

甲斐《かい》揃ふ《そろう》月《つき》の道具《どうぐ》もひと世帯《しょたい》
伊豆《いず》は碪《きぬた》の音《おと》の約《つま》しき

【かいそろえた月見の道具も、ひと財産です。伊豆では砧《きぬた》の音がつましく聞こえてきます。】

富士にかかる名月を連想し、月見の準備を付けたのでしょう。甲斐（山梨県）と、伊豆（静岡県・東京都）を織り込んだ句で、甲斐と買いをかけてあります。

月に対して砧を付けました。

相模路《さがみじ》や温泉《ゆ》の谷凄《たにすご》き秋《あき》の末《すえ》
武蔵《むさし》のはらに鶴遊《つるあそ》ぶ也《なり》

【相模路の秋の末、温泉地の谷がすごいです。武蔵の原には鶴が遊んでいます。】

砧《きぬた》の音に対し、谷間の秋を連想しました。相模（神奈川県）と、武蔵（東京都・埼玉県・神奈川県）を織り込んだ句です。

箱根湯本の深い谷間に対して、武蔵野の広い平野を対照的に付けたのでしょう。

安房《あわ》れなり花散頃《はなちるころ》のねはん像《ぞう》
上総《かずさ》木綿《もめん》を晒《さら》すわか草《くさ》

【花散る頃の涅槃《ねはん》像があわれです。上総木綿をさらしている、若草の上です。】

「鶴」から、鶴林《かくりん》（お釈迦《しゃか》様の入滅地）を連想しました。安房（千葉県）と、上総（千葉県）を織り込んだ句で、安房と哀れをかけてあります。

桜の花が散る景色に対し、若草の季節に移り変わっていく様子を付けたのでしょう。

下総《しもうさ》の道《みち》はかどらぬ春雨《はるさめ》に
常陸《ひたち》の早《はや》い初産《ういざん》のあと

【春雨の降る下総の道は、旅がはかどりません。ひだちの早い初産のあとです。】

春の若草に対し、春雨を連想したのでしょう。下総（千葉県・茨城県・埼玉県・東京都）と、常陸（茨城県）を織り込んだ句です。

常陸と肥立ちをかけてあります。旅がはかどらず難儀しているのは、初産のあとの女性だった、と付けました。

近江《おうみ》には余所《よそ》に勝《まさ》れし松一木《まつひとき》
美濃《みの》来《き》て行《ゆく》に降《ふら》ぬ夜《よ》の空《そら》

【近江には、よそに勝る一本松があります。みのを着て行ったのに、雨が降らなかった夜空です。】

産後の肥立ちの早さから、「よそに勝る」と付けたのでしょう。近江（滋賀県）と、美濃（岐阜県）を織り込んだ句です。

美濃と蓑《みの》をかけてあります。松一木は、唐崎神社の松のことでしょう。近江八景の一つとして有名な「唐崎の夜雨」を期待し、蓑を着て行ったのに、雨が降らなかった、という様子を付けました。

飛驒《ひだ》るさに馴《な》るゝ《る》野《の》宿《じゅく》も心《こころ》から
信濃覚悟《しなのかくご》で未《ま》だ三里《さんり》灸《きゅう》

【野宿のひもじさにも、心から慣れました。死など覚悟していますが、まだ三里灸をすえています。】

蓑《みの》を着た旅人が、野宿する様子を連想しました。飛驒（岐阜県）と、信濃（長野県・岐阜県）を織り込んだ句で、飛驒と「ひだるい（ひもじい）」をかけてあります。

信濃覚悟は「死など覚悟」という意味なのでしょう。あるいは「死なぬ覚悟」かもしれません。三里灸は、足にある「三里のツボ」にすえるお灸で、昔の人は旅に出る前に必ずすえたのだそうです。

上野《こうずけ》は人《ひと》の気荒《きあら》な所風俗《しょふうぞく》
下野咲《しもつけさき》し茶屋《ちゃや》の脊戸口《せどぐち》

【上野は人の気性の荒いところです。シモツケの花が茶屋の裏口に咲いていています。】

「死など覚悟」から、気性が荒い人を連想したのでしょう。上野（群馬県）と下野（栃木県）を織り込んだ句です。

下野にシモツケという名の植物をかけてあります。一見荒っぽい気性の人が、花を育てる優しさを持ち合わせている、といった様子でしょう。

陸奥《みちのく》の関路《せきじ》を忍《しの》ぶ旅衣《たびごろも》
出羽《でわ》ないものよ酒《さけ》の入物《いれもの》

【陸奥《むつ》の関所道を、旅衣を着た人が忍んで行きます。酒の入れ物の出は無いものですね。】

茶屋の裏口に、人目を忍ぶ旅人が来ている様子を連想したのでしょう。陸奥（青森県・岩手県・宮城県・福島県・秋田県）と、出羽（秋田県・山形県）を織り込んだ句です。

出羽と「出は」をかけてあるのでしょう。骨董品《こっとう》などが売りに出されることを「出物」と言います。旅の男が、ふらっと骨董屋に立ち寄った様子を付けました。

若狭鯛月見《わかさだいつきみ》の頃《ころ》もよく取《とれ》て
越前鎌《えちぜんがま》の露《つゆ》のきれ味《あじ》

【若狭では、月見の頃も鯛がよく獲れます。越前鎌の露の切れ味は良いです。】

「酒」に対して、肴《さかな》になる「鯛」を連想したのでしょう。若狭（福井県）と、越前（福井県）を織り込んだ句です。鯛の季節というと四・五・六月あたりですが、若狭湾では、秋の月見のころもよく獲れるのでしょうか。

秋の月見に対し、同じく秋の季語である露を付けました。草を刈っていると、鎌に露がつく様子なのでしょう。越前は刃物の生産で有名です。

加賀笠《かがかさ》を冠《かぶ》る同者《どうしゃ》の続《つづ》く秋《あき》

能登《のと》をつけ出《だ》す鰤《ぶり》の請負《うけおい》

【加賀笠をかぶった巡礼の人の列が続いてゆく秋です。能登からつけ出すブリを請け負いました。】

「露」から「秋」を連想しました。加賀（石川県）と、能登（石川県）を織り込んだ句です。白い衣を着て笠をかぶった、巡礼の人たちが歩いてゆく街道の様子でしょう。

その街道には、ブリを請け負って運んでゆく男たちも通ります。

越中《えっちゅう》の褌《ふどし》につなぐ虱《しらみ》ひも
越後《えちご》生《うま》れは多《おお》く米《こめ》つき

【越中ふんどしに虱ひもを結んであります。越後生まれの人は、コメツキバッタのようにやたらと頭を下げる人が多いです。】

ブリを請け負った男たちの、越中ふんどしを連想したのでしょう。越中（富山県）と、越後（新潟県）を織り込んだ句です。「虱ひも」とは、体に結ぶとシラミ除けになるといわれるヒモのことだといいます。

昆虫であるシラミに対し、同じく昆虫のコメツキバッタを付けたのでしょう。新潟の人はぺこぺこと腰が低いなあ、という様子です。

佐渡《さど》の花《はな》我《われ》秋津洲《あきつしま》の誉《ほま》れ也《なり》
丹波《たんば》の山《やま》もかすみ込春《こむはる》

【佐渡の花が、「われは日本の誉れである」とばかりに咲き誇っています。丹波の山も一面に霞《かすみ》がたちこめている春です。】

越後《えちご》の米から、「越《こし》の誉《ほまれ》」という日本酒を連想したのでしょうか。佐渡（新潟県）と、丹波（京都府・兵庫県・大阪府）を織り込んだ句です。

島国・佐渡に花が咲く様子に対し、内陸・丹波の山いっぱいに霞がかかる様子を、対照的に付けたのでしょう。

◇

（国尽《くにづくし》俳諧之連歌《はいかいのれんが》　坤《こん》）

丹後路《たんごじ》や松《まつ》からわたる春《はる》の風《かぜ》
　但馬《たじま》の湯治長閑《とうじのどか》なるころ

【松から春の風が吹きわたる、丹後路の旅です。但馬の湯治宿も、のどかな頃です。】

丹後（京都府）と、但馬（兵庫県）を織り込んだ句です。

春の丹後路を旅する人の様子に、湯治の宿へ向かうのだと連想して付けたのでしょう。

因幡山谷間《いなばやまたにま》に鳥《とり》の囀《さえず》りて
　伯耆《ほうき》の先《さき》にからむ日《ひ》の塵《ちり》

【因幡山の谷間には、鳥がさえずっています。ほうきの先に日の塵が絡みついています。】

長閑《のどか》に対し、鳥のさえずりを連想したのでしょう。

因幡（鳥取県）と、伯耆（鳥取県）を織り込んだ句です。

伯耆と箒《ほうき》をかけてあります。鳥たちのさえずる明け方に、庭を掃いている様子を付けました。「日の塵」とは何のことか分かりませんが、朝日に塵が照らされている様子かも知れません。

出雲《いずも》よく月《つき》の支度《したく》のむしろ織《おり》
　岩見事《いわみごと》にも紅葉《もみじ》する蔦《つた》

【いつもよく、月見の準備にむしろを織っています。いわが、みごとに紅葉《こうよう》したツタに覆われています。】

ほうきで掃いて、月見の準備をする様子を連想したのでしょう。出雲（島根県）と、石見《いわみ》（島根県）を織り込んだ句で、出雲と「いつも」をかけてあります。

また、石見と「岩・見事」をかけてあるのでしょう。

秋の月見に対し、秋の紅葉を連想して付けました。

隠岐来《おききた》る雁声高《かりごえたか》き黄昏《たそがれ》に
　播摩《はりま》ぜもある裏《うら》の小座敷《こざしき》

【おきから飛んできた雁の声が、黄昏空に高く響きわたります。はりまぜのふすまのある、裏の小座敷で

す。】

紅葉の秋に対し、雁の声を連想しました。隠岐（島根県）と、播磨《はりま》（兵庫県）を織り込んだ句で、隠岐と沖をかけてあるのでしょう。

また、播磨と「張り交ぜ」をかけてあるのでしょう。黄昏のころ、宴会の客が裏の小座敷に入ってゆく様子を付けたと思われます。そこには、書画がいろいろ張られた襖《ふすま》または屏風《びょうぶ》があって、客の目を楽しませてくれるのでしょう。

美作《みまさか》の乙女《おとめ》が着《き》たる単《ひとえ》もの
備前徳利《びぜんどくり》の形《なり》のおかしさ

【美作の乙女が、ひとえ物を着ています。備前徳利《どっくり》の形は面白いです。】

小座敷でもてなしてくれたのは、若い乙女だったと連想しました。美作（岡山県）と、備前（岡山県・香川県・兵庫県）を織り込んだ句です。

裏地をつけない、ひとえの着物を着た夏の乙女たちの様子ですが、そのボディーラインが、おかしな形のとっくりのようだと想像したのでしょう。

備中《びっちゅう》の鍬《くわ》何処《どこ》迄《まで》も打広《うちひろ》め
備後表《びんごおもて》に直《なお》す文台《ぶんだい》

【備中鍬は、どこまでも広く普及しています。備後表を張った畳の上に、文台の向きを直しました。】

「形のおかしさ」から、独特な形の備中鍬を連想したのでしょう。備中鍬は、刃先が三～四つに分かれている鍬のことで、幕末に発明され、その後爆発的に普及したのだそうです。備中（岡山県）と、備後（広島県）を織り込んだ句です。

備後表は、畳の表面に張るござのことです。備中鍬と備後表という、二つの名物を取り合わせたのでしょう。文台は、連歌や連句の会などで使われる、背の低い机のことで、「直す」には真っすぐにするという意味があります。

安芸《あき》の月《つき》軒端《のきば》に居《すえ》る牛車《うしぐるま》
周防《すおう》のやう《よ》に染《そめ》る柿《かき》の葉《は》

【あきの月の下、軒端に牛車《ぎっしゃ》を据えてあります。すおう色に柿の葉が染まっています。】

連歌の会に、牛車で乗りつけた、という連想でしょう。安芸（広島県）と、周防（山口県）を織り込んだ句で、安芸と秋をかけてあります。

また、周防と蘇芳《すおう》をかけてあるのでしょう。蘇芳色は、黒みがかった赤色のことです。秋の月夜に対して、秋の紅葉した柿の葉を付けたのでしょう。

長門出《ながとで》の印籠附《いんろうつけ》て木《き》の子狩《こがり》
紀伊《きい》た火縄《ひなわ》に移《うつ》す芥火《あくたび》

【長門印籠を腰帯に付けて、きのこ狩りに行きました。きいた火縄に、芥火を移しました。】

秋の柿の葉に対し、茸《きのこ》狩りを付けたのでしょう。長門（山口県）と、紀伊（和歌山県・三重県）を織り込んだ句です。長門印籠は、牛馬の革に漆を塗って作った印籠で、薬の携行に使われました。

山へ茸狩りに行ったところ、猟師が火縄銃の準備をしていた、という様子でしょうか。紀伊と「きいた」をかけてあると思われますが、「きいた火縄」の意味がわかりません。芥火は、塵《ちり》を燃やした火のことでしょう。

淡路島《あわじしま》飛行鳥《とびゆくとり》も花《はな》に暮《くれ》
阿波《あわ》立水《だつみず》のぬるむ小流《こながれ》

【淡路島の上空を渡り鳥が飛んで行き、花の一日が暮れてゆきます。小川の流れのあわだつ水もぬるんでいます。】

火縄銃から、鳥を連想したのでしょう。淡路（兵庫県）と、阿波（徳島県）を織り込んだ句です。

阿波と泡をかけてあります。桜が咲き、渡り鳥が北へ飛んで行く春の景色に対し、小川の水もぬるんだ様子を付けたのでしょう。

讃岐路《さぬきじ》を見渡《みわた》す先《さき》は八重《やえ》霞《がすみ》
伊予《いよ》き丶《き》初《そめ》る遠山《とおやま》のかね

【讃岐路を旅しながら見渡す先は、八重霞がかかっています。遠山の鐘が高らかに聞こえ始めました。】

水ぬるむ春に対し、霞を付けました。讃岐（香川県）と、伊予（愛媛県）を織り込んだ句です。

伊予と「いよいよ」をかけたのでしょう。ここでは、高らかに聞こえてくる様子と解釈してみました。幾重にも霞がかかる旅路に対して、遠くの鐘の音を付けたのでしょう。

土佐《とさ》くさと馬喰酒《ばくろうざけ》の埒《らち》もなく
筑前博多《ちくぜんはかた》みんな場違《ばちが》ひ

【どさくさに飲む馬喰酒は、切りがないです。筑前博多の織物は、みんな場違いです。】

遠山の鐘を聞きながら、酒を飲む様子を連想しました。土佐（高知県）と、筑前（福岡県）を織り込んだ句で、土佐とドサクサをかけています。馬喰酒とは、塩や味噌《みそ》をなめながら升酒を飲むことで、いつまでもだらしなく飲み続けている様子なのでしょう。

そこへ、高級な博多織の着物を着た、場違いな人がいる、といった様子を付けました。

筑後《ちくご》ぶえ吹揃《ふきそろ》ふたる小児連《しょうにれん》
豊前《ぶぜん》といふ《う》は武家《ぶけ》か大夫《たいふ》か

【筑後笛をそろって吹いている子どもたちです。ぶぜんとしているのはお武家様でしょうか、大夫（ご家老様）でしょうか。】

博多織を着た婦人が、子どもたちを連れている様子でしょう。筑後（福岡県）と、豊前（福岡県・大分県）を織り込んだ句です。筑後笛は、動物の形をした土笛のことでしょう。

豊前と憮然《ぶぜん》をかけてあります。楽しそうな子どもたちに対して、不機嫌な顔をした大人を付けました。

豊後梅帯《ぶんごうめおび》にはさむも二ツ三ツ《ふたつみっつ》
肥前《ひぜん》かきなら嫌《きら》は《わ》るゝ《る》縁《えん》

【豊後梅の花を、二つ三つ帯にはさみました。ひぜん掻《か》きなら縁談も嫌われます。】

武家のご婦人が、梅の花を帯にはさんでいる様子でしょう。豊後（大分県）と、肥前（佐賀県・長崎県）を織り込んだ句です。

肥前と疥癬《ひぜん》（ダニの寄生による皮膚病）をかけてあります。着飾って向かったお見合いの席でしょうか、相手はひぜんをボリボリと掻いているような男だった、と付けました。井月自身、ひぜんを病んでいて、村人たちから嫌われていたと伝えられています。

肥後《ひご》こきは提灯張《ちょうちんばり》の一《いち》の弟子《でし》
日向《ひゅうが》の宿《やど》で囉《もら》ふはつ物《もの》

【竹ひごをこいているのは、提灯張り職人の一番弟子です。日向の宿で初物をもらいました。】

縁談が来たのは、提灯職人の弟子のところだった、と付けました。肥後（熊本県）と、日向（宮崎県）を織り込んだ句です。肥後と竹ひごをかけてあるのでしょう。提灯を作るために、竹を細く削っている様子と思われます。

そして、提灯のかけてある宿屋を連想して付けたのでしょう。宮崎は温暖な土地柄ですから、いち早くいろんな初物が楽しめます。

大隅《おおすみ》は月《つき》に乙矢《おとや》を曳絞《ひきしぼ》り
薩摩《さつま》がすりは露《つゆ》に冷《ひや》つく

【大隅では、月夜に二の矢を引き絞っています。薩摩絣《かすり》の着物が、露に冷やつきました。】

「はつ物」に対して、二番目を意味する「乙」を付けました。大隅（鹿児島県）と、薩摩（鹿児島県）を織り込んだ句です。弓矢を使った儀式か何かでしょうか。

秋の月夜に対し、露が降りて冷える様子を付けたのでしょう。

壱岐《いき》せきと荷《にの》ふて走《はし》る初鮭《はつざけ》に
対馬《つしま》の舟《ふね》もつきし問屋場《とんやば》

【いきせき切って初鮭《ざけ》を担いで走りました。対馬の舟も問屋場に付きました。】

露の秋に対して、初鮭を連想しました。壱岐（長崎県）と、対馬（長崎県）を織り込んだ句です。壱岐と「息せき切る」をかけてあります。

初鮭を運ぶ人に対して、荷物の集まる問屋場を付けたのでしょう。

京《きょう》の曠上《はれのぼ》る下《くだ》るや辻小路《つじこうじ》
大阪《おおさか》もなく高《たか》き御櫓《おやぐら》

【晴れた京都で、辻や狭い小路を上ったり下ったりして歩きました。大きな坂もなく、高いやぐらが立っています。】

問屋場に対して、辻小路を付けました。京（京都府）と、大阪（大阪府）を織り込んだ句です。

大阪と大きな坂をかけてあります。細い小路がたくさんある様子から、大きな坂もなく高いやぐらが立っている都会の街並みを連想して付けたのでしょう。

江戸《えど》は今《いま》おなじ昔《むかし》の花盛《はなざか》り
入江《いりえ》の際《きわ》ですくふ《う》しら魚《うお》

【江戸は今も、昔と変わらぬ花盛りです。入り江ぎわで白魚をすくいました。】

やぐらから、花盛りの街を眺めている様子を連想しました。江戸（東京都）を織り込んだ句です。

江戸という名称は、入り江に由来すると言われています。花盛りの景色に、春の季語である白魚を付けたのでしょう。


四十五《明治十八年『余波《なごり》の水くき』の後刷りに所載という。井月全集214・新編285》

立《たち》そこね帰《かえ》り後《おく》れて行乙鳥《ゆくつばめ》　井月
昼《ひる》から晴《はれ》て酒《さけ》を盛《も》る月《つき》　文軽

【飛び立ち損ねて帰り後れたつばめが、飛んでゆきます。昼から晴れて酒盛りをしました。】

秋になって、故郷へ帰り遅れたつばめの様子です。

故郷の越後《えちご》へ帰る帰ると言いながら、なかなか帰らなかった井月自身を詠んだ句だと思われます。

文軽は、秋の季語である月を付けました。いつも昼間から酒を飲んでいる井月のありさまを、「月」の字を織り込んで詠んだのでしょう。

白菊《しらぎく》を籬《まがき》のうちに移《うつ》すらん　田畝
山《やま》はなけれど湧出《わきいず》る水《みず》　卓囿

【白菊を、まがきの内側に移すでしょう。山は無いですが水が湧き出ています。】

月見の秋に対し、菊を付けました。まがきは、竹などで編んだ垣根のことです。垣根の外に出してあった白菊を、庭の中へ取り込む様子でしょう。

卓囿は、その庭の様子を想像して付けました。築山《つきやま》などは無いけれども、湧水があるのでしょうか、あるいは水を引いてきているのでしょうか。水音が楽しい庭の様子でしょう。

馬《うま》に乗《の》るときは紙衣《かみこ》を脱捨《ぬぎすて》て　其伯
そばがきくふて温《あたたま》るたび　喜楽

【馬に乗るときは紙衣を脱ぎ捨てます。そばがきを食べて温まる旅です。】

湧き水を飲んで、馬にまたがり旅を続ける様子でしょう。紙衣は、紙でできた防寒着あるいは寝具で、よく俳人などが持ち歩いて旅をしていたといいます。

喜楽は、寒い季節に旅する人を連想し、温かいそばがきを食べる様子を付けました。そば粉をお湯で練っただけの素朴な食べ物です。

（この連句には、まだ続きがあるようですが、以下略されています。）

四十六《明治二年時雨月、夕陽舎にて。窪子は上伊那郡東春近村中殿島《ひがしはるちかなかとのしま》の人。井月全集429・新編286》

風《かぜ》はみな松《まつ》に戻《もど》りて枯尾花《かれおばな》　井月
ゆききもまれな冬《ふゆ》の川添《かわぞい》　窪子

【枯れすすきを揺らした風は、みな松の木に戻っていきます。人の往来もまれな冬の川沿いです。】

尾花は、すすきの穂のことです。松に風が吹きつけると、ヒュウと音がします。その風が地上のすすきをかすめ、また松の木に戻ってヒュウと音を立てている様子が想像できるでしょう。

雀子は、枯れすすきの生えている冬のさびしい川沿いを付けました。

酒《さけ》の名《な》を自慢《じまん》に太《ふと》く書《か》くやらん　井月
雞《とり》は簀垣《すがき》に猫《ねこ》は軒場《のきば》に　雀子

【酒の名を、自慢げに太く書くのでしょう。ニワトリは竹垣のあたりをうろうろし、猫は軒端のあたりに昼寝をしています。】

冬の川沿いに、酒屋を付けました。酒の看板を書いている様子でしょう。

雀子は、なんでもない庭の風景を付けました。人間が何か字を書いている様子を、ニワトリや猫が意味も分からず眺めている、といった風景でしょう。

それぞれに月《つき》の用意《ようい》の小買物《こかいもの》　井月
壱人後れし《ひとりおく》茸狩《たけがり》の供《とも》　雀子

【各自、月見の用意のちょっとした買い物をしています。きのこ狩りのお供が、ひとり遅れてきました。】

ニワトリも猫も、それぞれに過ごしている様子から、「それぞれ」を付けました。酒とか、団子とか、芋とかを買って、月見の準備をしている様子でしょう。

雀子は、月見の宴で食べようと、きのこ狩りに夢中になっている様子を付けました。

江戸《えど》角力《ずもう》彼岸半《ひがんなかば》に乗込《のりこみ》て　井月
ぬぎし浴衣《ゆかた》の置所《おきどころ》なき　雀子

【江戸の相撲取りたちが、彼岸の半ばに乗り込んできました。脱いだ浴衣の置き所がありません。】

茸《きのこ》狩りに対して、秋の相撲を付けました。地方巡業の様子でしょう。

雀子は、相撲取りたちが着ている大きな浴衣を連想して付けました。

可笑《おかし》さもこらゆる程《ほど》の年《とし》に成《なり》　井月
　四《よ》めも十《とお》めもいはぬ媒《なかだち》　窪子

【おかしさも、こらえるほどの年になりました。四目《よめ》十目《とおめ》も言わない媒酌人です。】

脱いだ浴衣《ゆかた》の置き場所に困っているのは、年頃に成長した娘だった、と転じました。若い娘は「箸が転んでもおかしい」といいます。

窪子は、そんな娘に縁談があって、媒酌人が世話している様子を付けました。四目十目といって、男女の年齢差が四つ違い・十歳違いの縁組みは、よくないという迷信があったようですが、そんなこともおかまいなしに縁談を進めている様子です。

玄猪《いのこ》とてのし迄添《までそえ》し重《じゅう》の内《うち》　井月
　降《ふり》さへ止《やめ》ばはや乾《かわ》くみち　窪子

【亥《い》の子の祝いだといって、のしまで添えた重箱の内側です。雨さえ止めば、早くも道は乾きました。】

媒酌人に対して、子孫繁栄を祈る「亥の子の祝い」を連想しました。旧暦十月の亥の日に行われた行事で、新しくとれた米で餅を作って食べたのだそうです。子どもたちが「亥の子石」で地面を突いて回る行事があるので、窪子は道のことを付けたのでしょう。

月代《つきしろ》に船《ふね》の支度《したく》を差図《さしず》して　井月
　黒漬売《くろづけうり》の今帰《いまかえ》るらん　窪子

【月の光に、船の支度を指図しました。黒漬け売りが今に帰って来るでしょう。】

雨が止んだので、夜船を出す準備をしている様子でしょう。月見の宴会を屋形船で行うのでしょうか。

窪子は、行商の人がもうすぐ帰って来る様子を付けました。これから船で酒を飲むので、つまみに黒漬けを買い込む様子なのかも知れません。

いつになき二《に》百十日《ひゃくとおか》の穏《おだやか》さ　井月
小池《こいけ》に山《やま》の影《かげ》もみださず　窪子

【いつになく二百十日が穏やかです。小さな池に映る山の影も乱れません。】

二百十日は台風の厄日とされていますが、今年は風もなく穏やかで、黒漬売りが今帰って行った、という様子でしょう。

寉子は、風もなく、池の水も波立たない様子を付けました。

さきかゝ《か》る花《はな》にくつろぐ組屋敷《くみやしき》　井月
声《こえ》を合《あわ》せる籠《かご》の鶯《うぐいす》　寉子

【咲きかけた桜に、組屋敷の人々がくつろいでいます。かごのうぐいすが、声を合わせて鳴いています。】

風のない穏やかな日に対し、くつろいでいる様子を付けました。組屋敷とは、下級役人の侍たちが暮らす集合住宅のことと思われます。ふだんは堅苦しい役人たちですが、桜の季節ばかりはくつろいだ雰囲気なのでしょう。

寉子は、組屋敷の侍たちが、競うようにうぐいすを飼っている様子を付けました。あちこちから鳴き声が聞こえてくるのでしょう。

素布子《すぬのこ》に成《なっ》て髪結《かみゆ》ふ《う》暖《あたたか》み　寉子
次第不同《しだいふどう》を直《なお》す石工《せっこう》　井月

【暖かな日、素肌に布子を着て髪を結いました。石工《いしく》が長さを直しています。】

うぐいすが鳴き、少し暖かくなった日の様子です。布子は綿入れ（＝はんてん）のことで、素布子は、素肌に布子を着た状態のことと解釈してみました。

井月は、髪結い師が髪を切りそろえている様子に対して、石工が石を切りそろえている様子を付けたのでしょう。次第不同とは、長さがそろっていないことです。

余念《よねん》なく百度《ひゃくど》の数《かず》にさし投《なげ》て　寉子
深編笠《ふかあみがさ》に忍《しの》ぶ歴々《れきれき》　井月

【お百度参りでこよりを投げて、一心不乱に祈りまし

た。深編笠をかぶったお歴々が忍んでやって来ます。】

石工《いしく》から、神社の参道の石畳を連想したのでしょう。お百度参りは、病気回復などを祈るために、神社の参道を素足で百回往復してお参りすることです。「さし」とは、回数を数えるために一本ずつ置いてゆく、こよりのことでしょう。

井月は、病気見舞いの人たちがやってくる様子を付けました。深編笠は浪人笠とも呼ばれ、顔を隠して世を忍ぶ姿が想像できます。

紋所《もんどころ》も此翼《ひよく》を曠《はれ》に縫《ぬわ》すらん　窪子
　肴《さかな》に飽《あき》て望《のぞ》む蓴菜《じゅんさい》　井月

【此翼紋を大っぴらに縫わせたのでしょう。肴に飽きたので蓴菜が食べたいです。】

「忍ぶ」に対し、大っぴらな様子を対照的に付けました。此翼紋とは、好きどうしの男女が、互いの家紋を組み合わせて衣服などに縫い付けることで、江戸時代に流行ったようです。「二人は相思相愛です」と、世間に大っぴらに示している様子でしょう。

井月は、そんな二人もいっしょに暮らせば飽きてくるものだ、と付けたのでしょう。たまには蓴菜のような変わったものが食べたい、といった様子です。

涼《すず》しさを一絃琴《いちげんきん》の音《ね》に□て　窪子
　名所名所《めいしょめいしょ》の多《おお》きはりま路《じ》　井月

【一弦琴の音が涼しげに響きます。播磨《はりま》路は名所が多いです。】

蓴菜《じゅんさい》を食べながら、琴の音色を楽しんでいるのでしょう。一弦琴は、一本の弦を張っただけの楽器で、別名「須磨琴」とも呼ばれます。平安時代、須磨に流された在原行平《ありわらのゆきひら》が、慰めに琴を作って弾いた、という故事によるものです。

井月は、須磨から播磨の国（兵庫県）を連想して付けたのでしょう。

乗物《のりもの》の戸《と》を開《あけ》させて通《とお》る也《なり》　窪子
　見《み》かけ斗《ばか》りとおどす売卜《ばいぼく》　井月

【乗り物の戸を開けさせて通ります。見かけばかりだと、占い師が脅していますす。】

播磨《はりま》の街道を通る駕籠《かご》でしょうか、牛車《ぎっしゃ》でしょうか。身分の高い人が、戸をあけて景色を見ながらゆく様子でしょう。

井月は、辻《つじ》の占い師を付けました。「立派な駕籠に乗って通るけれども、あんな人は見掛け倒しだ」と言っています。幕末から明治維新にかけて、天下が大きく揺らいだ時世を詠んだのかも知れません。

月《つき》かげに団子《だんご》まるめる女《おんな》ども　　窪子
良寒《ややさむ》げなる神酒《みき》□の□　　井月

【月明かりの下で、女たちが団子をまるめています。やや寒げな夜、神酒を供えました。】

「見かけばかり」だと噂《うわさ》話をしているのは、女どもだった、と転じました。月見の準備の様子でしょう。

井月は、お供えする神酒のことを付けたようですが、判らない字があるので解釈が難しいです。

置露《おくつゆ》に朝《あさ》からきあふたたら跡《あと》　　窪子
箒《ほうき》の先《さき》へかこむ鳥《とり》の毛《け》　　井月

【露に濡《ぬ》れながら、朝からたたら場の跡へ来合わせました。ほうきの先で、鳥の毛を掃き集めました。】

「やや寒」に対して、秋の朝露を付けました。たたら跡は、その昔、製鉄をおこなった跡地のことでしょう。

井月は、たたら場といえば山陰（鳥取など）が有名だと連想し、伯耆《ほうき》と箒をかけて付けました。

いそがしく年貢《ねんぐ》の記録配《きろくくば》らせて　　窪子
貯《たば》ひ肴《さかな》の串《くし》にからびる　　井月

【忙しく年貢の記録を配らせました。貯えておいた肴が、串にさしたまま干からびてしまいました。】

ほうきで掃除して、これから村の寄り合いがあるのでしょう。年貢米をどれだけ納めたか、いそいで記録を配って、これから何の相談でしょうか。百姓一揆《いっき》の相談でしょうか。

井月は、飢饉《ききん》に苦しむ庶民の様子を付けたのでしょう。貯えた食料も干からびてしまい、困り果てている様子と思われます。

一木《いちぼく》の花《はな》に傘干《かさほ》す天気相《てんきそう》　　雀子
障子《しょうじ》に虻《あぶ》をはさむ明立《あけたて》　　井月

【空模様を気にしながら木に干した傘が、一木の花のようです。障子の開け閉めのときに、虻を間にはさんでしまいました。】

「からびる」から、傘を干す様子を付けました。梅雨《つゆ》どきの空模様でしょうか。

井月は、降ったり晴れたりする空模様に対して、障子を開け閉めする様子を付けました。

四十七《明治四年弥生中旬、上伊那郡東春近《ひがしはるちか》村・避世
窟（竜洲家）にて。井月全集430・新編289》

来《く》る風《かぜ》に海苔《のり》の香《か》もあり裏坐敷《うらざしき》　　井月
しばしまたるる園《その》の鶯《うぐいす》　　竜洲

【吹いて来る風に、海苔の香りも交じっている裏座敷です。庭のうぐいすの声をしばらく待ちました。】

海苔は春の季語です。座敷で春風の香りを楽しんでいる様子でしょう。

竜洲は、同じく春の季語であるうぐいすを付けました。じっと耳を澄ませて、鳴くのを待っている様子でしょう。

筍《たけのこ》の皮《かわ》ぬぐたびに露《つゆ》ちりて　　井月
込《こん》だ仕事《しごと》に眠気《ねむけ》さしたり　　竜洲

【筍の皮をむくたび、みずみずしい露が散ります。立て込んだ仕事に眠気がさしました。】

うぐいすが竹やぶで鳴いている様子を連想したのでしょう。取ってきた筍の皮をむいている様子を付けました。

竜洲は、皮むきの仕事に飽きて眠くなった、と付けました。

月《つき》の頃《ころ》いつもかゝさぬ旅役者《たびやくしゃ》　井月
とれても下《さ》げぬ渋鮎《しぶあゆ》の代《だい》　竜洲

【月の頃になると、いつも欠かさずやってくる旅役者がいます。渋鮎がたくさん獲れても、値段を下げません。】

仕事が立て込んでいる様子から、稼ぎ時の旅役者を連想しました。

竜洲は、毎年欠かさずに渋鮎（＝落ち鮎）を買っているけれども、豊漁の年でも値段が下がりません、といった様子を付けました。

打連《うちつれ》る砧《きぬた》の音《おと》の川向《かわむか》ひ　井月
隠《かく》し所《どこ》なき文《ふみ》のよみさし　竜洲

渋鮎《あゆ》の秋に対し、砧の音を付けました。「打ち連れる」は、家々の砧の音が連なって聞こえてくる様子と解釈してみました。

竜洲は、「打ち連れる」を「いっしょに出かける」という意味に解釈したのでしょう。出かける前に、内緒の手紙をどこへ隠そうか、といった場面を想像して付けました。

【川向かいから、砧を打つ音がそろって聞こえてきます。読みかけの手紙の隠し場所がありません。】

姉《あね》だけに坐《ざ》なり繕《つくろ》ふ立廻《たちまわ》り　井月
神送《かみおく》る夜《よ》の木《こ》の葉《は》はらはら　竜洲

【立ち回って、姉だけ席順を直しました。神送りの夜、木の葉がはらはら散ります。】

読みかけの手紙をそのままにして、呼ばれて行きました。「坐なり」は「座並み」のことで、つまり席順のことと思われます。何の集まりでしょうか。「姉さんはここにお座りなさい」と世話を焼かれている様子なのでしょう。

竜洲は、旧暦九月三十日に行われる神送りの儀式を想像して付けました。十月に、全国の神々が出雲《いずも》へ集まります。出雲といえば縁結びで知られていますから、「姉さんに早く縁談が来ますように」と、出雲に

出かける神様によくよくお願いしている様子なので
しょう。

魚《うお》を取《とる》仕《し》懸《かけ》氷《こおり》にとぢ《じ》られて　鶴子
村外《むらはず》れまで捜《さが》す失物《うせもの》　井月

【魚をとる仕掛けが氷に閉じられてしまいました。失《な》くし物を村はずれまで探しに行きました。】

冬の季語である神送りに対して、氷を付けました。湖の中に、網か何かを仕掛けたのでしょう。ところが氷が張ってしまった様子です。

井月は、どこに網を仕掛けたのか分からなくなってしまった様子を連想し、失くし物を探し回る人を付けました。

鉄砲《てっぽう》のねぢ《じ》の錆《さび》るも気《き》の付《つか》ず　竜洲
袂一《たもといっ》ぱいむしる青梅《あおうめ》　鶴子

【鉄砲のねじが錆びるのも気が付きません。たもといっぱいに青梅をとりました。】

探していたのは、鉄砲のねじだった、と転じました。手入れの行き届いていない鉄砲なのでしょう。

鶴子は梅を付けました。梅干しのような、塩分の多いものをつかんだ手で金属をさわると、錆びやすくなるでしょう。

小坂《こさか》にも車力《しゃりき》の片《かた》のひと絞《しぼ》り　竜洲
見《み》なれぬ蛇《へび》の形《かた》奇《き》麗《れい》也《なり》　井月

【小さな坂ですが、車引きの人が道の片側で汗をひと絞りしています。見慣れぬ蛇の形がきれいです。】

いっぱいむしった青梅を、車で運ぶ様子でしょう。「片のひと絞り」の解釈が難しいですが、ここでは汗を絞っている様子を想像してみました。

井月は、その道端で蛇を見かけた様子を付けたのでしょう。また、「片」に対して「形」を付けたものと思われます。

花咲《はなさい》て鐘《かね》の縁起《えんぎ》も売《うれ》る月《つき》（あるいは後か）　竜洲
重詰《じゅうづめ》軽《かる》く荷《にな》ふ長閑《のどか》さ　井月

【桜の花が咲いて、寺の鐘の縁起もよく売れる今月。重詰めを軽々と手に持って、出かける長閑さです。】

蛇は縁起が良いと言われますので、その連想で付けたのでしょう。縁起とは、由来や歴史が書かれた書画のことです。現代で言えばパンフレットのようなものでしょうか。

井月は、重詰めを持って花見に出かける様子を付けました。

四十八《明治六年。上伊那郡東春近村《ひがしはるちか》・避世窟（竜洲家）に所蔵。井月全集431・新編291》

梅《うめ》が香《か》や茶《ちゃ》は除《の》け物《もの》の裏書院《うらしょいん》　竜洲
客《きゃく》の好《この》みに任《まか》す干海苔《ほしのり》　井月

【梅の香りがする日。裏書院では、お茶が除け者にされています。干し海苔は客の好みに任せました。】

書院とは書斎のことですが、ここでは家の奥のほうにある、主人の居室のことでしょう。「茶は除け者」とはどういう意味でしょうか。お茶の出番はなく、酒ばかり飲んでいる様子かも知れません。

井月は、裏書院に客人が来ている様子を付けました。酒のつまみに干し海苔を出して、あとはご自由に、といった様子でしょう。

見渡《みわた》せば白帆霞《しらほかすみ》に分入《わけいっ》て　雀子
ながき欠《あくび》に眠気紛《ねむけまぎ》らす　竜洲

【見渡せば、霞の中に白帆が分け入っています。長いあくびに眠気を紛らせました。】

干し海苔《のり》に対し、帆船の行き来する水辺の様子を付けました。春霞がかかった、のどかな日です。

竜洲は、のんびりした風景にあくびが出た様子を付けました。

網魚《あみうお》を直安《ねやす》ふ買《かい》し宵《よい》の月《つき》　雀子
新酒《しんしゅ》の酔《よい》は逆上《のぼせ》勝《がち》なる　竜洲

【月の宵に、網でとれた魚を安く買ってきました。新酒の酔いはのぼせがちです。】

あくびをしていたのは、暇な魚屋なのでしょう。夕方になると、売れ残らないように魚の値段が下がりますので、それを安く買う様子を付けました。

竜洲は、「宵」に対して「酔い」を付けました。秋の新酒がおいしいので、つい飲みすぎてしまう様子でしょう。

秋《あき》も良古《ややふる》びかゝりし菅《すげ》の笠《かさ》　寉子

ひゐき《い》役者《やくしゃ》の紋染《もんそめ》に遣《や》る　竜洲

【菅笠もやや古びてきた秋。ひいきの役者の紋を、染めに出しました。】

新酒に対して、秋を付けました。農作業や旅人に欠かせない菅笠ですが、使い込んで古びてきた様子です。

竜洲は、今年の秋も、ひいきの役者がいつもの笠をかぶって、村へ旅回りにやって来た様子を付けました。その役者の紋を、自分の持ち物にも染め付けてみたのでしょう。

とりどりに噂《うわさ》の多《おお》き局部屋《つぼねべや》　寉子

器《うつわ》の色《いろ》に取合《とりあわ》す鮎《あゆ》　井月

【お局さまの部屋では、いろいろな噂が多いです。器の色に鮎を取り合わせました。】

ひいきの役者の噂話をしているのでしょう。局部屋とは、宮中の女官の部屋のことです。

井月は、「とりどり」に対して「取り合わせ」を付けました。鮎が手に入ったので、この器に盛りつけてみましょう、といった様子です。

青簾富士《あおすだれふじ》の見《み》え透《す》く浦《うら》つづき　山好

足軽《あしかる》さうな切緒草鞋《きりおわらんじ》　竜洲

【青すだれ越しに、富士が透けて見える海岸です。足が軽くなりそうな切り緒わらじです。】

鮎《あゆ》を盛りつけて出してくれたのは、浦つづきの茶屋でした。浦とは、海岸線が湾曲して陸地の中に入り込んだ地形のことですが、海沿いの集落という意味もあります。

竜洲は、なぜわらじのことを付けたのでしょう。海岸の道を、足取りも軽やかな旅人が行く様子を連想したのでしょうか。切り緒わらじは、普通のわらじよりもしゃれた感じのものです。

照降《てりふり》を占《うら》なふ月《うつき》の影細《かげほそ》く　井月
晩稲奇麗《おくてきれい》に穂《ほ》のかたぐ也《なり》　竜洲

【細い月影を見て、天候を占いました。遅い稲が、きれいに穂を傾けています。】

わらじばきの旅人が、明日の天気を気にして、月を見ている様子でしょう。月影が細いということは、二日月か三日月が出ている夕空なのでしょう。

竜洲は、地上の稲の様子を付けました。おだやかな天候が続いて、順調に実っている様子でしょう。

乙《おと》の子《こ》に山雀籠《やまがらかご》をねだられて　井月
袴《はかま》の破《やぶ》れを縫《ぬい》も直《なお》さず　竜洲

【下の子に、ヤマガラを飼う籠をねだられました。袴の破れを縫い直しもしません。】

稲穂の実る景色に対し、秋の鳥であるヤマガラを付けました。甲乙の「乙」ですから、下の子という意味でしょう。おねだりをされています。

竜洲は、やぶれた袴をはいている貧乏な様子を付けました。鳥を飼う余裕なんて無いのに、といった様子でしょう。

よき水《みず》の流《なが》るゝ花《はな》の軒並《のきなら》び　井月
肴《さかな》の重《じゅう》に交《まじ》る草餅《くさもち》　竜洲

【桜の花の季節、きれいな水の流れに、軒が並んでいます。肴の重箱に、草餅も交じっています。】

ボロの袴《はかま》をはいた人が、春の賑《にぎ》やかな川沿いを歩いて行きます。

竜洲は、花見のごちそうを付けました。重箱の中には、草餅も入っていて、いかにも春らしい様子です。

長閑《のどか》さに乗物続《のりものつづ》く明石潟《あかしがた》　竜洲

鋳《い》かけの利《きか》ぬ平釜《ひらがま》の尻《しり》　井月

【のどかな春の日、明石の干潟へ向かう乗り物が続きます。平釜の底は修理ができません。】

重箱にごちそうを詰めて、兵庫県明石市の干潟を行く様子です。牛車《ぎっしゃ》でしょうか、駕籠《かご》でしょうか。貴人が乗っているのかも知れません。

井月は、かつて明石で盛んだった製塩を連想しました。平釜は、海水を煮詰めて塩を作るのに使われる、平たい釜のことでしょう。「鋳かけ」とは、鋳物の修理のことです。

戦争《せんそう》の咄《はなし》は聞《きく》も勇《いさ》ましく　竜洲
こはごは《わわ》願《ねがう》ふ上洛《じょうらく》の供《とも》　井月

【戦争の話を聞けば勇ましいものです。上洛のお供になることを恐る恐る願い出ました。】

製塩の作業の合い間に、戦争の体験を語る様子です。この連句は明治六年の作ですから、戊辰《ぼしん》戦争の体験が生々しい頃でしょう。

井月は、京都へ上洛する殿さまのお供を、こわごわ願い出る様子を付けました。幕末の不穏な京都の様子を連想したのでしょう。

肌馴《はだなれ》し匂《におい》ひ袋《ぶくろ》は香《か》も失《うせ》て　竜洲
むきみ絞《しぼ》りの似合《にあう》ふ年頃《としごろ》　井月

【肌に慣れ親しんだ匂い袋は、香りも消えました。むきみ絞りの浴衣《ゆかた》が似合う年頃です。】

上洛《じょうらく》すると、京のお公家さんたちが、匂い袋を持っていたのでしょう。香料を詰めた袋のことで、かつては身だしなみの一つとして携行していたようです。

井月は、匂い袋をいつも持ち歩いているのは年ごろの女性だと付けました。むきみ絞りとは、布を糸でしばって染めて模様を出す技法のことで、浴衣などに使われることが多いようです。

葛水《くずみず》を先愛相《まずあいそう》に持出《もちいだ》し　竜洲
追々鉾《おいおいほこ》の渡《わた》る人声《ひとごえ》　井月

【くず水を、まず愛想よくお出ししました。あとから鉾を持った人がやってくる声がします。】

　年頃の女性がもてなしてくれる様子です。夏の暑い季節には、くず湯ではなく、冷たいくず水をお客に出したのでしょう。料理屋でしょうか。

　井月は、その料理屋に、武器を持った人があとからやってくるという、ちょっと物騒な様子を付けました。戦《いくさ》に向かう隊列でしょうか。

長太刀《ながたち》を古代姿《こだいすがた》にきめ歩行《あるき》　竜洲
化物屋敷《ばけものやしき》みんな怖《こわ》がる　井月

【長太刀を持ち、古代のようなスタイルで歩きました。お化け屋敷はみんな怖がります。】

　鉾《ほこ》から、長太刀を連想しました。廃刀令が出たのは明治九年ですから、この連句を作った時点では、まだ腰に刀をさした人たちが街を歩いていたのでしょう。長太刀は、古代の儀式用の長い刀のことですから、それを持ち歩くのは、かなり時代遅れのスタイルに見えたのだと思われます。


　井月は、昔の亡霊が歩いているようだと連想し、お化け屋敷を付けました。

更科《さらしな》の記行《きこう》見出《みいだ》す暮《くれ》の月《つき》　竜洲
彼岸前《ひがんまえ》には取《とれ》る初鮭《はつざけ》　井月

【『更科紀行』を見つけ出して読んだ、月の夕暮れです。彼岸前には初鮭が獲れるでしょう。】

　化物屋敷のようなボロ家に住む風流人の様子でしょうか。松尾芭蕉《ばしょう》の書いた『更科紀行』は、信州の姨捨《おばすて》山《やま》へ月見に行ったときの紀行文です。

　更科（更級）といえば千曲川の流域ですので、井月は川を上る鮭を付けたのでしょう。

年役《としやく》に角力《すもう》の世話《せわ》を見立《みたて》られ　竜洲
暖簾《のれん》懸《かか》ればきまりよき家《いえ》　井月

【年役の人に、相撲の世話をしてくれと見立てられました。のれんが掛かれば、きまりのよい家です。】

「彼岸前」に対し、秋の相撲興業を付けました。年役とは、地域のことを指図する年長者のことでしょう。今年の村相撲の世話役をやってほしいと、頼まれた様子です。

井月は、相撲の「決まり手」を連想し、きまりよい家（きちんと整った家）を付けたのでしょう。のれんが掛かっているということは、何か商売をやっている家でしょうか。

暇《ひま》さ《そ》うに禰宜《ねぎ》の出歩行神《であるくかみ》の留守《るす》　竜洲
　折々水《おりおりみず》の細《ほそ》き横井戸《よこいど》　井月

【神無月《かんなづき》に、暇そうに禰宜さまが出歩いています。ときどき水が細くなる横井戸です。】

のれんの掛かった店の前を暇そうに歩いているのは、神社の禰宜さまでした。旧暦十月、神々が出雲《いずも》へ出かけて留守なのでしょう。

井月は、べつに神の留守だから出歩いているのではなく、ただ井戸へ水を汲《く》みに行ったのだ、と付けました。横井戸とは、山の斜面などに掘られた横穴の水路です。冬晴れが続いて降水量が少ないと、水の流れが細くなる様子でしょう。

注文《ちゅうもん》の小竹筒《ささえ》出来《できた》る花《はな》の時《とき》　竜洲
　囲ひ開《かこいあけ》ればもゆる陽炎《かげろう》　井月

【桜の頃、注文した小竹筒が出来上がりました。囲いを開ければ陽炎が燃えています。】

「折」から、料理の折り詰めを連想し、酒を入れて持ち歩くための筒を付けました。それを持って花見に行くのでしょう。

井月は、春の季語である陽炎を付けました。囲いは、樹木の冬囲いかもしれませんし、豪雪地では家屋の板囲いかも知れません。春になったので取り外す様子でしょう。

四十九《上伊那郡東春近村《ひがしはるちか》・避世窟（竜洲家）に所蔵。
　井月全集432・新編294》

鶯《うぐいす》お《を》聞程明《きくほどあけ》て庵《いお》の窓《まど》　富岡　半中

梅《うめ》が香運《かはこ》ぶ風《かぜ》の折々《おりおり》　越後高田　井月

【うぐいすの声が聞こえるくらいに、庵《いおり》の窓を開けました。ときどき風が梅の香を運んできます。】

うぐいすの声を楽しむ様子でしょう。

井月は、梅の香りを付けました。「富岡」「越後高《たか》田《だ》」という出身地が書かれていますが、これらは後から書き足されたものだといいます。井月は越後《えちご》の長岡の出身という説が有力ですが、自分の過去を語りたがらなかったようですから、わざと適当な地名を言ってごまかすこともあったのでしょうか。

揚《あげ》し帆《ほ》の霞隠《かすみがく》れに走《はし》る覧《らん》　布精
米《こめ》の相場《そうば》の易《かわ》る此頃《このごろ》　凌冬

【揚げた帆が霞に見え隠れしながら、船が走っています。米の相場が変わるこの頃です。】

風に対し、帆を付けました。春霞のかかる水辺の風景でしょう。

凌冬は、米を運搬する船を連想し、米の相場が上がったり下がったりする様子を付けました。

弓張《ゆみはり》となるは何《いず》れも七八日《なならうか》　松代　哥隣
来《き》てさしのぞく露《つゆ》の糸萩《いとはぎ》　雀子

【弓張月となるのは、いずれも七～八日目のことです。露の付いた糸萩を、立ち寄ってのぞき込みました。】

相場が変動する様子から、月の満ち欠けする様子を連想しました。半月のことを弓張月と言います。旧暦で七日から八日の晩のことでしょう。

弓張月は秋の季語なので、雀子は秋の植物である糸萩を付けました。月明かりに露が光っている様子でしょう。

松葉《ご》を焚《たい》て酒暖《さけあたた》める住居振《すまいぶり》　尾張藩　白鷺
誰《だれ》お真似《をまね》るか唄思入《うたおもいいれ》　月松

【松葉をたいて酒を温める暮らしぶりです。誰を真似しているのか、思い入れを込めて歌っています。】

秋の露に対し、酒で体をあたためる様子を付けました。山奥の暮らしぶりでしょう。

月松は、ご機嫌で歌いながら火をたいている様子を付けました。

つてのなき縁《えん》を頼《たの》むもいとどなほ《お》　尾張林鉛甫　梅山
涙《なみだ》の顔《かお》を隠《かく》す手拭《てぬぐい》

【つてのない縁を頼みましたが、なお一層せつないです。涙の顔を手ぬぐいで隠しました。】

思い入れたっぷりに恋の歌を歌う様子を連想しました。男女の縁を取り持ってほしいと頼んでいます。

しかしその方法もないほど、二人は離れてしまった、という様子なのでしょう。名前がないので、誰が付けた句なのか分かりません。


五十《明治十年弥生。雪嶺亭にて。上伊那郡東春近《ひがしはるちか》村・避世窟（竜洲家）所蔵。井月全集433・新編295》

木母寺《もくぼじ》の秋寂《あきさび》しくもたゝ《た》き鉦《がね》　井月
松《まつ》ふく風《かぜ》の肌《はだ》をこそぐる　霍子

【木母寺の秋は、寂しくも鉦をたたく音が聞こえます。松を吹く風が肌をくすぐります。】

木母寺は、東京都目黒区にある寺です。京の都で人買いにさらわれた梅若丸が、ここで没したという悲しい伝説が伝わっています。

霍子は、秋風が松の枝を鳴らしながら吹いている様子を付けました。

なく涙怒《なみだおこ》る涙《なみだ》も雨《あめ》と成《なり》　井月
操正《みさおただ》しくたてる川竹《かわたけ》　霍子

【泣く涙も、怒る涙も雨となりました。川竹が操を正しく立てています。】

風が吹いてきたと思ったら、雨に変わった、という連想でしょう。誰が泣いたり怒ったりしているのでしょうか。

川竹は、川辺に生える竹のことですが、あるいは花街の女性のことを指すようです。雀子は、花街の女性が、愛する男のことを一途に思いながら、泣き暮らしている様子を連想したのでしょう。

炭《すみ》で焚《たく》小鍋《こなべ》の飯《めし》の出来上《できあが》り　井月
たしなみらしく見《み》ゆる白韈《しろたび》　雀子

【炭で炊いた小鍋のご飯が出来上がりました。白足袋《たび》をはくのが、たしなみらしく見えます。】

貞淑な女性が、ご飯を炊く様子です。ご飯は普通、大きなかまどで薪で炊くものですが、ここでは小鍋を使い、炭で炊いたというのですから、お客様に出すような、ちょっといいご飯が想像できます。

雀子は、身だしなみの整った女性が、ていねいに炊いたご飯だと付けました。

玉取《たまとり》の翁《おきな》に謡《うたい》もはづ《ず》むらん　井月
室町殿《むろまちどの》の馬《うま》がかけ出《だ》す　雀子

【玉取の翁の登場に、謡いもはずむでしょう。室町殿の屋敷から馬が駆け出しました。】

白たびをはいた人が、能楽の「玉取の海人《あま》」を演じている様子と思われます。

室町殿とは、足利将軍家の「花の御所」のことです。御所で将軍が能楽を楽しんでいたところ、何やら火急の事態が起こった様子を付けたのでしょう。

歯《は》みがきを売《うら》んが為《ため》の居合抜《いあいぬき》　井月
道《みち》の埃《ほこり》の浮《うか》むみづ《ず》桶《おけ》　雀子

【歯みがきを売るために、居合抜きをしています。道のほこりが水桶に浮かんでいます。】

馬が駆け出した道端では、居合抜きをしていました。歯みがきとは何の関係もない居合抜きですが、客寄せのために、道端で見せているのでしょう。

雀子は、その道端のほこりが、水桶に浮かんでいる様子を付けました。

初夜過《しょやすぎ》は晴《はれ》わたりたる蝕《しょく》の月《つき》　井月

別《わけ》し新酒《しんしゅ》に注連《しめ》をはらせる　　雀子

【夜のはじめが過ぎたころ、晴れ渡って月蝕の月が現れました。分けた新酒にしめ縄を張らせました。】

水桶《おけ》に映る月を連想しました。月蝕の晩、最初は曇っていたのでしょう。それがだんだん晴れてきて、見ることができた、という様子です。

月蝕は満月の晩に起こりますから、雀子は月見のお供えに使う酒のことを付けたのでしょう。秋、新酒ができた中から、お神酒《みき》に使うぶんを分けて、しめ縄を張った様子と思われます。

野狐《のぎつね》のいたづ《ず》らに成良寒《なるややさむ》み　　井月
天狗《てんぐ》おどしの弓矢長刀《ゆみやなぎなた》　　雀子

【野狐がいたずらをしそうな、やや寒い日です。天狗をおどすための弓矢・なぎなたです。】

しめ縄から、稲荷《いなり》神社の狐を連想したのでしょう。「やや寒」は、なんとなく寒い感じを表す秋の季語です。狐は冬が繁殖期なので、そろそろ活動が活発になって、人を化かすかも知れない、といった様子でしょう。

雀子は、魔物である野狐に対し、同じく魔物である天狗を連想して付けました。天狗を寄せ付けないために、武器を飾ったりする風習があったのでしょうか。

よめぬとて孫《まご》に教《おしえ》へる仮名交《かなまじ》り　　井月
浮世《うきよ》わたりがへたになる頃《ころ》　　雀子

【読めないというので、孫に仮名交じりの文を教えました。浮世渡りが下手になる頃です。】

弓矢や長刀の稽古だけでなく、字も教えている老人の様子です。

「浮世渡りがへたになる頃」とはどういう意味でしょうか。上手に世渡りをしてきたのに、歳をとって頑固になり、嫌われ者になったという意味かも知れません。

袖笠《そでがさ》に濡《ぬれ》る日《ひ》も有雨《ありあめ》の花《はな》　　井月
はるの仕事《しごと》に織《おり》し藺席《いむしろ》　　雀子

【雨の中に花が咲く季節、袖を笠代わりにして、濡れる日もあります。春の仕事に藺草《いぐさ》のむしろを織りました。】

「浮世」は変わりやすい世の中のことですので、変わりやすい春の空模様を連想したのでしょう。

窪子は、春雨の中、手仕事をしている様子を付けました。

五十一《明治十年夏、上伊那郡伊那町狐島《きつねじま》・呉竹亭（凌冬の家）にて。井月全集433・新編297》

撫子《なでしこ》や咲《さき》ぶりに名《な》のあやまたず　凌冬
馴《なれ》て村《むら》なく湿《しめ》るうち水《みず》　井月

【ナデシコという名のとおりの、美しい咲きぶりです。手慣れた打ち水で、むらなく地面が湿りました。】

ナデシコは「撫でし子」、つまり可愛らしい少女を連想させる名前です。その名のとおりの美しい花が咲いている様子でしょう。

井月は、少女が慣れた手つきで庭に打ち水をしている様子を付けました。

旅立《たびだち》の仕度《したく》疾《はや》より気配《きくば》りて　凌冬
囉《もら》ひし魚《うお》に利《きか》す薄塩《うすじお》　井月

【早くから気配りして、旅立ちの仕度をしました。もらった魚に薄塩を利かせました。】

打ち水をする女性から、「気配り」を連想したのでしょう。旅の仕度を調えている様子です。

井月は、出発のとき、手土産《みやげ》に魚をもらった様子を付けました。悪くならないように塩をふってもらったのでしょう。

吹送《ふきおく》る雲間《くもま》の月《つき》の見《み》え隠《かく》れ　凌冬
早稲《わせ》はしっかり物《もの》と成《なり》けり　井月

【風に吹かれて流れてゆく雲間に、月が見え隠れしています。早稲米はしっかり実りました。】

薄塩をきかせた魚は、月見の宴のごちそうになったのでしょう。晴れ渡った空ではなく、どんどん雲が流れてゆく空に、月が見え隠れしている様子です。

井月は、秋の景色に対し、成熟の早い早稲米が実った様子を付けました。

司召首尾《つかさめししゅび》よく済《すみ》てあとの酒《さけ》　凌冬
撫言葉《なでことば》にて嬉《うれ》しがらせる　井月

【司召の儀式も首尾よく済んで、そのあと酒を飲みました。撫でるような言葉で嬉しがらせます。】

早稲の実る秋に対し、司召を付けました。司召は、中央官吏の任命式のことで、秋の季語です。無事に終わってお酒がおいしかったのでしょう。

井月は、その酒の席で、「すごいですね」とか「さすがですね」とか、撫でるような誉め言葉をかけてもらっている様子をつけました。

今更《いまさら》に引《ひか》れぬ恋《こい》の人頼《ひとだの》み　凌冬
河豚《ふぐ》とうなづく窓《まど》の目《め》くばせ　井月

【今さら引くことができない恋を、人に頼みました。河豚だよ、と窓の目配せに対してうなずきました。】

撫《な》で言葉でおだてて、恋を取り持ってもらおうと、人に頼んだ様子です。

井月は、その見返りとして、河豚を食べさせる約束をした様子を付けたのでしょう。

積《つん》で有炭《あるすみ》の俵《たわら》の雨暴《あめあれ》て　凌冬
通《とお》り少《すく》なき足柄《あしがら》の関《せき》　井月

【積んである炭俵に、雨が荒れて濡《ぬ》れました。人通りの少ない足柄の関所です。】

河豚《ふぐ》をおごるからといって頼まれたのは、炭俵の運搬だった、と転じました。それが雨にあってしまい、困っている様子でしょう。

井月は、神奈川と静岡の境にある足柄峠の関所を付けました。炭俵を背負って、峠を越える人の様子なのでしょう。

雁《がん》がさの痒《かゆ》み覚《おぼ》ゆる月《つき》の頃《ころ》　凌冬

寺《てら》から里《さと》へ贈《おく》る茄菱《ゆでびし》　井月

【雁瘡《がんがさ》のかゆみを感じる月見の頃です。寺から里へ、ゆで菱を贈りました。】

足柄の関を越えて歩いて行くのは、雁瘡を病んだ人でした。慢性の皮膚病の一種で、秋の季語です。雁《かり》がやってくるころにかゆくなり、雁が北へ帰るころに治まると言われています。ああ、今年もかゆい季節になったなあ、といった様子でしょう。

井月は、秋の季語である茄菱を付けました。菱の実は漢方薬にもなります。病気に悩まされている村人のために、やさしいお坊さんが菱の実をゆでて贈った、という意味なのでしょう。

羽《は》を切《きっ》て蜻蛉《とんぼ》這《はわ》する徒《いたずら》に　凌冬
薬《くすり》ときけば戴《いただい》ておく　井月

【羽を切ってトンボを這わせるいたずらをしています。薬があると聞けば、いただいておきます。】

菱《ひし》の実は、かつて子どもたちが池に採りに行くものだったようです。その連想から、男の子がトンボをつかまえて、遊ぶ様子を付けたのでしょう。

井月は、かわいそうなトンボに対し、つける薬があるのならいただいておきたい、と連想して付けました。

花《はな》も有流《ありなが》れも有《あり》て桟造《かけづく》り　凌冬
手際《てぎわ》を誉《ほめ》る重《じゅう》の草《くさ》もち　井月

【花もあり、水の流れもある懸《かけ》造りです。重箱の草もちの手際を誉めました。】

「酒は百薬の長」と言いますから、花見の酒宴を連想したのでしょう。桟造り（懸造り）は、崖や岸などに張り出すように作られた建物のことと思われます。そこからの眺めを楽しんでいる様子でしょう。

井月は、眺めを楽しみながら草餅を食べている様子を付けました。

笑《わら》ふにもはづ《ず》みのぬける壬《み》生《ぶ》踊《おどり》　凌冬
捻《ひね》り煙草《たばこ》に廻《まわ》りかねる火《ひ》　凌冬

【笑うにも、弾みが抜けてしまうような壬生踊りです。ひねり煙草に火が回りかねています。】

草餅を食べながら、踊りを見る様子を連想しました。京都の壬生寺で行われる壬生踊りは、壬生狂言とも呼ばれ、身ぶり手ぶりだけで演じられる無言劇です。

凌冬に対して、凌冬自身が付けています。劇に対して、「おひねり（小銭を紙で包んで投げてやること）」を連想したのでしょう。しかし、ひねり煙草とは何でしょう。刻み煙草を紙に包んで、火を付けて吸引することでしょうか。

注進《ちゅうしん》にお迎《むかえ》の出駅外《でるえきはず》れ　井月
鱣《うなぎ》（?）を割《さき》し腕《うで》の鱥《ちよごれ》（?）　凌冬

【注進の役人を、宿場の外れまで出迎えに行きました。うなぎを割いた腕に血汚れが付いています。】

煙草《たばこ》を吸っている役人の様子へ転じました。注進は、「目上の人に報告する」という意味の言葉ですから、何かの調査報告の目的で役人がやってきたのでしょう。「駅」は、鉄道の駅のことではなく、宿駅、つまり宿場のことと思われます。

凌冬は、その役人を接待するために、うなぎを割いて料理する様子を付けました。

国《くに》がたの訛《なま》りはもはやとれにける　井月
文《ふみ》の封《ふう》じを括《くく》るきぬ糸《いと》　凌冬

【故郷の訛りは、もはや取れました。封じた手紙を、絹糸でくくってあります。】

うなぎ屋に住み込みで働いている人の様子です。都会暮らしが長くなって、故郷の方言も使わなくなったのでしょう。

凌冬は、故郷からの手紙を糸でくくって、しまってある様子を付けました。封じてあるということは、故郷のことを忘れたいのかも知れません。

染《そめ》にける油単《ゆたん》の紋《もん》の陰日向《かげひなた》　井月
雪《ゆき》に絵《え》をかくぬり杖《づえ》の先《さき》　凌冬

【紋を染めた油単を、陰日向にさらしました。塗り杖

の先で、雪に絵を描きました。】
封じた手紙を、たんすに入れてあるのでしょう。油単とは、たんすなどにかけるカバーのことで、家紋などを染めてあることが多いようです。
凌冬は、染物を寒ざらしにしている様子を連想したのでしょう。仕事の合間のたわむれでしょうか、雪の上に絵を描いています。

返《かえ》らぬは死《し》に害《そこ》ねたる不忠《ふちゅう》もの　井月
朽《くち》し花表《とりい》に新《あたら》しき宮《みや》　凌冬

【帰らないのは、死に損ねた不忠者です。朽ちた鳥居に新しい神社が建ちました。】

杖《つえ》から旅人を連想しました。しかし足どり重く、故郷へ帰れない様子でしょう。井月自身のことかも知れません。

その故郷では、古い神社が建て替えられて、景色が変わってしまった、という様子を、凌冬は付けたのでしょう。

友減《ともべ》りに月《つき》はますます照《て》り亘《わた》り　井月
兎《うさぎ》らしきを祭《まつ》る豺狼《さいろう》　凌冬

【友が減って、月はますます照りわたります。山犬や狼《おおかみ》が、ウサギのようなものを祀《まつ》っています。】

かつてこの鳥居の下で遊んだ友もいなくなり、月だけが昔と変わらない、という意味でしょうか。

豺狼は、山犬や狼のことです。友が減って、あとは山犬や狼といっしょに月見をするしかないようだ、という意味なのでしょう。そして月の中にはウサギがいます。「山犬や狼がウサギを祀るなんて、変だなあ」といったところでしょう。

弁当《べんとう》の栗飯分《くりめしわけ》て味噌《みそ》ほしき　井月
一寸乗《ちょっとのっ》ても眩暈《めまい》する船《ふね》　凌冬

【弁当の栗ご飯を分けて食べ、味噌が欲しいと思いました。ちょっと乗ってもめまいがする船です。】

祭に対し、栗ご飯を炊いた様子を付けました。栗ご飯は甘いので、味噌が食べたいと思ったのでしょうか。栗ご凌冬は、旅人たちが船の上で、栗ご飯の弁当を分け合って食べている様子を想像して付けました。船酔いしそうな、あまりよい船ではないようです。

梵論達《ぼろたち》は西《にし》と東《ひがし》へいそがる　る　井月
双六盤《すごろくばん》に朱《しゅ》の入《いり》し骰子《さい》　凌冬

【梵論たちは、西へ東へと急いで行きます。双六盤と朱入りのサイコロです。】

ボロ船に対し、梵論を付けました。諸国を巡り歩く物乞いの僧のことです。長髪で帯刀しており、ときには乱暴もはたらくことがあったようです。

凌冬は、西へ東へと巡り歩く梵論たちの様子から、双六の駒があっちへ行ったりこっちへ来たりする様子を連想したのでしょう。盤双六は、飛鳥時代から江戸時代まで盛んに遊ばれていたゲームです。サイコロの一の目は、日の丸に見立てて赤くした、という俗説があるのですが、井月の時代は、まだ六面とも黒のサイコロのほうが主流だったのでしょう。

花《はな》を守心《もるこころ》の奥《おく》のつれづれに　井月
塵嵩《ちりかさ》ばりし軒《のき》の鳥《とり》の巣《す》　凌冬

【花守《はなもり》の心の奥が手持ちぶさたです。軒の鳥の巣は塵がかさばっています。】

双六《すごろく》の必勝法のことが『徒然草《つれづれぐさ》』に出ていますので、「つれづれ」と付けたのでしょうか。することがない様子です。桜の季節が終わって、花守の老人の心にぽっかりと穴が開いている様子が想像できます。

軒に巣を作る鳥といえば、つばめのことでしょう。凌冬は、桜の季節が過ぎて、つばめの季節になった様子を付けました。土や塵を運んできて、ずいぶん巣が大きくなった、という様子でしょう。

五十二《井月全集434・新編300》

若竹《わかたけ》や露《つゆ》をながめる朝《あさ》の膳《ぜん》　井月
休《やす》ませてある早乙女《さおとめ》の笠《かさ》　まだら

【若竹の露を眺めながら、朝の膳をいただきました。早乙女がかぶる笠が、休ませてあります。】

すがすがしい初夏の朝食の様子です。

まだらは、初夏の風物である早乙女（田植えをする女性）の笠を付けました。「休ませてある」ということは、壁にかけてあるのでしょう。今年もこれをかぶって、田植えをする季節になったなあ、という様子です。

城下《じょうか》まで明《あき》し小樽《こだる》を誂《あつら》え　井月

地《ち》の窪《くぼ》むほどきしる荷車《にぐるま》　まだら

【酒の樽が空になったので、城下まで買いに行かせました。地面が窪むほど、荷車がきしんでいます。】

田植えが済んで、酒を飲む様子を付けました。「あつらえる」は、人に頼んで何かをさせる、という意味の言葉です。ここでは、酒を買いに行かせた、という意味に解釈してみました。

まだらは、荷車に酒樽をたくさん載せて運んで来る様子を付けました。

風《かぜ》もぎのくだもの茹《ゆで》る月《つき》の頃《ころ》　井月

磯辺《いそべ》を低《ひく》う雁《かり》わたるなり　まだら

【風がもいだ木の実を茹でる月のころです。磯辺を低く雁が渡っています。】

荷車にずっしりと積んだのは、果物だった、と転じました。しかし果物は、普通は茹でて食べませんので、ここでは木の実という意味に解釈してみました。風で自然に落ちた栗か何かでしょう。

まだらは、秋の季語である雁を付けました。

旅役者角力《たびやくしゃすもう》のあとへ乗込《のりこみ》て　井月

評判《ひょうばん》のよき新茶屋《しんちゃや》の娵《よめ》　まだら

【旅役者が、相撲取りのあとへ乗り込んで来ました。新茶を出す店の嫁は、評判がよいです。】

秋にやって来る雁《かり》に対し、秋にやって来る旅役者や相撲取りを付けました。渡し舟でしょうか。あるいは舟ではなく、興行のために村へ乗り込んできた、という様子なのかも知れません。

そんな旅の相撲取りや役者たちが、茶屋へ立ち寄った様子を付けたのでしょう。新しいお茶も、新しい嫁も、ともに評判が良いようです。

欺《だま》されて二朱《にしゅ》にもならぬ口《くち》を利《きき》　井月
いたづ《ず》らに世《よ》を渡《わた》るもの好《ずき》　まだら

【だまされて、二朱にもならない話の口利きをしてしまいました。無駄に世を渡る物好きがいるものです。】

茶屋の嫁は人がよくてだまされた、と付けました。二朱は、現代の価値でいえば一万円くらいでしょうか。大した儲《もう》け話ではなかった、という様子でしょう。

まだらは、無駄なことをする物好きがいたものだ、と付けました。

鍋《なべ》ずみに汚《よご》れし雪《ゆき》の是非《ぜひ》もなく　井月
誰《だれ》も酒《さけ》には呑《のま》れ勝《がち》なり　まだら

【鍋墨に汚れた雪は、仕方がありません。誰もみな、酒には飲まれがちです。】

「いたずら」に対し、墨で汚す様子を連想し、炊事のあとの鍋墨に転じたのでしょう。水道がなかった時代、洗い物は外で行うのが普通でした。鍋の底についたすすを、そのへんの雪の上でこすって落としたのでしょう。せっかくの美しい雪が、すすで汚れてしまって残念だけれど仕方ない、といった様子です。

まだらは、人が酒に飲まれてしまうのも、仕方ないことである、と付けました。

管絃《かんげん》は虫《むし》が奏《そう》する月《つき》の秋《あき》　井月
良寒更《ややさむふけ》て凄《すご》き拝殿《はいでん》　まだら

【秋の虫が、管絃の調べを奏でる月夜です。やや寒い夜が更けて、物寂しい拝殿です。】

酒に飲まれながらも、虫の声に耳を傾ける様子です。秋の虫の声を管絃の調べにたとえた、みやびな句だと思います。

まだらは、月夜の神社の物寂しさを付けました。「凄し」には、物寂しいとか、気味が悪いといった意味があります。

絵行器《えぼかい》をまた取《とり》いだす病《やみ》あがり　井月
再々《さいさい》とげど切《きれ》ぬ小《こ》がたな　まだら

【病み上がりに、絵の描かれた行器《ほかい》を、また取り出しました。何度研いでも切れない小刀です。】

拝殿に対し、神頼みのおかげで病気が治った人を連想して付けました。行器は、食べ物を入れて戸外に運ぶための容器です。ひな道具の一つとしても知られており、高貴な女性の持ち物なのでしょう。病み上がりの女性が、心の慰めに昔の道具を手に取って眺めている、といった様子だと思われます。

まだらは、調理に使う小刀を連想したのでしょう。

疑《うたがい》ひの晴《はれ》ぐちつきし花《はな》の雲《くも》　井月
汐《しお》の干《ひ》て来《き》て賑《にぎや》かな島《しま》　まだら

【花曇りの季節、疑いが晴れる見込みがつきました。汐が引いてくると、にぎやかになる島です。】

「切れぬ」から、雲が切れない花曇りの季節を付けました。雲のようにもやもやとしていた疑いが、何かのきっかけで晴れてゆく様子と思われます。

まだらは、潮干狩りを付けました。花曇りの季節が過ぎれば、今度は潮干狩りの季節。人々が浜へ繰り出す様子です。

戸障子《としょうじ》のうるさくなりし夏隣《なつどなり》　まだら
串談《じょうだん》いへ《え》ば真《ま》に請《うけ》る所化《しょけ》　井月

【戸や障子を開け閉めする音がうるさく感じられる、夏も近い日です。冗談を言えば真に受けてしまう、修行中の坊さんです。】

「にぎやか」に対し、「うるさい」を連想しました。暑い日には、戸の開け閉めの音がうっとうしく感じられる、といった様子でしょう。

所化とは、修行中の僧のことです。冗談を真に受けるほど生真面目《きまじめ》で、所作がこなれていなくて、ガタン・ピシャンと音を立てて戸を開け閉めしている様子でしょう。

忍《しの》ぶ身《み》は翅《つばさ》も欲《ほ》しく思《おも》ふなり　まだら
　葱《ねぶか》のにほひ箸《はし》をかへ《え》して　井月

【世を忍ぶ身なので、つばさが欲しいと思います。箸でひっくり返せば、ネギの匂いがします。】

修行中の僧から、堪え忍ぶ様子を連想しました。何かわけがあって、堂々と会いに行けないけれども、空を飛んでいきたい、という様子でしょう。「翅」は虫の羽のことですが、ここでは「つばさ」と読んでみました。

井月は、どうしてネギのことを付けたのでしょう。世を忍んで暮らしている人が、質素な根深汁《ねぶかじる》をこしらえて食べている様子でしょうか。

何《なに》もかも極《きま》りをつけて冬籠《ふゆごもり》　凌冬
　丹波《たんば》の鬼《おに》の噂《うわさ》とりどり　井月

【何もかも済ませて、冬ごもりをしました。丹波の鬼の噂がいろいろ出ています。】

冬の季語であるネギに対して、冬ごもりを付けました。冬が来る前に、あれこれやるべきことを済ませた様子でしょう。

厳しい冬のあいだ、なるべく出歩かないようにこもって暮らすのですから、囲炉裏にあたりながら話などをするのが、唯一の楽しみだったことでしょう。井月は、「丹波の赤鬼」と恐れられた、赤井直正という戦国武将の噂話をしている様子を付けました。

注文《ちゅうもん》の矢作《やはぎ》に兄《あに》は急《いそ》がしく　まだら
　笛《ふえ》になぐさむ蹇《あしなえ》の君《きみ》　井月

【注文の矢を作るのに、兄は忙しいです。足の不自由な君は、笛を吹いて心を慰めています。】

丹波の武将から、矢の発注があったのでしょう。矢を作る仕事をしている兄の様子です。

井月は、足の不自由な妹がいると想像して付けました。「君」は、親愛を込めて相手を呼ぶ言葉で、「いとしの君」というニュアンスが含まれているのかも知れません。

かけて有鏡《あるかがみ》に移《うつ》る池《いけ》の水《みず》
　呪《まじない》ひうけぬ家《いえ》は稀《まれ》なり
まだら
井月

【かけてある鏡に、池の水が映っています。まじないを受けない家は稀です。】

足の不自由な人が、部屋の中にいながら池の様子を鏡に映して見ているのでしょう。

井月は、まじないに使う鏡を想像して付けました。鏡には神秘的な力があるとされ、たとえば風水では、玄関に鏡を掛けると魔除けになると言われています。

月見《つきみ》してこゝろ《こ》もすみぬ朝朗《あさぼらけ》
　鮭珍《さけめず》らしき舟《ふね》のもてなし
まだら
井月

【月見をして心も澄み（済み）、夜がほのぼのと明けてゆきます。舟のもてなしで、珍しく鮭が出されました。】

まじないをしてもらって、気が済んだという連想でしょうか。月見の翌朝の澄んだ気持ちに転じました。

井月は、屋形船に乗って月見をしたと連想し、出された料理を付けました。

しらぬ間《ま》にどつ《っ》さり梨《なし》を落《おと》されて
　無尽《むじん》の銭《ぜに》の催促《さいそく》に逢《あう》
まだら
井月

【知らぬ間に、どっさり梨を落とされました。無尽講の銭の催促にあいました。】

舟でごちそうを食べて遊んでいる間に、何者かに梨の実を落とされてしまった様子です。

無尽講とは、仲間を作って、毎月掛け金を積み立ててゆき、お金が必要になった人が、抽選でそれを使う、というもので、一種の助け合いのシステムです。

「今月の掛け金を払ってください」と仲間から催促されたのでしょう。つまり井月は、梨の実を落とされて困った様子に対して、お金に困っている様子を連想して付けたのでしょう。

質《しち》みせの丁稚《でっち》孰《いずれ》もすばしこく
　両手《りょうて》に提《さげ》て重《おも》き鵞《が》の首《くび》
まだら
井月

【質屋の丁稚はいずれもすばしこいです。ガチョウの首を両手に提げて重たいです。】

銭の催促に対して、質屋を付けました。預けた品物を担保に、お金を貸してくれる店のことです。一定期間が過ぎると、預けた品物をどんどん処分してしまう、すばしこい丁稚の様子でしょう。

品物を処分されないように、利息を払う必要があるのですが、井月はたぶん、利息のかわりにガチョウを持っていかれた様子を付けたと思われます。

盃《さかずき》を流《なが》れにそゝ《そ》ぐ花《はな》の中《なか》　まだら
　霞《かすみ》に舞む《まわん》蜑《あま》の玉取《たまとり》　井月

【桜の花の中、盃を水の流れでそそぎました。玉取《たまとりの》蜑《あま》を霞の中で舞っています。】

ガチョウを肴《さかな》に酒を飲んだ、という連想でしょうか。野外で花見の宴をしている様子です。

「たまとりのあま」は、龍神に奪われた玉を取り返すという物語です。井月は、春の霞の中で能を舞っている、幻想的な様子を想像したのでしょう。

五十三《明治十年八月五日、上伊那郡伊那町狐島《きつねじま》・呉竹亭（凌冬の家）にて。井月全集436・新編303》

透間《すきま》さへ《え》いとふ《う》夜風《よかぜ》や鴨《かも》の声《こえ》　まだら
　榾《ほた》にぬくもる餅好《もちずき》の友《とも》　井月

【ちょっとしたすき間さえ嫌がる季節になり、冷たい夜風に鴨の声が聞こえてきます。榾火《ほたび》にあたって温まっている餅好きの友です。】

初冬の様子でしょう。鴨が渡って来ています。

井月は、囲炉裏にあたりながら餅を焼いている様子を付けました。餅好きには「望月」が掛けてあるのかも知れません。つまり満月の夜、餅を食べながら友と語り明かそうという様子でしょう。

違ふ《たごう》たる畑反別《はたたんべつ》を改《あらた》めて　凌冬
　洗《せん》だく物《もの》を積《つみ》かさねけり　まだら

【間違っていた畑の面積を改めました。洗濯物を積み重ねました。】

囲炉裏にあたりながら、土地問題を話し合っている様子に転じました。反別とは、田畑の面積のことです。書面と実際が違っていたので、それを直したということなのでしょう。

まだらは、どうして洗濯物のことを付けたのでしょうか。「反」の字から、反物《たんもの》を連想したのかも知れません。着物を洗濯するときは、反物の状態に戻してから洗い張りをします。

里《さと》だけに低《ひく》うも月《つき》のさしかゝ《か》り　　井月

午房《ごぼう》を引《ひき》に遣《つか》ふ杭《うくい》さき　　凌冬

【里だけに、月が低くさしかかっています。ゴボウの収穫のために、杭の先を使っています。】

洗濯物をよせる様子から、夕月を連想しました。山のほうは曇っているが、里のほうは月が低くさしている、という様子でしょうか。

凌冬は、秋の季語である「ごぼう引く」を付けました。月見の頃が収穫時期です。いい道具がないので、そのへんの杭の先を使って、土を掘り起こしている様子なのでしょう。

こほ《お》ろぎのまた出《で》て鳴《ない》て石《いし》の下《した》　　まだら

残《のこ》されし身《み》をかこつ初陣《ういじん》　　井月

【こおろぎが、石の下からまた出て鳴いています。初陣に残された身を嘆きました。】

杭《くい》で土を突いたら、石の下からこおろぎが出てきたのでしょう。物陰などの暗いところを好み、コロコロコロと鳴く虫です。

井月は、「出る」から「初陣」を連想したのでしょうか。「かこつ」は「託つ」と書き、何かのせいにして不平を言ったり嘆いたりすることです。こおろぎの寂しげな鳴き声が、嘆いているように聞こえる、ということでしょうか。

水鏡《みずかがみ》見《み》て水替《みずかえ》る銅盥《どうだらい》　　凌冬

越後縮《えちごちぢみ》の分《わけ》て涼《すず》しき　まだら

【銅のたらいに張った水に姿を映してみて、水を替えました。越後ちぢみは、とりわけ涼しいです。】

我が身を嘆きながら、水に映る自分を見ているのでしょうか。水に姿を映すことを、水鏡と言います。水が古くなったので、取り替える様子でしょう。

まだらは、水が腐りやすい夏の季節を連想し、涼しげな越後ちぢみを付けました。

一喧嘩《ひとげんか》済《すみ》て祭《まつり》の馬鹿《ばか》ばやし　井月
太白《たいはく》入《いり》し餡《もち》の上品《じょうひん》ン　凌冬

【喧嘩が済んで、祭の馬鹿ばやしが始まりました。白砂糖の入った餅は上品です。】

越後《えちご》ちぢみを着て、夏祭に出かけました。馬鹿騒ぎという言葉がありますが、ここでは馬鹿のように賑《にぎ》やかな祭ばやしという意味だと思われます。

太白は太白砂糖、つまり白砂糖のことでしょう。「餡」は、餅やあんこのことです。お祭に、餅菓子が振舞われた様子を付けました。

すつ《っ》ぱりと月《つき》の仕度《したく》もとゝ《と》のひ《ぃ》て　まだら
鮎《あゆ》まだ渋《さび》ず市《いち》に直《ね》の利《きく》　井月

【すっぱりと月見の仕度も調いました。さび鮎がまだ獲れず、市場で高値が付いています。】

餅から、団子を連想しました。月見団子を丸めたり、芋をそなえたり、お酒の用意をしたりと、すっかり用意を調えた様子でしょう。

井月は、酒の肴《さかな》を買いに行ったときの様子を付けました。川を下ってゆく鮎は「さび鮎」あるいは「渋鮎」と言います。「直（値）が利く」は、ここでは値が張ることと解釈してみました。

休《やす》みなく彼岸《ひがん》の鉦《かね》を叩《たた》く也《なり》　凌冬
人《ひと》ぞよめきに孫《まご》もつれ立《だつ》　まだら

【休みなく彼岸の鉦を叩きました。たくさんの人の声が賑《にぎ》やかに聞こえるので、孫も連れ立って行きまし

た。】

秋の渋鮎《あゆ》に対し、秋の彼岸を付けました。祖先を偲《しの》んで法事をする期間ですが、「休みなく鉦を叩く」とは、どういう状況でしょう。あちこちの家に出向いて法事をする、忙しいお坊さんの様子でしょうか。

まだらは、法事に人が集まる様子を付けたのでしょう。法事の意味も分からない孫も、いっしょに出かけたようです。

毛《もう》せんに気色《けしき》もたせて花《はな》の雪《ゆき》　井月
夏《なつ》を隣《とな》りてふとる川《かわ》おと　凌冬

【毛せんの上に花びらが雪のように散って、模様のように見えます。夏が近づいて、川の水音が大きくなりました。】

孫を連れて、花見の様子でしょうか。赤い毛せんの上に、花びらが散っている美しい景色です。

凌冬は、そばを流れる小川の水音を想像して付けました。春から夏への季節の移り変わりを、水音で表現したのでしょう。

五十四《明治十年九月初旬、上伊那郡伊那町狐島《きつねじま》・呉竹亭（凌冬の家）にて。井月全集436・新編305》

粟《あわ》の穂《ほ》や雀《すずめ》がつけば又撓《またたわ》む　凌冬
夕日《ゆうひ》てかてか月《つき》になる空《そら》　井月

【粟の穂に雀がやって来れば、またたわみました。夕日がてかてかと照って、やがて月が出る空です。】

実りの秋の様子でしょう。

井月は、秋の夕焼け空と、澄んだ月を付けました。

沢水《さわみず》の流《なが》るゝ音《おと》も躬《み》に入《いり》て　凌冬
古屋《ふるや》の売《うり》をきゝ合《あわ》すなり　井月

【沢水の流れる音も身にしみます。古い家が売りに出されているという話をちょうど聞きました。】

夕日が沈み、冷えて水音が身にしみる季節になった、という連想でしょう。

井月は、ちょうどそんな頃、いい物件が売りに出ている様子を付けました。寒い季節には、やはり家が欲しいと思ったのかも知れません。

黐《とりもち》に巣作《すつく》る蜂《はち》を取尽《とりつく》し　凌冬
埃《ほこ》りをいとふ《う》草《くさ》もちの片器《へぎ》　井月

【とりもちを使って、蜂が巣を作ろうとしているのを取り尽くしました。草餅にほこりがかからないようにと、容器に入れてあります。】

古い家には、蜂の巣が付いていたようです。とりもちは、モチノキの樹皮から作られる粘着性の物質です。竿《さお》の先にとりもちをつけて、蜂の駆除をしている様子でしょう。

井月は、とりもちから草餅を連想したようです。

夜《よ》の雨《あめ》の朝《あさ》から晴《はれ》て御身拭《おみぬぐい》　凌冬
長《なが》くか丶《か》れど出来《でき》ぬ髪《かみ》ぶり　井月

【夜に降っていた雨は朝から晴れて、今日は御身拭いの日です。長く時間がかかっても髪が整いません。】

ほこりから、御身拭いを連想しました。仏像のほこりを落とし、布で拭いてさしあげる行事のことでしょう。

井月は、仏像のことではなく、人が体を洗って髪を整えている様子を連想して付けました。

媒《なかだち》の人《ひと》さへ《え》憎《にく》く思《おも》は《わ》れず　凌冬
夢見《ゆめみ》し鷹《たか》を終咄《ついはな》しけり　井月

【媒酌人さえ憎く思われません。夢に出てきた鷹のことを、ついついしゃべってしまいました。】

時間をかけて髪を結っている様子から、婚礼を連想しました。幸せで胸がいっぱいなので、普段はそんなに好きではない仲人《なこうど》夫妻のことも、今日は憎く思えない、といったところでしょう。

井月は、めでたい日に、縁起のいい夢を見た様子を付けました。「いい夢を見たら人にしゃべってはいけない」という言い伝えを、つい忘れてしまったのでしょう。

新嘗《にいなめ》の祭《まつ》りはいつも穏《おだや》かに
醸酒《つくりざか》やの遠《とお》き道《みち》のり　　　　凌冬
　　　　　　　　　　　　　　　　　　　井月

【新嘗祭はいつも穏やかな日です。造り酒屋までの道のりは遠いです。】

鷹《たか》から、狩衣《かりぎぬ》を着た神職を連想したのでしょうか。新嘗祭は、宮中行事のひとつで、現代では十一月二十三日の勤労感謝の日に行われています。今年とれた米を、天皇が自ら神様にお供えするのだそうです。

井月は、今年とれた新しい米で酒を造る、酒屋のことを連想したのでしょう。

揚泥《あげどろ》を蟹這《かにはい》まはる月明《つきあか》り　　　　凌冬
芋《いも》にふたする鍋《なべ》のかたがり　　　　井月

【月明かりの下、すくい揚げた泥にカニがはい回っています。傾いた鍋にふたをして、芋を煮ています。】

酒屋へ向かう途中、カニを見たようです。側溝の掃除ですくいあげた泥の様子でしょう。カニといっても、小さなサワガニのようなものだと思われます。

井月は、明るい秋の月夜のことだと連想し、月見にお供えする芋を連想したのでしょう。囲炉裏に吊《つ》るした傾いた鍋で、煮ている様子と思われます。

只一《ただひと》つ際《き》りで納《おさ》まる雷《らい》の声《こえ》　　　　凌冬
事触《ことぶれ》らしき旅《たび》のものいひ《い》　　　　井月

【ただ一回鳴っただけで、雷がおさまってしまいました。旅の者が、事触れらしい物言いをしています。】

ふたをしたのは雷に驚いたからだ、と転じました。夏の雷ではなく、一～二回でおさまってしまう春雷《しゅんらい》の様子です。

井月は、かみなり（神鳴り）から神のお告げを連想し、春の季語である事触れを付けたのでしょう。「鹿《か》島《しま》の事触れ」といって、その昔、春になると、鹿島神宮の神官が御神託を全国に触れ歩いたのだそうです。

状《じょう》そへ《え》て洒落《しゃれ》に贈《おく》らる花《はな》の枝《えだ》　　　　凌冬
ぬるみし川《かわ》で洗《あら》ふ《う》塩鴨《しおがも》　　　　井月

【手紙を添えた花の枝を、洒落て贈りました。水の温んだ川で塩鴨を洗いました。】

事触れの春に対し、花の季節を付けました。花の枝に手紙を添えるなんて、恋文でしょうか。

井月は、花見の招待状を贈ったのだと連想し、料理を用意する様子を付けました。塩鴨は、塩漬けの鴨肉のことでなのでしょう。水で洗って塩抜きをしているのでしょうか。

立初し《たちそめ》虹《にじ》の消込《きえこむ》筑波山《つくばさん》　　井月
蹲踞《かがまっ》てゐ《い》る狆《ちん》の愛《あい》らし　　凌冬

【立ち始めた虹が、やがて消えてゆく筑波山です。かがんでいるチンが愛らしいです。】

水ぬるむ春の川に対し、春の初虹を付けました。チンは日本原産の小型犬で、室内で飼われます。おそらく凌冬は、部屋の障子を開けて、筑波山の虹を眺めながら、チンをなでている貴人の様子を付けたのでしょう。

東宮《とうぐう》は典侍《すけ》や内侍《ないし》に傅《かしずか》れ　　井月
鏡《かがみ》を撫《なで》る徒然《つれづれ》の袖《そで》　　凌冬

【皇太子は、お付きの者たちにかしずかれています。退屈そうに、袖で鏡を撫でています。】

チンを可愛がっていたのは、皇太子でした。

徒然とは、することがなくて退屈な様子を表す言葉です。あるいは物思いにふけっている様子かも知れません。凌冬は、お付きの者に囲まれて退屈な毎日をおくる皇太子の様子を付けたのでしょう。

白浪《しらなみ》と咎《とが》めらるゝ《る》も恨《うら》めしく　　井月
青鬼灯《あおほおずき》を除《よけ》て石《いし》きる　　凌冬

【白波と、とがめられるのも恨めしいです。青ほおずきを除けて石を切りました。】

鏡に映った自分をなでながら、恨み暮らしている様子を連想したのでしょうか。白波は、風が強くて波が高い様子のことですが、「盗賊」という意味もあるようです。

「石きる」とは、石切り場の様子でしょうか。あるいは、石を切って、庭に囲いを作っている状況なのかも知れません。青ほおずきが作業の邪魔なので、抜いてしまおうかと思ったのですが、ほおずき泥棒と間違えられるのも悔しいので、除けておいたという意味なのでしょう。

此夏《このなつ》はねつ《っ》から捌《はけ》ぬ心太《ところてん》　井月
論《ろん》が済《すみ》ても何《なに》か紊語《つぶや》く　凌冬

【今年の夏は、全然ところてんが売れません。議論が済んでも何かつぶやいています。】

青ほおずきの夏に対し、ところてんの夏を付けました。冷夏なのでしょうか。仕入れたところてんが売れない様子でしょう。

凌冬は、「なんで売れないんだろうね」と、あれこれ話し合った様子を付けたのでしょうか。あるいは、ところてんを酢醤油《すじょうゆ》で食べるのがよいか、黒蜜で食べるのがよいか、議論を戦わせた様子なのかもしれません。議論が終わっても、「やっぱり黒蜜のほうがおいしいのに」とでもつぶやいているのでしょう。

めそめそと泣《ない》ては笑ふ《わらう》狐《きつね》つき　井月
浅茅《あさじ》が原《はら》に斃《たお》れ臥《ふ》す馬《うま》　凌冬

【狐にとりつかれた人が、めそめそと泣いては笑っています。荒れた野原に馬が倒れ伏しました。】

何かつぶやいているのは、「狐つき」の人でした。精神が錯乱した状態のことで、泣いたり笑ったり、不可解な表情を見せている人の様子でしょう。

浅茅が原とは、茅萱《ちがや》の生えた荒れ野のことです。凌冬は、荒れ野に狐が出て、馬に悪さをした様子を付けたのでしょう。

月代《つきしろ》をたどりて戻《もど》る鉢坊主《はちぼうず》　井月
動《うご》くやう《よ》なる焼帛《やきしめ》のかげ　凌冬

【月明かりの道をたどって、托鉢《たくはつ》の坊主が寺に戻ってきました。焼きしめの影が、動くように見えます。】

たおれた馬に対し、念仏をあげる坊さんを連想したのでしょう。托鉢のお坊さんが、月の出るころにようやく戻ってきた様子です。

「焼帛」は秋の季語で、畑を荒らす鹿や猪《いのしし》などを追い払うために煙を焚《た》くことです。焼吊《やきづり》とも言われ、馬のしっぽなどを焼いたようです。夜道に、月の光に照らされて、吊《つ》るした馬のしっぽが動いているように見えたのでしょう。

松茸《まつたけ》を飯《めし》に焚《たく》ほど強《しい》られて　井月
鏇《かんな》の中《なか》の釘《くぎ》を撰《えり》ぬく　凌冬

【松茸を、飯に炊くほどたくさん強いられました。かんなの中の釘を選り抜きました。】

焼帛《やきしめ》の秋に対し、松茸の秋に転じました。食べきれないほどの松茸を、もらってくれと強いられた、実にうらやましい様子です。

鏇は「かんな」と読んでみましたが、中国ではスコップの意味に用いるようで、すくった土の中から釘を探し出した、という意味でしょうか。なんにせよ、「松茸をあげるから」と言われ、面倒な作業を押し付けられた、という様子なのでしょう。

子《こ》を捨《すて》てからも彼是《かれこれ》五六年《ごろくねん》　井月
妄書《ざれがき》したる橋《はし》の欄《おばしま》　凌冬

【子を捨ててからも、かれこれ五〜六年経ちました。橋の欄干に、いたずら書きがしてあります。】

釘《くぎ》を探す様子から、捨てた子を探す様子に転じました。どういう事情で子どもを捨てたのでしょうか。連句はあくまでフィクションですから、井月自身が子どもを捨てたのではないのでしょうが、あれこれと想像をしてみたくなる句です。

凌冬は、橋の欄干に子どものいたずら書きがしてある様子を付けました。それを見ながら、「捨てた子は今頃どうしているだろう」と思っているのでしょう。

花守《はなもり》の客《きゃく》を伴《ともな》ふ《う》腰扇《こしおうぎ》　井月
渋《しぶ》のよく利軒《きくのき》の陽炎《かげろう》　凌冬

【花守のお客を連れて、腰に扇をさしてゆきました。渋のよく利いた軒に、陽炎が立っています。】

橋を渡っていくのは、客を連れた人でした。腰に扇をさしてゆくということは、あらたまった席に呼ばれたのでしょう。今年も美しい桜を咲かせてくれた花守を、ねぎらう宴なのかも知れません。

凌冬は、呼ばれた屋敷の軒の様子を付けました。柿渋で黒く塗った、立派な軒だったのでしょう。

五十五《井月全集437・新編308》

豊《とよ》の明《あか》り桧垣《ひがき》の茶屋《ちゃや》のもん日哉《びかな》　井月
長《なが》いもの佩《さ》す袴着《はかまぎ》の供《とも》　凌冬

【酒で顔を赤く染めて、今日は桧垣茶屋の紋日です。袴着のお供の人は、長いものをさしています。】

「豊の明かり」は宮中行事の一つで、冬の季語になっていますが、転じて「酒を飲んで顔を赤らめている様子」を言うのだそうです。「桧垣茶屋」は、一條大蔵《いちじょうおおくら》譚《ばなし》という歌舞伎の場面の一つで、「紋日」はお祝いの日のことです。なんの祝いでしょうか。

凌冬は、袴着の祝いだと想像して付けました。長い刀をさした大の男が、今日ばかりは子どものお供をしている、といった様子でしょう。

よしあしの兎角《とかく》は酒《さけ》に任《まか》すらん　井月
好《この》み好《この》みの業《わざ》に賢《かしこ》き　凌冬

【良し悪しをあれこれ言うのはやめて、とにかく酒に任せましょう。好み好みの業物が立派です。】

刀の良し悪しを論じているのでしょうか。

凌冬は、なにか骨董《こっとう》や工芸品の良し悪しを議論している様子を付けました。いずれも優劣つけがたく、好み好みだと言っています。

海鳴《うみな》りのしてから月《つき》は澄《すみ》わたり　井月
浮《うき》つ沈《しず》みつ山陰《やまかげ》の雁《かり》　凌冬

【海鳴りがしてから月は澄み渡りました。山かげの雁

は、浮いたり沈んだりして飛んでゆきます。】
技がさえる様子に対し、「澄みわたる」と付けたのでしょう。海鳴りが聞こえてくるのは、天気が荒れる前兆とされていますが、そんなこともなく、月がくっきり見えている様子です。
凌冬は、秋の月に対して、秋の雁を付けました。山かげに見え隠れしながら飛んでゆく雁は、波間に浮き沈みしているように見える、といった様子でしょう。

秋寒《あきさむ》み僧都《そうず》のもとの便《たよ》りきく　井月
きりかぶ踏《ふみ》しあとに膿《うみ》もつ　凌冬

【秋も寒さを感じるころ、僧都の国元からの便りを聞きました。切り株を踏んだ傷跡が膿を持ちました。】

秋の雁《かり》に対し、秋の寒みを付けました。僧都とは、僧侶の階級のひとつですが、おそらく平安時代の僧である恵心僧都源信《えしんそうずげんしん》のことでしょう。国もとから送られてきた母の手紙に励まされ、勉学に励んだと伝えられています。

凌冬は、母の危篤を知って国もとへ急ぐ源信を想像して付けたのでしょう。道中、切り株を踏んでしまった様子です。

紫《むらさき》の朱《あけ》を奪《うば》ひ《い》る女帯《おんなおび》　井月
征《ゆき》がかりで外《はず》されぬ恋《こい》　凌冬

【紫の方が、赤よりも人気がある女帯です。ゆきがかりで、外すことができなくなった恋です。】

傷が膿《う》んで、紫色になった様子を連想したのでしょうか。「紫の朱を奪う」とは、純色の赤よりも、中間色の紫のほうが好まれる様子のことで、つまり「にせ物が本物にとって代わること」です。

凌冬は、その帯をしめた女性が、ゆきがかりで恋をしている様子を付けました。道ならぬ恋でしょうか。「ゆきがかりで」は字足らずですので、ほかに読み方があるのかも知れません。

葉柳《はやなぎ》にたまたま風《かぜ》の来《く》る二階《にかい》　井月
瑕《きず》の入《いり》たるまだら水晶《すいしょう》　凌冬

【葉柳に、ときどき風が来る二階の部屋です。傷の入ったまだら水晶が置いてあります。】

「ゆきがかり」に対して、「たまたま」を付けました。葉柳は夏の季語で、風に揺れる様子が実に涼しげです。そんな様子を二階から見下ろしているのでしょう。

凌冬は、水晶の置き物がある部屋を想像して付けました。普通の民家に水晶が飾ってあるとは考えづらいので、花街の店の二階でしょうか。透明な水晶ではなく、クラックや不純物が入っているようです。

孫六《まごろく》か鎚音《つちおと》都《みやこ》?・□に　井月
犠《いけにえ》らしき鵙《もず》の草《くさ》ぐき　凌冬

【槌音が聞こえてきますが、関の孫六を鍛えているのでしょうか。モズが生けにえらしきものを草の茎に刺しています。】

「まだら」から、刃紋を連想したのでしょうか。読めない字があるので解釈が難しいのですが、「関の孫六」という刀を鍛えている様子でしょう。

モズは、「はやにえ」といって、つかまえた獲物を枝や茎などに突き刺しておく習性があります。凌冬はなぜ、はやにえのことを付けたのでしょう。するどい刀を突き刺す様子を連想し、草の茎に突き刺さった獲物を想像したのでしょうか。

角力場《すもうば》を透《すか》して通《とお》る道《みち》の端《はた》　井月
かがなべて見《み》る米買《こめかい》の銭《ぜに》　凌冬

【相撲場を透かし見ながら、道ばたを通りました。日数を重ねてみると、米を買うためにお金がたいへんかかりました。】

モズの秋に対して、相撲を付けました。「透かして通る」ということは、すだれや格子戸から、中をのぞき見ながら通る様子でしょう。

「かがなべて」は、「日数を重ねて」という意味です。相撲取りはたくさん食べるので、米代もすごくかかるだろうと想像して付けたのでしょう。

兼《かね》てなき身《み》とは思《おも》へ《え》ど花《はな》ざかり　井月
蓑《みの》の埃《ほこ》りを払《はら》ふ《う》春雨《はるさめ》　凌冬

【今までにない身とは思いますが、花盛りです。蓑《みの》のほこりを春雨で払いました。】

米代がたくさんかかる様子から、見たこともない大男を連想しました。大道芸の男でしょうか。花盛りの風景です。

凌冬は、せっかくの花盛りに、雨が降ってきた様子を付けました。

釈奠《せきてん》の前《まえ》から書《ふみ》に栞《しおり》して　凌冬
眼《め》に珍《めず》らしき精進《しょうじん》の皿《さら》　井月

【孔子の祭の前から書物に栞をしました。精進料理の皿は、目にも珍しいです。】

春雨に対し、春の季語である釈奠を付けました。孔子の祭です。その祭が近づいてきたので、『論語』でも読んで勉強しようと思ったのでしょう。

井月は、学問に精進する人の様子から、お寺の精進料理を連想して付けたのでしょう。

衰《おとろえ》た様《さま》とはいひど田地持《でんじもち》　凌冬
娘《むすめ》ひとりに困《こま》る両親《りょうおや》　井月

【衰えたようだと言っても、田畑を持っています。娘ひとりに困っている両親です。】

珍しい料理を食べているのは地主様だった、と付けました。以前ほど裕福ではないけれども、地主らしい暮らしぶりをしている人の様子でしょう。

その地主には、娘が一人しかおらず、跡取りをどうしようか困っている様子を想像して付けたのでしょう。あるいは、わがままな娘なので手を焼いている様子なのかも知れません。

命《いのち》まで助《たすけ》る程《ほど》に契《ちぎ》りして　凌冬
今《いま》は秘蔵《ひぞう》に成《なり》し血達磨《ちだるま》　井月

【命まで助けるというほどの約束をしました。今は秘蔵している血だるまです。】

その娘には、契りを交わした相手がいるのでしょう。

井月は、命を助けるために戦った様子を付けました。血だるまを秘蔵している、というのですから、穏やかではありません。全身が血だらけになった遺体を、どこかに隠しているのでしょうか。

羊羹《ようかん》の粘《ねば》りを拭《ぬぐ》ふ竹《たけ》の皮《かわ》　凌冬
　友《とも》なつかしき初雪《はつゆき》の松《まつ》　井月

【羊かんの粘りを、竹の皮で拭いました。松に初雪の降った日、友を懐かしんでいます。】

血のべとべとした粘りを連想し、羊かんを食べたあとの、べたべたした手をぬぐった様子を付けました。竹の皮は、ちまきを巻くために使われたりしますが、羊かんなどを包むのにも使ったのかも知れません。

井月は、旧友が訪ねてきたので羊かんを出した、と付けたのでしょう。

大鷹《おおたか》の小熊《こぐま》驍《つよ》く睨《にらみ》つけ　凌冬
　用心《ようじん》せねばならぬ昼鳶《ひるとび》　井月

【大鷹が、小熊を強くにらみつけています。昼のとんびは、用心しなければなりません。】

初雪に対して、冬の季語である鷹や熊を付けました。動物どうしの苛烈な戦いの様子でしょう。「こぐまつよく」では字足らずなので、ほかに読み方があるのかも知れません。

井月は、上空のとんびが、地上の獲物を狙っている様子を連想して付けました。人間の食べ物を狙ってくることもあります。

月《つき》の雲覆《くもおおう》ふて凄《すご》き拝殿《はいでん》に　凌冬
　礫《つぶて》をきかす梨子《なし》の鈴生《すずなり》　井月

【月を雲がおおって、気味が悪い拝殿です。鈴なりの梨に、石をぶつけました。】

「用心」に対し、闇夜を付けました。夜の神社の様子です。月が隠れて闇夜になったのでしょう。

井月は、闇夜にまぎれて梨を盗みに行く様子を付けました。また拝殿には、じゃらじゃらと鳴らす大きな鈴がありますので、鈴なりの様子を連想したものと思われます。

蟷螂《かまきり》の叶《かな》はぬことに斧振《おのふ》て　凌冬
蔵《くら》の脊中《せなか》の並《なら》ぶ木更津《きさらづ》　井月

【カマキリが、敵わぬ相手に斧を振り回しています。蔵の背中が並ぶ木更津です。】

つぶてをぶつける様子から、けんかを連想したのでしょう。カマキリが振り回すのは鎌だと思うのですが、凌冬は斧に見立てたようです。

井月は、カマキリが闘っている相手は到底かなわない大きな蔵だった、と想像して付けたのでしょう。

駒《こま》は手《て》に卓散《たくさん》あれど負将棊《まけしょうぎ》　凌冬
わたり按摩《あんま》の宵々《よいよい》の笛《ふえ》　井月

【駒は手にたくさん持っていますが、負け将棋です。渡り歩く按摩の笛が、夜ごとに聞こえてきます。】

整然と蔵が並ぶ様子から、将棋の駒の形を連想したのでしょうか。いくら駒を持っていても、負けてしまえば仕方がない、といった様子です。

かつては下手な将棋のことを、めくら将棋と言ったようです。差別的な表現なので、現在では好ましいものではありませんが、それで目の不自由なマッサージ師のことを連想して付けたのでしょう。お客を呼び寄せるために、笛を吹いていたようです。

床活《とこいけ》にする丈花《だけはな》をねだる也《なり》　凌冬
蝶《ちょう》の影《かげ》さす文台《ぶんだい》の塗《ぬり》　井月

【床の間に活けるための花をねだりました。漆塗りの文台に、蝶の影がさしています。】

マッサージ師が、花をもらっていったのでしょうか。井月は、花を飾り、お客を招いて連句の会を行う様子に転じました。文台は、連句に使われる背の低い台です。

五十六《井月全集438・新編310》

梶《かじ》の葉《は》や最《も》う戻《もど》り来《く》る手《て》習子《ならいご》　凌冬

残暑《ざんしょ》を凌《しの》ぐ庭《にわ》の打水《うちみず》　井月

【寺子屋へ行っている子どもが、もうじき帰ってくるので、梶の葉に願い事を書かせましょう。庭に打ち水をして残暑をしのいでいます。】

七夕《たなばた》飾りの様子でしょう。現在では紙の短冊に願い事を書きますが、昔は梶の葉に書いたようです。

旧暦の七月七日は、立秋のあとであり、残暑きびしい頃です。井月は打ち水を連想して付けました。

織莚《おりむしろ》月《つき》の支度《したく》の調《ととの》ふて　布精
俵《たわら》の外《そと》へ廻《まわ》る米虫《こめむし》　凌冬

【むしろを織って、月見の支度が調いました。俵の外に米虫が出てきました。】

残暑の秋から、月見の秋へ転じました。月見の宴で敷くために、わらでむしろを織った様子でしょう。

凌冬は、米を包む俵のことを連想して付けました。俵は、むしろを巻きつけて作るものだからです。

頼母子《たのもし》の銭呼《ぜによば》りあふ両隣《りょうどなり》　井月
冬至《とうじ》此方降《このかたふり》つづく雨《あめ》　布精

【頼母子講の銭を使って招き合う両隣です。冬至の日からずっと雨が降り続いています。】

米にたかる虫のように、銭のあるところにたかる人を連想したのでしょうか。頼母子講は、無尽講ともいい、グループを作って掛け金を積み立ててゆく、一種の助け合いのシステムです。「呼ばり合う」は、ここでは「招き合ってご馳走《ちそう》する」という意味に解釈してみました。

布精は、なぜ冬至のことを付けたのでしょう。冬至は、旧暦でいえば十一月の中旬ごろになりますが、ちょうどそのころ、旧暦の十一月十五日が七五三になります。つまり、七五三のお祝いのために、隣近所で呼ばり合っていたと想像して付けたのでしょう。しかしあいにくの雨だったようです。

いかめしき荷前使事《のさきのつかいこと》もなく　凌冬
被《おおい》の供《とも》につれる久三《きゅうぞう》　井月

【いかめしい荷前《のさき》の使いは、何事もなく帰っていきました。被いの供に、久三郎を連れていきます。】

雨が降り続いても、いかめしい使者はものともしない、という連想でしょう。荷前の使いとは、朝廷から神社などへ品々を奉納するために派遣される、勅使のことです。

被いの供とは何でしょう。女主人が日焼けしないように、お供の者が被いを掲げている様子でしょうか。昔は下男のことを久三郎とか久三《きゅうざ》と呼んだようです。おそらく井月は、お供を連れた朝廷の勅使の様子から、下男を連れた女主人の様子へと転換したのでしょう。

草深《くさふか》き明石《あかし》あたりに夫持《つまもっ》て　布精
　砂糖包《さとうづつみ》をそへ《え》し状箱《じょうばこ》　凌冬

【草深い明石あたりに、夫を持っています。状箱に、砂糖包みを添えました。】

下男を連れて、明石あたりへ向かう様子です。「草深き」には、都から離れた地という意味を込めたのでしょう。

状箱とは、書状を入れて使いの者に持たせた木箱のことです。つまり、都から遠く離れた明石に暮らしている夫に、砂糖を包んで贈った、という様子なのでしょう。

何処《どこ》の井《い》も覗《のぞ》き込《こま》る夏《なつ》と成《なり》　井月
　居《い》ざり車《ぐるま》をよせる木《き》の下《した》　布精

【夏になり、どこの井戸も、のぞきこまれています。いざり車を木の下に寄せました。】

かつて江戸では、夏の暑い頃、「ひゃっこい」と言って砂糖水を売り歩く商売があったようです。そんな連想で付けたのでしょう。井戸の水も枯れてきて、心配そうにのぞきこんでいます。

いざり車とは、足の不自由な人が乗る、車輪のついた箱型の車で、現代の車いすに相当します。夏の暑さにたまりかねて、木の下に入った様子でしょう。

山《やま》の端《は》を少《すこ》し放《はな》れて登《のぼ》る月《つき》　凌冬
　砧《きぬた》の音《おと》の責《せめ》るひとり寝《ね》　井月

【昇る月が、山の端を少し離れました。砧《きぬた》の音が、独り寝の身を責め立てるようです。】

　足の不自由な人が、車をあやつって、月見の宴に出かけたのでしょうか。

　月に対して砧を付けるのは定番ですが、井月は、ひとりで寝る寂しさを付けました。

濁酒《どぶろく》は纔《わずか》（？）のうちに醸《つく》る也《なり》　布精
　筮竹《ぜいちく》だけは質《しち》に置《おか》れず　凌冬

【どぶろくは、わずかな時間で造ります。ぜい竹だけは質屋に出すわけにいきません。】

　砧《きぬた》に対して、秋の季語であるどぶろくを付けました。炊いた米にこうじを加えて発酵させただけの簡単な酒です。現代では酒税法があるので勝手に造ってはいけないのですが、昔は家庭で造ったのでしょう。

　凌冬は、酒が買えずにどぶろくを手造りしている様子から、生活に困った易者を想像して付けました。金目のものはみんな質屋に出してしまいましたが、占いに使うぜい竹だけは出すわけにいかない、といった様子でしょう。

初花《はつはな》の噂《うわさ》とりどり人伝《ひとづて》に　井月
　風《かぜ》ほがらかに霞引朝《かすみひくあさ》　布精

【初花のうわさを、いろいろ人づてに聞きました。風がほがらかに吹き、霞がたなびいている朝です。】

　貧乏な易者も、花の噂に心が浮き立つのでしょう。

　初花とは、今年初めて咲く桜のことですが、咲いて間もないころの桜のことを指す場合もあります。

　布精は、春霞のたなびく朝の風景を付けました。

羽振《はねふ》りて雫《しずく》を払《はら》ふ《う》麦鶉《むぎうずら》　凌冬
　家《いえ》もたぬ身《み》の恋《こい》は別物《べつもの》　井月

【麦畑の中のうずらが、羽を振って雫を払っています。家を持たない身の恋は別物です。】

霞《かすみ》の朝に対し、朝露を払う鳥を付けました。麦鶉は、麦畑の中で子育てをするうずらのことで、晩春の季語です。

井月は、あたたかい家庭のあるうずらに対して、家庭を持たない人のことを付けました。「恋は別物」をどう解釈したらよいでしょう。結婚するかどうかは別として、恋をするのは自由だ、という意味なのかも知れません。

よい年《とし》をしながら派手《はで》な染模様《そめもよう》　布精
かるたに倦《うめ》ば双六《すごろく》を出《だ》す　凌冬

【いい歳をして、派手な染め模様を着ています。かるたに飽きたら双六を出します。】

家を持たない無宿者・遊び人が、歳に似合わない派手な格好をしている様子です。

凌冬は、正月に晴れ着を着た年増の女性を連想したのでしょう。かるたや双六で遊んでいる様子を付けました。

笠《かさ》に名《な》を印《しる》してつるす宿の軒《やどのき》　井月
ちからは有《あれ》ど癖《くせ》のある馬《うま》　布精

【笠に名前を記して、宿の軒に吊《つ》るしました。力はあるけれども癖のある馬です。】

かるたや双六《すごろく》で時間を潰しているのは、旅籠《はたご》に泊まった客でした。自分がこの宿に泊まっていることを、後から来る連れに知らせるために、笠を吊るしたのでしょう。

布精は、宿駅の馬のことを付けました。「伝馬制」といって、宿場には馬が置かれており、役人がその馬を乗り継いで目的地へ向かったのだそうです。

滑《なめ》らかな氷《こおり》に糠《ぬか》を蒔《まき》ちらし　凌冬
鉦《かね》を叩《たたい》てみせる負払《ふばらい》　井月

【なめらかな氷に糠をまき散らしました。】
鉦を叩いてみせました。】
馬に氷の荷車をひかせている様子を連想しました。負払いに、氷に糠をまき散らす、とはどういう意味でしょう。氷の貯蔵のために、もみがらや、おがくずをまいた様子かも知れません。

「負払い」とは何でしょう。負債を支払うことでしょうか。あるいは賭博の負けを支払うことでしょうか。払いたくても金《かね》がないので、鉦《かね》を叩いて見せたという、駄洒落《だじゃれ》のような句です。しかし前後のつながりが分かりません。たとえば「糠に釘《くぎ》」ということわざがありますが、いくらお金を催促しても糠に釘で、いっこうに返そうとしない人の様子を連想して付けたのでしょうか。

門前《もんぜん》の婆《ばば》は瘧《おこり》を呪《まじの》ふ《う》て　布精
教《おし》へ《え》てもらふ《う》養老《ようろう》の滝《たき》　凌冬

【門前の婆さんは、おこりの病をまじないで治しています。養老の滝はどこにあるのか、教えてもらいました。】

鉦《かね》を叩《たた》く様子から、病気平癒のまじないを連想したのでしょう。おこりとはマラリアのことで、間欠的に発熱するのだそうです。昔は、まじないをするくらいしか治す方法はなかったのでしょう。

凌冬は、老人という言葉から養老の滝を連想して付けました。滝の水を汲《く》んだら酒になった、という伝説で知られています。

わせ柿《がき》も余程《よほど》色《いろ》づく月《つき》の頃《ころ》　井月
ひとしきり来《き》てあらす豆鳥《まめどり》　布精

【わせ柿も、よほど色づいた月の頃です。豆鳥がひとしきり来て、あらしてゆきました。】

養老の滝は秋の紅葉が美しいので、「色づく」と付けました。

布精は、秋の田畑に鳥が来て、荒らしてゆく様子を付けました。豆鳥は、イカルという鳥の別名です。

遊侠《ゆうきょう》の角力《すもう》を頼《たの》む橋普請《はしぶしん》　凌冬
ねらふ《う》敵《かたき》にやつす乞丐《こつがい》　井月

【遊侠の相撲取りに、橋の工事を頼みました。かたきを狙って、物乞いに身をやつしました。】

ひとしきり来ていたのは、旅回りの相撲取りたちだった、と転じました。遊侠とは、仁義を重んじ、弱い者を助けるやくざ者のことです。橋の工事を手伝ってもらっているのでしょう。

井月は、やくざ者が命を狙われている様子を連想して付けました。

施《ほどこ》しの薬《くすり》を厚《あつ》く戴《いただい》て　布精
龕《みずし》に祀《まつ》る保食《うけもち》の神《かみ》　凌冬

【施しの薬を、手厚くいただきました。保食の神を、厨子《ずし》に祀《まつ》りました。】

物乞いに対し、「施し」を付けました。

凌冬は、「施し」から、五穀を施してくれる保食の神を連想して付けました。日本神話に出てくる神です。

花盛《はなざか》り関《せき》の数槍《かずやり》静《しず》か也《なり》　井月
網曳船《あみひくふね》の多《おお》い春先《はるさき》　布精

【花盛りの日。関所の槍の数も静かです。春先は、網を引く船が多いです。】

保食《うけもち》の神を祀《まつ》る碓氷《うすい》神社から、碓氷の関を連想したのでしょう。関所の役人たちも、花見どきには静かにしている、といった様子でしょうか。

布精は、春先の漁船の様子を付けました。

五十七《井月全集439・新編313》

寒《さむ》いにも負《まけ》ぬ気色《けしき》や福寿草《ふくじゅそう》　凌冬
雪《ゆき》はあれども春《はる》の曙《あけぼの》　井月

【福寿草は、寒いのにも負けない様子です。雪はあっても春のあけぼのは美しいです。】

福寿草は新年の季語で、元日に咲くように栽培されてきました。

井月は、寒さに負けずに咲いている福寿草の様子から、雪の残る春の朝を連想して付けました。

畑打《はたうち》の用意《ようい》に鍬《くわ》の先《さき》かけて　凌冬

味噌玉《みそだま》おろす手《て》を借《か》るなり　井月

【畑を耕す用意をしようと、鍬を出してきて先を掛けました。味噌玉をおろす手を借りました。】

「春」に対して、畑の準備を付けました。畑打ちは春の季語です。「鍬の先かけて」は、ここでは「掛けて」と解釈してみましたが、もしかしたら「欠けて」かも知れません。

井月は、同じく春の季語である味噌玉を付けました。大豆をゆでてつぶして玉にして吊《つ》るしたものです。いよいよ味噌づくりのために、おろして使うのでしょう。春の農家は、やることがいっぱいで忙しい様子です。

洗濯《せんたく》の水《みず》に箙《えびら》を濡《ぬら》す馬《うま》　凌冬
　些《すこし》の事《こと》に吼《ほえ》る徒《いたず》ら　井月

【洗濯の水がかかって馬が驚き、えびらが濡れてしまいました。些細《ささい》なことで、無駄にほえています。】

味噌作りなどの家事に追われる様子に対し、洗濯を付けました。えびらは、矢を入れておく竹かごのことです。やぶさめをするのでしょうか。しかし、馬が水に驚いてしまった様子でしょう。

井月は、少しのことでほえる意気地《いくじ》なしのことを連想して付けました。

折角《せっかく》に昇《のぼ》りし月《つき》を隠《かく》す雲《くも》　凌冬
　踊崩《おどりくず》れて茶屋《ちゃや》の賑《にぎわ》ふ　井月

【せっかく昇った月が、雲に隠れてしまいました。踊りの輪が崩れて、茶屋が賑《にぎ》わっています。】

「いたずら」から、雲のいたずらで月が隠れてしまった様子を付けました。秋の月見の様子でしょう。

井月は、月夜の盆踊りを連想して付けました。踊りを中断して、茶屋でひと休みしている様子なのでしょう。

黙《だま》りたる虫《むし》を籠《かご》から摘《つま》み出《だ》し　凌冬
　おどろく癖《くせ》の今《いま》に直《なお》らぬ　井月

【鳴かなくなった虫を、籠からつまみ出しました。虫に驚く癖が今も直りません。】

盆踊りに対して、秋の虫を付けたのでしょう。

井月は、虫を怖がって驚く様子を付けました。

ことば尻取《じりと》ればおかしく腹立《はらたて》　凌冬
送《おく》りて脊中《せなか》和《やわ》らかに打《うつ》　井月

【言葉尻を取られて、腹を立てている様子がおかしいです。送り出すときに、背中をやわらかく叩《たた》きました。】

驚いた人が、腹を立てています。「つまらないことで腹を立てるな」といった様子でしょう。

井月は、「まあまあ、そんなことで怒るなよ」と、背中をぽんと叩いて送り出す様子を付けました。

丼《どんぶり》へ攌《つかみ》て揚《あげ》る冷《ひや》し瓜《うり》　凌冬
道《みち》から飛《とば》す雲谷《うんこく》が弟子《でし》　井月

【冷やし瓜を、どんぶりにつかみ上げました。道から「雲谷の弟子」を飛ばしました。】

「やわらか」から、冷やし瓜を連想しました。川の水で冷やしておいたのでしょう。

雲谷派は日本画の流派のひとつで、その一門に雲谷等顔《とうがん》という人物がいるのです。つまり井月は、トウガンという瓜を食べて、その種を道端に飛ばしている様子を付けたのでしょう。謎解きのような付け句です。

起《おき》るから寝《ね》る迄湖《まてうみ》の見《み》ゆる里《さと》　凌冬
枯《かれ》て柳《やなぎ》の一風情《ひとふぜい》なり　井月

【起きてから寝るまで、湖が見える里です。枯れた柳も、ひと風情あります。】

トウガンから、湖の「東岸」を連想したのでしょうか。どこにいても、湖が見える盆地の景色でしょう。

井月は、水辺を好む植物である柳を付けました。

ひつそりと物《もの》おともなく月涼《つきひえ》て　凌冬
厠《かわや》をのぞく咳《せき》の挨拶《あいさつ》　井月

【ひっそりと物音もなく、月の光が冷たく照らしています。便所をのぞいて、咳であいさつしました。】

枯れ柳に、冷たい月の光が射しています。

井月は、冷えるので便所に行く様子を付けました。すると先客がいたのでしょう。ゴホンと咳をひとつ、あいさつ代わりにしてみた、という様子です。

短刀《たんとう》は腰《こし》の廻《まわ》りを離《はな》されず　凌冬
喰《くら》は《わ》んか船客《ぶねきゃく》に寄付《よりつく》　井月

【短刀は、腰の周りから離れません。喰らわんか船が、客に寄り付いています。】

便所に行くときも、刀を持ち歩いている人を付けました。

井月は、刀が腰を離れない様子に対し、小舟が客から離れない様子を付けました。「喰らわんか船」とは、淀川《よどがわ》で大型船を相手に飲食物を売っていた小型船のことで、「飯喰らわんか〜」と、売り声をあげていたのだそうです。

垂駕籠《たれかご》を花《はな》の本《もと》まで荷《にな》わせて　凌冬
蝶《ちょう》の軽《かる》みに暫《しば》し眼覚《めさま》す　井月

【垂れ駕籠を、花の根元まで担がせました。蝶の軽さに、少し目を覚ましました。】

「寄り付く」から、桜の木の根本まで近づく様子を付けました。垂れ駕籠とは、むしろやすだれを両側に垂れ下げた駕籠のことです。駕籠に乗って花見に出かけた様子でしょう。

井月は、桜の木の下で昼寝をする様子を付けました。蝶がふわりととまって、その感触で目が覚めたのでしょう。

彼岸頃梓《ひがんごろあずさ》の交《まじ》る牙婆《すあい》ども　井月
はまらぬうちに止《やめ》る樗蒲市《ちょぼいち》　凌冬

【彼岸ごろ、牙婆どもに交じって梓巫女《あずさみこ》も来ています。サイコロ賭博にはまらないうちに、やめました。】

春の蝶《ちょう》に対し、彼岸を付けました。牙婆とは、呉服などの販売を仲介する女性のことですが、ひそかに客を取る商売もしていたようです。梓は、梓弓を打ち鳴らして霊を呼び出す巫女のことだと解釈してみましたが、違うかも知れません。彼岸ごろ、そういった女たちが、商売に精を出している様子なのでしょう。

凌冬は、そういったうさんくさい商売に、はまらないように気をつけよう、と連想して付けました。ちょぼいちとは、一個のサイコロをふって、目を当てる賭博です。

誰《た》が知《しっ》て四《し》の五《ご》の申者《もうすもの》もなし　井月
　叔母《おば》の差略《さりゃく》で極《きま》る縁談《えんだん》　凌冬

【誰が知ったとしても、四の五の言う人はいませんでした。叔母の計略で縁談が決まりました。】

サイコロの目から、「四の五の」を連想して付けたのでしょう。みんな知っているのに、黙っている様子です。なんの話でしょう。

凌冬は、縁談が勝手に決まっていく様子だと想像して付けました。親族一同、誰も口出しできなかったのでしょう。

新潟《にいがた》への便《たよ》りに頼《たの》むひとの物《もの》　井月
　がつ《っ》くり弱《よわ》る霍乱《かくらん》のあと　凌冬

【新潟への便りに、ひとの物を頼みました。霍乱のあと、がっくりと体が弱りました。】

叔母の住む新潟へ、手紙や荷物を送る様子です。といっても、自分の物ではなく、人の物を送った、というのですから、どういう状況でしょう。

霍乱は夏の季語で、日射病や伝染病のことだと言われています。下痢や嘔吐《おうと》を伴い、手足をばたばたさせて苦しむ様子です。おそらく凌冬は、病気で動けない人に代わって、荷物を送ってやった、という意味で付けたのでしょう。

一箸《ひとはし》は責《せめ》て鱸《すずき》の祈《いの》り立《たて》　井月
　沃金《めっき》をしたる古《ふる》き鞍骨《くらぼね》　凌冬

【せめてひと箸だけでも食べてくれと、スズキが祈りたてています。めっきがしてある古い鞍骨です。】

体が弱った人に食べてもらおうと、魚を出した様子でしょう。

鞍骨とは、馬の鞍の骨組みのことです。凌冬は、なぜ鞍骨のことを付けたのでしょう。昔はこれにまたがって、颯爽《さっそう》と馬で駆け回っていたのに、今ではやつれて見る影もない、といった様子でしょうか。

慰《なぐさみ》にする事《こと》でなき烽火台《のろしだい》　井月
笑ひ顔《わらいがお》なき猿《さる》のぶつさう《つそ》　凌冬

【のろし台で火を焚《た》くなど、気晴らしにやっていいことではありません。笑い顔のない猿は物騒です。】

「古き鞍骨《くらぼね》」に対し、戦国時代を連想して、のろし台を付けました。その昔、火を焚いて通信手段として使ったものです。

凌冬は、のろし台からいくさを連想し、物騒なことだと付けたのでしょう。猿の顔は、笑わないので物騒に見える、といった様子です。

祀《まつ》らねば祟《たた》りさう《そ》成占《なるうらない》に　井月
枴《おうご》の先へ釣《つる》す瓢箪《ひょうたん》　凌冬

【祀らなければ、祟りそうな占いです。杖《つえ》の先にひょうたんを吊《つ》るしています。】

「ぶっそう」から、祟りを付けました。神仏を祀らなければ祟りが起きそうだ、と占い師に言われた様子でしょう。

凌冬は、その占い師の杖の先にひょうたんがぶらさがっている様子を付けました。酔っぱらいの、うさんくさい占い師なのでしょう。

会釈《あしらい》ひのいつに替《かわ》らぬ月《つき》の宿《やど》　井月
玉蜀黍《とうもろこし》の焼加減《やきかげん》よき　凌冬

【もてなしぶりが、いつもと変わらない月の宿です。とうもろこしの焼き加減がよいです。】

杖《つえ》をついた旅人がいつも利用している、馴染《なじ》みの宿の様子でしょう。「あしらい」は、もてなしのことだと解釈してみました。

凌冬は、その宿で、焼きとうもろこしが出された様子を付けました。おいしかったのでしょう。

籤引《くじひい》て渋鮎《しぶあゆ》奢《おご》るはなし也《なり》　井月
悔《くや》みも薄《うす》く成《なり》し売茶毘《うりだび》　凌冬

【くじ引きをして、渋鮎をおごる話です。悔みも薄くなった売り茶毘です。】

とうもろこしの秋に対して、渋鮎を付けました。獲れた鮎を、くじ引きで当たった人におごってやる様子です。

茶毘とは火葬のことですが、昔はわりと土葬のほうが一般的で、火葬はお金がかかったようです。けっこうな出費に、死者を悔む気持ちも薄くなった、という様子でしょうか。おそらく凌冬は、「奢る」を「贅沢《ぜいたく》をする」という意味に解釈し、贅沢な火葬の様子を付けたのだと思われます。

将軍《しょうぐん》の補佐《ほさ》も守備能帰国触《しゅびよくきこくぶれ》　井月
少《すこ》しの墨《すみ》ははぢく毛《じもう》せん　凌冬

【将軍の補佐にも、首尾よく帰国のお触れが出ました。少しの墨は、はじく毛せんです。】

戦死して茶毘《だび》に付された人も多い中、運良く生還できた人の様子でしょう。

凌冬は、野外に毛せんを敷いて、帰還の祝いをする様子を連想したのでしょうか。墨を毛せんの上で使うということは、歌会なのかも知れません。

活筒《いけづつ》に彼是《かれこれ》いふ《う》も紙衣振《かみこぶり》　井月
吉野《よしの》の里《さと》を過《すぎ》て本意《ほい》なき　凌冬

【花の活け筒にあれこれ言うのも、いっぱしの俳人ぶりです。吉野の里を過ぎてしまって残念です。】

墨から、俳人を連想したのでしょう。紙衣は、武士や俳人が好んで着たといいます。ここでは、いかにも俳人らしい格好をして、あれこれ蘊蓄《うんちく》を垂れる様子と解釈してみました。

凌冬は、その俳人が奈良県の吉野を通り過ぎた様子を付けたのでしょう。吉野には、かの西行《さいぎょう》法師の庵《いおり》があり、芭蕉《ばしょう》も『野ざらし紀行』で訪れています。せっかく通りかかったのに、西行庵《あん》を訪れなかったことを残念に思っている様子でしょうか。

邂逅《たまさか》は人《ひと》もふりむく銀鎖《ぎんぐさり》　井月
　脈《みゃく》を捜《さぐ》るといふ《う》もながし目《め》　凌冬

【ときどきは、人も振り向いてくれる銀の鎖です。脈をさぐりましょう、と言いながら流し目をしています。】

　吉野の里を旅したら、すれ違う村人が振り向いて見て行きます。装身具か何かに付いている、銀の鎖が珍しいのでしょう。

　凌冬は、銀の鎖を身に着けているのは金持ちの医者だと想像して付けました。「脈を拝見しますよ」といって女性の手をとり、流し目を使っているわけです。

釣夜具《つりやぐ》を月《つき》に設《もう》けてぎや《ょ》うぎや《ょ》うし　井月
　精悍《たけだけし》くも霜《しも》をふむ鹿《しか》　凌冬

【月夜に、釣り夜具を仰々しく設けました。鹿が猛々《たけだけ》しくも霜を踏んでいます。】

　医者から病人を連想しました。釣り夜具とは、病人を寝かすとき、掛布団を天井から吊《つ》るして、重さを軽減するものです。そんな重病人ではないのに大げさだ、と言っているのでしょう。

　凌冬は、なぜ鹿と霜のことを付けたのでしょう。おそらく、病人に薬を飲ませている様子を想像し、漢方薬に使われる鹿角霜《ろっかくそう》を連想したのではないかと思われます。鹿の角の粉末です。

田《た》へ向《むけ》し斗《ばかり》で果《はて》る鳥怖《とりおど》し　井月
　風呂《ふろ》の薪《たきぎ》を拾《ひろ》ふ《う》年寄《としより》　凌冬

【田んぼへ向けたばかりなのに、鳥おどしが壊れてしまいました。年寄りが、風呂の薪を拾っています。】

　田畑を荒らす鹿に対し、田畑を守る鳥おどしを付けました。

　凌冬は、壊れてしまったものは風呂の焚《た》きつけにするしかない、と連想して付けたのでしょう。

酒《さけ》で続《つづ》く命成《いのちなる》らむ《ん》花盛《はなざかり》　井月
作《さく》の加減《かげん》に卸《おろ》す籾種《もみだね》　凌冬

【花盛りの季節は、酒で命をつないでいるようなものです。作付けの加減で籾種を卸しています。】

その年寄りは毎日酒ばかり飲んでいて、それで生きているようなものだ、と付けました。よっぱらいの井月らしい句です。

凌冬は、稲作の準備をする春の様子を付けました。

五十八《井月全集441・新編317》

咲《さき》さ《そ》うになつ《っ》て間《ま》のあり福寿草《ふくじゅそう》　凌冬
初日《はつひ》のにほ《お》ふ《う》不尽《ふじ》のいただき　井月

【福寿草は、咲きそうになってから、咲くまでに時間がかかります。初日の出が赤く染める富士の頂です。】

福寿草は、元日に咲かせるために手をかけて栽培するので、「元日草」とも呼ばれます。

井月は、初日の出の様子を付けました。

雀等《すずめら》も巣《す》くふ《う》支度《したく》の塵寄《ちりよせ》て　凌冬
棚橋懸《たなはしかけ》る脊戸《せど》の小流《こながれ》　井月

【雀たちも、巣を作る準備のために塵を集めています。背戸の小川に、棚橋をかけました。】

新春の景色に対し、春の季語である雀の巣を付けました。わらくずや、枯れ葉や、草きれを集めてきて、巣を作っています。

井月は、なにか人間も作っている様子を連想して付けたのでしょう。棚橋とは、手すりのない、板だけの簡単な橋のことです。

小大工《こだいく》もそれ相応《そうおう》の口《くち》を利《きき》　凌冬
地震《じしん》のあとの直《なお》る空相《そらあい》　井月

【小さな大工も、それ相応の口をきいています。地震のあとが直ってゆく様子です。】

棚橋を作る大工を連想しました。小大工とは、見習いの少年のことでしょう。いっぱしの口をきくようになった様子です。

井月は、地震で壊れた建物を直している様子を想像して付けました。空合いとは、空模様のことですが、「事のなりゆき」という意味もあります。

月《つき》澄《す》めばそこらの人《ひと》も静《しずか》なり　凌冬
　灯籠釣《とうろうつる》す市《いち》の両側《りょうがわ》　井月

【月が澄めば、そこらへんの人も静かになります。市の両側に灯籠を吊《つ》るしました。】

地震で家を失った人が、「そこら」で寝泊まりしている様子なのでしょうか。そんな大変な状況でも、月の光に心をなぐさめているのでしょう。

井月は、日が暮れて、通りの両側に明かりを吊るす様子をつけました。

柿《かき》の木《き》に攀《よじ》れば塀《へい》の中見《なかみ》えて　凌冬
　庄屋《しょうや》の婆々《ばば》の長《なが》き煩《わずらい》ひ　井月

【柿の木によじのぼれば、塀の中が見えます。庄屋の婆さんが長わずらいをしています。】

灯籠の明かりで、塀の中が見える様子でしょうか。木に登って、となりの家の塀の中を覗《のぞ》き込んでいます。

井月は、となりの婆さんが病気で寝ている様子が見えた、と付けました。

吸附《すいつい》て渡《わた》すきせるに頭燃《ずねんし》て　凌冬
　やたらに文《ふみ》を大事《だいじ》がる也《なり》　井月

【吸いついてから渡されたきせるに、頭がのぼせあがりました。やたらに手紙を大事がっています。】

庄屋の婆さんに対し、きせるを連想したのでしょうか。「吹いつけタバコ」といって、花街の女性が客を誘う様子に転じました。頭燃《ずねん》とは、気持ちが高ぶる状況をいいます。

井月は、好きな女性からの手紙にのぼせあがって、大事にとってある様子を付けました。

納豆《なっとう》を仕込《しこん》でからは一安堵《ひとあんど》　凌冬

椽《えん》へ持出《もちだ》す石菖《せきしょう》の鉢《はち》　井月

【納豆を仕込んでからは、ひと安心しました。縁側へ、セキショウの鉢を持ち出しました。】

大事な恋人からの手紙をときどき読みながら、仕事にはげむ様子でしょう。

井月は、縁側でひと息ついて、趣味の盆栽を楽しむ様子に転じました。

辛崎《からさき》の起《おき》れば見《み》ゆる住居《すまい》して　凌冬
城《しろ》の太鼓《たいこ》をけふ《きょう》は手《て》に取《とる》　井月

【布団から起き上がれば、唐崎が見える住まいです。城の太鼓が、今日は手に取るように聞こえます。】

縁側から琵琶《びわ》湖が見えるのでしょう。滋賀県の名所のひとつである唐崎の松も、自宅から見えます。

井月は、風向きによっては城の太鼓の音が聞こえてくる様子を付けました。どの城か分かりませんが、琵琶湖近辺の城なのでしょう。

戸《と》の透《すき》を突込《つきこ》む冬《ふゆ》の月《つき》かげに　凌冬
鍋《なべ》で肴《さかな》をひさぐ業《なりわい》ひ　井月

【戸の透き間から突き込んでくる冬の月明かりです。おかずを鍋に入れて売り歩く商売です。】

城の太鼓がよく聞こえるのは、戸のすき間があるからだ、と付けました。冬の冷たい空気は澄んでいて、月明かりが突き刺すように入ってくる様子でしょう。

井月は、その寒さの中、鍋で煮たおかずを売り歩いて暮らす人の様子を付けました。

亡父《なきちち》も最《も》う小祥《しょうしょう》の忌《き》となりぬ　凌冬
僧《そう》未《ま》だ寒《さむ》し朝《あさ》の白無垢《しろむく》　井月

【亡き父も、もう一周忌になりました。僧侶の白無垢では、まだ寒い朝です。】

肴《さかな》を売り歩いていた父も、すでにこの世にいない、と付けました。小祥は一周忌のことで、ちなみに大祥は三回忌のことを指します。

井月は、法要の準備をしている坊さんのことを付けました。

ふくらみもなくてほつ《っ》かり開《ひら》く花《はな》　凌冬
扇《おうぎ》とり出《だ》すほどの麗《うららか》　井月

【ふくらみもなかった花が、ほっかりと開きました。扇を取り出すほどの麗かな日です。】

まだ朝夕が寒く、咲きそうになかった花が、突然咲いた様子でしょう。

井月は、暖かくて扇であおぎたいほどだと付けました。

玄関《げんかん》にひびく案内《あない》も夏近《なつちか》く　凌冬
自慢《じまん》したれど負《まけ》る重食《ちょうばみ》　凌冬

【玄関に響く案内の声も、夏が近づいた様相です。自慢していたサイコロ賭博で負けました。】

扇を持った人を、「こちらへどうぞ」と案内する声がします。どこへ案内するのでしょうか。

凌冬の句に対して凌冬自身が付けていますが、サイコロの賭場へ案内している様子を付けたのでしょう。「おれは強いよ」と自慢していたのに、負けてしまった様子です。「ちょうばみ」は丁半賭博のことと思われます。

唐金《からかね》に続《つづ》く筑波《つくば》の侠客《おとこだて》　井月
太《ふと》く記《しる》せし帳《とばり》の表書《ひょうしょ》　凌冬

【筑波の侠客《きょうかく》たちが唐金に続いています。とばりに、太い字で表書きがしてあります。】

丁半賭博から、侠客を連想しました。唐金とは青銅のことですが、解釈の難しい句です。唐金茶釜のことでしょうか。つまり、やくざの親分たちが野点《のだて》の席に連なっている様子なのかも知れません。

帳《とばり》とは、垂らした布のことで、ここでは野点の席を囲むように幕を張っている様子と思われます。その幕に、堂々とした太い字が書かれているのでしょうか。

頑《かたくな》に武士《ぶし》奉公《ぼうこう》を鼻《はな》に懸《かけ》　井月
御祓《みそぎ》の人数《にんず》黙礼《おじぎし》て行《ゆく》　凌冬

【頑固に、武士として主君に奉公していたことを鼻にかけています。みそぎの人たちが、おじぎしてゆきます。】

太くて力強い文字から、武家を連想したのでしょうか。明治維新の前は武士だったと、ことあるごとに自慢している人の様子でしょう。

凌冬はなぜ、みそぎの様子を付けたのでしょうか。武道の鍛錬のために、みそぎをおこなっている様子を付けたのかも知れません。

後《おく》れたる鰹《かつお》貰《もら》ふ《う》も楽《らく》でなし　井月
ちりちり蓋《ふた》を鳴《な》らす鉄瓶《てつびん》　凌冬

【遅れた鰹をもらうのも、楽ではありません。鉄瓶がちりちりと、ふたを鳴らしています。】

夏の季語であるみそぎに対して、夏の鰹を付けました。初鰹は高いので、手に入りづらいでしょうが、時期が遅れた鰹も、手に入れるのは楽ではない、という様子でしょう。

凌冬は、鉄瓶で酒を温めている様子を付けたのでしょうか。鰹を肴《さかな》に、一杯やろうというのでしょう。

鎌倉《かまくら》の賢愚《けんぐ》を余所《よそ》に草枕《くさまくら》　井月
諂《へつら》ひ《い》ものは国《くに》の蠹魚《しみ》也《なり》　凌冬

【鎌倉の賢愚は放っていおいて、草枕に出ました。へつらうような者は、国の害虫です。】

囲炉裏の様子から、能の『鉢木《はちのき》』を連想したのでしょう。佐野常世《つねよ》という御家人が、大事な盆栽を火にくべて湯をわかし、旅人をもてなした、という物語です。実は旅人は、第五代執権・北条時頼《ときより》でした。鎌倉幕府の中で繰り広げられる権力闘争をよそに、旅に出たのです。

凌冬は、権力者にへつらうような者は、国政にとって害虫だと付けました。蠹魚《しみ》は、布や書物などに穴をあけてしまう虫です。

請込《うけこめ》ば岩《いわ》をも砕《くだ》く筆廻《ふでまわ》し　井月
秘蔵《ひぞう》にしたる急須《きゅうす》いためる　凌冬

【引き受ければ、岩を砕くような力強い筆回しです。秘蔵にしてあった急須をいためてしまいました。】

　蠹魚《しみ》に食われた掛け軸から、筆跡（筆回し）を連想しました。書家が、依頼されて字を書く様子でしょう。

　凌冬は、「砕く」から瀬戸物が欠ける様子を連想して付けました。偉い書家の先生にお茶を出すために、大切な急須を出してみた様子なのでしょう。

一芸《いちげい》は元《もと》より月《つき》の飲仲間《のみなかま》　井月
贔負角力《ひいきすもう》の噂《うわさ》それぞれ　凌冬

【月見の飲み仲間は、元よりみな一芸を披露するつもりです。ひいきにしている相撲取りの噂をそれぞれしています。】

　急須をバランスよく操る曲芸がありますので、その連想から宴会芸を付けたのでしょう。

　凌冬は、酒の席で相撲の話題をしている様子を付けました。

松茸《まつたけ》の値《ね》段《だん》構《かまわ》はぬ旦那《だんな》衆《しゅう》　井月
砥石《といし》にかけて刃物《はもの》四《し》鐫《えぐ》る　凌冬

【松茸の値段が高くても構わない旦那衆です。刃物師が、刃物を砥石にかけて、えぐるように研いでいます。】

　相撲取りの後援者をしているような、金持ちの旦那衆の様子です。

　刃物四は、刃物師のことと解釈してみました。金持ちの旦那から頼まれた日本刀を、研いでいる様子でしょうか。

年寄《としより》の覚《おぼえ》は昔《むかし》かた気《ぎ》也《なり》　井月
黴《かび》せぬやうに攪《かきまぜ》る味噌《みそ》　凌冬

【年寄りは、昔かたぎだと思われています。かびないように、味噌をかき混ぜました。】

　刃物の研ぎ師は、伝統的なやり方を守る、頑固な老人でした。「おぼえ」は、世間の評判という意味でしょう。

凌冬は、昔から変わらぬやり方で作る味噌のことを付けました。

鯛《たい》を切《きる》須磨《すま》の関屋《せきや》の夕霰《ゆうあられ》　井月
耵聹《みみだれ》拭《ぬぐ》ふ《う》池《いけ》の滝口《たきぐち》　凌冬

【鯛を切る須磨の関屋に、夕あられが降っています。池の滝口で、耳だれを拭いました。】

味噌《みそ》をかきまぜ、鯛を切って、これから関所の役人たちがご馳走《ちそう》を食べるのでしょう。

凌冬は、なぜ耳だれのことを付けたのでしょうか。もしかしたら、鯛から恵比須《えびす》様を連想し、耳が垂れている様子を言っているのかも知れません。

神々《かみがみ》を拝《おが》み申《もうす》も数珠《じゅず》をすり　井月
細《ほそ》き腓《こむら》に床《とこ》ずれの下駄《げた》　凌冬

【神々を拝み申すのにも数珠をこすりました。細いふくらはぎに床ずれが見える下駄ばきの足です。】

耳だれが治るように、神頼みしています。数珠は仏教の用具ですが、神々を拝むのにも使っているということは、とにかく何でも手当たり次第に拝んでいる様子でしょう。

凌冬は、病気回復を祈って拝んだ様子を付けました。やせてしまった足は、長いこと寝たきりだったので、床ずれができています。

待宵《まつよい》の当《あて》も外《はず》れて恨《うら》めしく　井月
何《なに》も構《かま》はず急《いそ》ぐ駒曳《こまひき》　凌冬

【待宵の当ても外れて恨めしく思います。馬子《まご》が、何も構わず急いで行きます。】

待宵とは、恋人が訪ねて来るのを待つ夜のことです。しかし恋人は来ず、やって来たのは馬子（人や荷物を馬で輸送する人）だけだった、と付けました。

良寒《ややさむ》の募《つの》りて単重《ひとえがさ》ねなり　井月
仕舞仕事《しまいしごと》に温《あた》める酒《さけ》　凌冬

【やや寒かったのが、だんだん厳しくなって、ひとえ

の着物を重ね着しました。仕事の終わりに酒を温めました。】

馬子《まご》が寒さに重ね着をしているのでしょう。日ごとに寒さが募る、秋の様子です。

凌冬は、寒い晩に酒を温める様子を付けました。

花《はな》の座《ざ》を早《はや》く設《もう》ける書生連《しょせいれん》　井月
やたらに広《ひろ》き長閑《のどか》なる土地《とち》　凌冬

【書生たちが、花見の座を早く設けています。やたらに広い、のどかな土地です。】

「酒」から、花見の席を連想しました。書生とは学生のことですが、下宿をして家事を手伝いながら勉強をしている若者のことを指すようです。

凌冬は、若者たちが早々と花見の場所取りに行って、やたらに広い土地を確保した様子を付けました。

五十九《井月全集443・新編321》

(白骨《しらほね》湯治《とうじ》中《ちゅう》)

瀬音《せおと》のみ友《とも》として居《お》る夜寒《よさむ》かな　まだら
やせたる月《つき》の遅《おそ》き山《やま》の端《は》　井月

【浅瀬の水音のみを友にして過ごす、寒い夜です。やせた月が、遅い時刻に山の端に昇りました。】

白骨《しらほね》温泉は、長野県の西の端にある温泉です。そこで湯治をして、静かな秋の夜を楽しんでいる様子でしょう。

井月は、夜更けに下弦の月が昇って来る様子を付けました。

滾々《こんこん》と素湯《さゆ》は泌《たぎ》るに虫鳴《むしな》いて　凌冬
照降《てりふり》なしに売《うれ》る挽下駄《ひきげた》　竹斐

【こんこんと湯がたぎり、虫が鳴いています。天候に関わらず、引きずり下駄が売れます。】

秋の月に対して、秋の虫を付けました。白湯《さゆ》を沸かす音と、虫の声が聞こえてくる様子でしょう。「泌る」

は「滾《たぎ》る」の間違いと思われます。

竹斐は、変わりやすい秋の空を連想したのでしょうか。引き下駄とは、引きずり下駄ともいい、前後が曲がるように作られた下駄なのだそうです。

了簡《りょうけん》のさらりと違《ちが》ふ酒屋者《さかやもの》　井月
つつぱり《つっ》さう《そ》な綿入《わたいれ》の糊《のり》　まだら

【考え方がさらりと違う酒屋の者です。綿入れのはんてんに、つっぱりそうな糊が効いています。】

引きずり下駄をはいた人は、造り酒屋の杜氏《とうじ》だったのでしょう。頑固な職人かたぎで、普通の人とは考え方が違っている様子でしょうか。

杜氏の作業服は、はんてん・前かけ・鉢巻きが定番となっています。まだらは、そのはんてんに、しっかり糊が効いている様子を付けました。

八丁《はっちょう》の土堤《どて》の柳《やなぎ》もかれかゝ《か》り　竹斐
うるさく思《おも》ふ鬢《びん》の後《おく》れ毛《げ》　凌冬

【八丁の土手の柳も枯れかかりました。鬢の後れ毛をうるさく思います。】

パリッと糊《のり》が効いた着物を着て、花街へ向かう様子でしょう。八丁の土手とは「日本堤《づつみ》」のことで、吉原の花街へ通う道だったようです。

凌冬は、花街の女性が、髪を結い上げている様子を付けました。襟元に残って垂れた毛のことを、後れ毛と言います。

読売《よみうり》も身《み》につまさるゝ《る》恋《こい》の沙汰《さた》　まだら
しやくり《や》呪《まじな》ふ《う》出《だ》しぬけの声《こえ》　井月

【瓦版の読売が、身につまされる恋の沙汰をしゃべっています。しゃっくりを止めるまじないに、出しぬけに大きな声をかけました。】

「うるさく」から、瓦版に書き立てられている様子を付けました。江戸時代の瓦版には、不倫だとか心中だとか、恋の沙汰がいっぱい書いてあったのでしょう。

井月は、瓦版の記事に驚いている様子から、驚かせてしゃっくりを止める様子を連想したのでしょう。

冠《かんむ》りの緒《お》を長々《ながなが》と結《むす》び垂《たれ》　凌冬
渋《しぶ》で押《おさ》いし塀《へい》の上《うわ》ぬり　竹斐

【冠の緒を、長々と垂らして結んでいます。塀の上塗りを、渋で押さえました。】

「まじなう」から、呪術師を付けました。公家がかぶるような冠をかぶっています。

竹斐は、公家屋敷の立派な塀の様子を付けたのでしょう。柿渋は防水効果があるので、塗料として使われました。

酢《す》に合《あわ》す魚《うお》を買込待宵《かいこむまつよい》に　井月
相撲催《すもうもよ》しの何《なに》か混雑《こんざつ》　まだら

【待宵の日、酢に合わせる魚を買い込みました。相撲の催しで、何か混雑しています。】

塀の外まで売りに来た魚を、たくさん買い込んだのでしょう。待宵は、旧暦八月十四日のことです。十五日の月見の宴のために、食材を買い込んだ様子でしょう。

まだらは、買い物に出たら人だかりがしているので、何かと思ってのぞいたら、相撲の催しだった、と付けました。

威《おど》されて余《よ》の田《た》へうつる稲雀《いなすずめ》　竹斐
架《かけ》てあしらふ橋《うはし》の繕《つくろい》ひ　凌冬

【稲雀が威されて、よその田んぼへ移ってゆきます。橋の修繕は、架けてあしらいました。】

秋の相撲に対して、秋の稲雀を付けました。鳥おどしが鳴って、驚いて飛び立つ様子でしょう。

「架けてあしらう」とはどういう意味でしょうか。修繕のつもりだったのに、架け替えになってしまった、という様子でしょうか。凌冬は、スズメが別の田んぼに移ってゆく様子から、別の橋を架ける様子を連想したのでしょう。

いつ来《き》ても花《はな》の絶《たえ》なき寺《てら》の庭《にわ》　まだら
子供《こども》に分《わけ》て払《はら》ふ雛菓子《うひながし》　井月

【いつ来ても、花が絶えない寺の庭です。ひな菓子を、子どもたちに分けて持って行かせました。】

橋といっても、川ではなく、池にかかる小さな橋なのでしょう。手入れの行き届いた寺の庭の様子です。

井月は、やさしい住職が、遊びに来た子どもたちに、ひなあられなどを分けて与えている様子を想像したのでしょう。


六十《明治十年初冬、上伊那郡赤穂《あかほ》村・素人亭にて。

井月全集443・新編323》

蝶《ちょう》に気《き》のほぐれて杖《つえ》の軽《かる》さかな　井月
立場《たてば》の屋根《やね》にのぼる陽炎《かげろう》　祖丸

【蝶に気がほぐれて、旅の杖が軽く感じられました。茶屋の屋根に陽炎が立ち昇っています。】

杖をついて旅をする人の様子です。井月自身でしょうか。


立場《たてば》とは、街道沿いに設けられた休憩所のことで、茶屋などのことです。祖丸は、旅人が立場の屋根に陽炎が立っているのを見て、春めいたなあと思っている様子を付けました。また、立羽《たては》という蝶の種類があるので、そこへ立場《たてば》を付けたものと思われます。

鍋《なべ》かけて蕨《わらび》そろへ《え》るつれづれに　井月
注文《ちゅうもん》とりに廻《まわ》る表具師《ひょうぐし》　祖丸

【することもなく、鍋をかけて、わらびをそろえました。表具師が注文を取りに廻っています。】

街道の茶屋で、山菜でも茹《ゆ》でようと、鍋を火にかけているのでしょう。「つれづれ」は、暇な様子です。

祖丸は、仕事がなくて暇なので、注文を取りに廻っている職人のことを付けました。

月《つき》さやか湯治迎《とうじむかい》ひの出違《でちごう》ふて　井月
労《つか》れ忘《わす》れてのぞく落鮎《おちあゆ》　祖丸

【月がきれいな日、湯治の宿の迎えが、出違ってしま

いました。疲れを忘れて、川の落ち鮎《あゆ》をのぞいて見ています。】

ふすまや屏風《びょうぶ》を直す表具師に対して、湯治場の旅館を付けました。「出違う」とは、旅館の者が出迎えに出たら、すれ違いに客が着いてしまった、という様子でしょう。

祖丸は、外で客を待ちながら、川をのぞきこんでいる様子を付けました。仕事の疲れも忘れて落ち鮎を見ている様子でしょう。

良寒《ややさむ》ミ《み》祝《ほうり》が軒《のき》のくち次第《しだい》　井月
大和《やまと》ミ《み》やげにおくる京紅《きょうべに》　祖丸

【やや寒くなった秋の日。神主の家の軒が、朽ち放題になっています。奈良のみやげに京紅を贈りました。】

落ち鮎の秋に対し、「やや寒」を付けました。祝《ほうり》は、神社の神職のことです。粗末な家に暮らしている様子でしょう。

祖丸は、神社仏閣の多い奈良や京都のことを連想して付けました。奈良のみやげだといって京紅を贈るという、ちょっとおかしな様子です。

誉《ほめ》らるゝ《る》靨《えくぼ》はあれど口重《くちおも》く　井月
吹凩《ふくこがらし》に袖《そで》まるめゆく　祖丸

【人からほめられる可愛いえくぼはありますが、口が重いです。吹く木枯らしに、袖を丸めてゆきます。】

京紅をみやげに贈った相手は、口が重い女性でした。あまりしゃべったり笑ったりしない人なのでしょう。せっかく可愛いえくぼがあるのに、という様子です。

祖丸は、その女性が歩く姿を付けました。木枯らしが冷たいので、袖から風が入ってこないように丸めて歩いているのでしょう。

梵論《ぼろ》たちに斎《とき》を振舞《ふるま》ふ《う》榾明《ほたあか》り　井月
不断座敷《ふだんざしき》にかざる薄《うす》ばた　祖丸

【梵論たちに食事をふるまうために、榾火《ほたび》で煮炊きをしています。いつも座敷に薄端を飾ってあります。】

梵論《ぼろ》は、物乞いの坊主のことです。木枯らしの中、やって来た梵論たちを家に招き入れて、食事をふるまっている様子でしょう。「斎《とき》」は僧侶の食事のことです。

祖丸は、招き入れた座敷の様子を付けました。薄端とは、生け花に使う金属製の花器のことです。

折々《おりおり》は月《つき》に慰《なぐさ》む筑紫《つくし》ごと　井月
虫《むし》の音細《ねほそ》く鶏《とり》の羽《は》たゝ《た》き　祖丸

【ときどきは、月明かりに筑紫箏《ごと》を弾いて心を慰めています。虫の音が細くなるころ、にわとりが羽をたたく音が聞こえます。】

座敷で、月夜に箏を弾く様子を付けたのでしょう。

祖丸は、夜が明けてしまった様子を付けました。虫の音に代わって、にわとりが活動を始めたようです。

ただくさに搗《つき》し衣《ころも》を積《つみ》かさね　井月
いつのあしたも早《はや》いとうふや　祖丸

【ぞんざいに砧《きぬた》で搗《つ》いた衣を積み重ねました。豆腐屋は、いつの朝も早いです。】

秋の虫の音に対し、砧で衣をつく様子を付けました。あまり気合の入っていない仕事ぶりのようです。

祖丸は、朝早くがんばっている豆腐屋の様子を、対照的に付けたのでしょう。

三界《さんがい》を無庵《むあん》と起《おこ》す花《はな》の宿《やど》　井月
袂《たもと》に匂ふ《におう》嫁菜《よめな》蒲公英《たんぽぽ》　祖丸

【この世界に住むところなどない、とでも言うかのように、花の宿を起こし出されました。たもとに嫁菜やタンポポが匂います。】

早起きの豆腐屋に対し、起こされる宿の客を付けました。「三界に家なし」という言い回しがあり、井月自身のことのような気がします。

祖丸は、行くところもなく、野辺の花を摘んでいる様子をつけました。

鶯《うぐいす》の声《こえ》まだ若《わか》き深山路《みやまじ》に　祖丸

一首《いっしゅ》の歌《うた》を祭《まつ》らるゝ《る》塚《つか》　井月

【うぐいすの声がまだ若い山奥の道です。一首の歌が祀《まつ》られている塚があります。】

野辺の花に対し、うぐいすの声を付けました。声が若いということは、まだ春が浅い様子でしょうか。

井月は、山道に塚がある様子を付けました。誰かの歌碑が立っていたのでしょう。

橋手前《はしてまえ》駕籠《かご》おろさせて打詠《うちなが》め　祖丸
九十《くじゅう》の婆々《ばば》の仕合《しあわせ》にあふ《う》　井月

【橋の手前で駕籠を下ろさせて、うち眺めました。幸せそうな九十歳の婆さんに出会いました。】

歌碑の前で、「ちょっと止めてくれ」と言って、駕籠を下ろさせた様子です。

そこへ、九十歳の婆さんが通りかかりました。井月の時代としては大変長生きだと思われます。

ほころびし袷頼《あわせたの》ミ《み》て肘《ひじ》まくら　祖丸

噂《うわさ》にききしふたたびの縁《えん》　井月

【ほころびた袷を直すように頼んで、ひじ枕で寝ました。噂に聞いた、再びの縁です。】

九十の老婆に、つくろい物を頼む様子へと転じました。袷は、裏地のついた着物のことです。

井月は、つくろってくれたのは、かつて付き合いがあった女性だった、と転じました。

武士《もののふ》の妻《つま》だに迷《まよ》ふ《う》恋《こい》のみち　祖丸
法花《ほっけ》に成《なっ》てからも百日《ひゃくにち》　井月

【武士の妻といえども、恋の道に迷います。法花になってから百日たちました。】

「ふたたびの縁」から、かつて付き合いのあった男性に心が揺れ動く、武士の妻を付けました。

法花は、法華経のことかも知れませんし、仏前に飾る花のことかも知れませんが、百箇日《ひゃっかにち》の法要をしている様子でしょう。井月は、ご主人が無くなって百日たち、いい人ができてしまった未亡人を連想したのでしょう。

さびしさの昼《ひる》を蛍《ほたる》に水《みず》やりて　祖丸
関羽《かんう》びゐ《い》きの本《ほん》のよみ懸《かけ》　井月

【寂しい昼間、蛍に水をやって過ごしました。『三国志』の本を読みかけています。】

つれあいを亡くし、一人で暮らす寂しい昼下がりの様子でしょう。

井月は、寂しい昼下がりに、読書で過ごす様子を付けました。関羽は、『三国志』に登場する人物の中でも、特にファンが多いようです。

奈良漬《ならづけ》の蓋《ふた》とり初《そめ》る十六夜《いざよい》に　祖丸
崩《くず》るゝ《る》までの簗《やな》で貝《かい》ふく　井月

【十六夜の日、奈良漬けのふたを取りはじめました。崩れるような簗で、貝を吹きました。】

読書に対し、秋の夜を付けました。月見も過ぎた頃、そろそろ奈良漬けが食べごろだろうと、ふたを開けた様子です。

簗は、魚を獲るためにすだれのようなものを川にしかけたもので、それが崩れかけている様子です。秋の様子を付けたものと思われますが、なぜ貝を吹くのでしょうか。いくさが始まるのでしょうか。あるいは鷹《たか》狩でしょうか。

朝《あさ》ぎりの中《なか》にも鳶《とび》の輪《わ》をかけて　祖丸
のぼりを立《たて》る八幡《はちまん》の森《もり》　井月

【朝霧の中で、とんびが輪を描くように飛んでいます。八幡様の森に、のぼりを立てました。】

夏の季語である簗《やな》が崩れた景色に対し、秋の朝霧を付けました。

井月は、八幡神社の秋祭りの日だと付けました。のぼりを立てて、準備をしているのでしょう。

世《よ》のさまは西《にし》も東《ひがし》もよき咄《はなし》　祖丸
長閑《のどか》なりけり馬《うま》の鈴音《すずおと》　井月

【世の中のありさまは、西も東も良い話でいっぱいです。馬の鈴音がのどかです。】

秋祭ののぼり旗があちこちの村に立つ様子から、「西も東も」と付けました。この連句が作られたのは明治十年の初冬ということですから、西郷隆盛の西南戦争がようやく鎮圧されて、世の中が平和になった様子なのでしょう。

井月は、平和な世の長閑さを付けました。

志《し》がらみに花《はな》の筏《いかだ》のさしつどひ《ぃ》　祖丸
霞《かす》ミ《み》霞《かす》ミ《み》て流《なが》れ行川《ゆくかわ》　井月

【しがらみに、花の筏が集まりました。霞みながら流れてゆく川です。】

長閑《のどか》に対し、春の川の風景を付けました。しがらみとは、川の流れの中に杭《くい》を打ち並べたものです。花筏は、桜の花びらが水面に連なって浮いている様子でしょう。

井月は、春の霞を付け加えました。

六十一《明治十一年弥生、上伊那郡東《ひがし》春近《はるちか》村・竜洲亭にて。井月全集444・新編326》

柴舟《しばふね》も筏《いかだ》も下《くだ》る霞《かすみ》かな　井月
念入《ねんいれ》て摘《つむ》若菜《わかな》一籠《ひとかご》　竜洲

【柴を積んだ舟も、筏も、霞の中を下ってゆきます。念を入れて摘んだ若菜の一籠です。】

春霞のかかる川を、いろんな舟が下ってゆく様子です。天竜川でしょうか。

竜洲は、春の若菜摘みの様子を付けました。

手製《てづくり》の白酒《しろざけ》早《はよ》う配《くば》らせて　井月
安《やす》く賒《おぎの》るふるき毛《もう》せん　竜洲

【手作りの白酒を早く配らせました。代金後払いで安く買った、古い毛せんです。】

若菜摘みに対し、春の季語である白酒を付けました。ひな祭りなどに飲む酒のことです。

竜洲は、野外で宴を催そうと、毛せんを買ってきた様子を付けました。「おぎのる」は、掛け買いのことです。今はお金がないので、代金後払いで買ったのでしょう。

遠近《おちこち》と月《つき》の筵《むしろ》に誘《さそ》引《い》合《あい》　井月
今年《ことし》の秋《あき》も晩稲《おくて》程《ほど》よき　竜洲

【あっちへこっちへと、月見の宴に誘い合いました。今年の秋も、遅い稲がほどよく実りました。】

毛せんに対し、莚を付けました。秋の月見に転じています。

竜洲は、秋の実りの様子を付けました。早く収穫する早稲《わせ》に対して、遅く収穫する米を「おくて」と言います。

旅刀《たびがたな》角觝《すもう》の衆《しゅう》に呉《くれ》て遣《や》り　井月
親《おや》の異見《いけん》も聞《きか》ぬ我儘《わがまま》　竜洲

【旅刀を、相撲取りたちにくれてやりました。わがままで、親の意見も聞きません。】

秋に対して、相撲を付けました。旅刀は、旅人が護身用に持つ刀のことですが、なぜ人にやってしまったのでしょうか。

竜洲は、旅刀をやめて、渡世人が使う長ドスに替えようとしている様子を想像したのでしょう。親の意見も聞かず、家を飛び出してやくざになった息子の様子です。

人《ひと》しらぬ頃《ころ》を初瀬《はつせ》に百度《ひゃくど》して　井月
陸奥《むつ》の便《たよ》りのきつう手間《てま》とる　竜洲

【人が知らない時刻、長谷寺《はせでら》にお百度参りをしました。陸奥からの便りがとても手間取っています。】

「異見も聞かぬ」に対し、「しらぬ」と付けたのでしょう。初瀬は、奈良県桜井市の初瀬《はせ》にある、長谷寺のことと解釈してみました。何を祈ったのでしょうか。

竜洲は、遠く離れた東北地方にいる人の無事を祈っている様子を想像したのでしょう。便りが来なくて心配している様子です。

撫廻《なでまわ》すうちにてり持桐《もつきり》火桶《ひおけ》　井月
三ツ毛《みつげ》の猫《ねこ》を大事《だいじ》がり凫《けり》　竜洲

【なでまわすうちに、桐火桶につやが出ました。三毛猫を大事がっています。】

便りを待ちながら、桐の火鉢を毎日なでまわしていたのでしょう。

竜洲は、火鉢のあたりに丸くなっている三毛猫を付けました。なでまわして可愛がっているのでしょう。

茹飜《ゆでこぼ》す鍋《なべ》に月《つき》さす初秋《はつあき》に　井月
外山《とやま》の方《かた》に澄《すめ》る鹿笛《しかぶえ》　竜洲

【茹でこぼした鍋に、月明かりが射している初秋です。外山のほうに鹿笛の澄んだ音が響いています。】

猫の見ている囲炉裏端で、鍋を煮ている秋の風景です。

竜洲は、秋の季語である鹿笛を付けました。猟師が鹿をおびきよせるために吹く笛のことです。外山は、栃木県日光にある山のことでしょう。

霜除《しもよけ》に菊《きく》の花壇《かだん》の上覆《うわおおい》　井月
渡《わた》し日庸《ひよう》で立《たて》る院寮《いんりょう》　竜洲

【霜除けに、菊の花壇の上を覆いました。日雇い労働者にお金を渡して、院寮を建てました。】

鹿笛が聞こえてきたのは、晩秋か初冬の、花壇に初霜がおりるころでした。

院寮とは何でしょうか。寺院の寮のことかも知れません。竜洲は、寺の花壇の覆いや寮の工事をする、人夫を想像したのでしょう。

一《ひと》しきり花《はな》のふゞ《ぶ》きの志賀越《しがこえ》て　井月
瓢《ふくべ》の酒《さけ》のぬるむ陽炎《かげろう》

【ひとしきり花吹雪の舞う志賀を越えました。ひょうたんの酒がぬるむような、陽炎の立つ暖かい日です。】

日雇い仕事へ、山を越えて行った、と付けました。

志賀という地名は日本各地にあるので特定はできませ

んが、長野県の志賀高原でしょうか。

最後の句に作者が記されていませんが、おそらく竜洲でしょう。花吹雪から、春の暖かい日を連想して、陽炎を付けました。


六十二《明治十二年正月。上伊那郡手良《てら》村野口・文軽亭にて。井月全集445・新編328》

白魚《しらうお》や朱椀《しゅわん》にもればさくら色《いろ》　文軽
小止《こやみ》ては降松《ふるまつ》の淡雪《あわゆき》　井月

【白魚を、赤い椀に盛れば桜色に見えます。小止みになっては降る淡雪が、松に積もっています。】

白魚は春の季語で、新春でしょうか、花見でしょうか、朱塗りの椀でご馳走《ちそう》を食べている様子です。

井月は、春といってもまだ寒く、淡雪が舞う頃だと付けました。白魚の白さと、淡雪の白さを取り合わせています。

みそ大豆《まめ》もきさらぎ迄《まで》に直《ね》を持《もっ》て　文軽
又《また》だのみする旅先《たびさき》の状《じょう》　井月

【大豆も、如月《きさらぎ》までに値段が上がります。旅先の手紙を、又頼みしました。】

春の淡雪に対し、旧暦二月の「きさらぎ」を付けました。味噌にする豆は、大豆のことでしょう。春の如月ごろには値段が上がる、という意味でしょうか。

又頼みとは、届けるように頼まれた手紙を、別の人に頼んだ様子でしょう。井月は、なぜ旅先の手紙のことを付けたのでしょうか。たとえば店の若旦那が、大豆を買い付けに、旅に出た様子を想像したのかも知れません。

糊甘《のりあま》く月《つき》に成《なり》たる割羽織《さきばおり》　文軽
こゝら辺《あた》りで醸《かも》すぶどう酒《しゅ》　井月

【ぶっさき羽織の、糊の効きが甘いまま、月見の日になってしまいました。この辺でぶどう酒を造っています。】

旅先から手紙を出したのは、よれよれの羽織を着た侍だった、と付けました。ぶっさき羽織は、背中の下半分が割れている羽織で、馬に乗るときや、刀を腰に差すときに便利なので、おもに武士が着ていたようです。

井月は、なぜぶどう酒のことを付けたのでしょうか。たとえば明治維新で失業した武士が、ぶどう酒造りを始めた、という様子が想像できるでしょう。昔はパリッと糊の効いていた羽織も、今では少しよれた感じなのでしょう。

毛見衆《けみしゅう》に市松形《いちまつがた》の敷畳《しきだたみ》　文軽
聟取《むことり》ざかり煩《わずろ》ふ《う》てゐ《い》る　井月

【年貢の調査に来た役人に、市松模様の敷き畳を出しました。婿を取るのにちょうどよい年齢の娘なのに、病気で寝ています。】

ぶどう酒を出して、役人をもてなしたのでしょう。板の間に、座布団ではなく敷き畳を出して、座ってもらった、という様子です。大きな農家でしょうか。

井月は、その家には結婚適齢期の娘がいる、という様子を付けました。婿にほしいような、若くてたくましい役人が来たのかも知れません。

断《ことわり》も仇抱《あだだい》て居《お》る四目十ウ目《よめとおめ》　文軽
恰好《かっこう》のよき石菖《せきしょう》の鉢《はち》　井月

【縁談を断るのも、仇になりかねない四目十目の相手です。格好のよいセキショウの鉢です。】

「婿取りざかり」に対して、縁談を断る様子を付けました。四目十目は、数えで四歳違い・十歳違いの相手とは結婚がうまくいかない、という迷信です。

井月は、どうして盆栽のことを付けたのでしょうか。お見合いの席に、セキショウの鉢が飾ってある様子でしょうか。

たのまれし鍾馗幟《しょうきのぼり》も出来上《できあが》り　文軽
城《しろ》の太鼓《たいこ》に揃《そろ》ふ《う》遠騎《とおのり》　井月

【頼まれた鍾馗様の幟も出来上がりました。城の太鼓

が鳴り響き、遠乗りの馬がそろいました。】
「菖」の字から、五月五日の菖蒲《しょうぶ》の節句を連想したのでしょう。鍾馗とは、ひげづらで、大きな目でにらみつけるような、怖い顔の武人です。魔よけとして五月の節句に飾られました。
井月は、武人たちがそろって遠乗りに出かける様子を付けました。

緋威《ひおどし》もやたらきらめく月明《つきあか》り　文軽
子供《こども》の怖《おそ》る逆《ぎゃく》の峰入《みねいり》　井月

【よろいの赤い緘《おどし》も、月明かりにやたらきらめきます。山伏たちの逆の峰入りを、子どもたちが恐れています。】

遠のりする武人たちは、赤いよろいを着ていたのでしょう。緘とは、鉄あるいは革の小片を、紐《ひも》でつづり合わせたものです。

井月は、「おどし」という言葉から、恐ろしい山伏の様子へ転換したのでしょう。峰入りとは、奈良県の大峰山に入って修行することで、熊野側から入ることを「順の峰入り」、吉野側から入ることを「逆の峰入り」と言います。

鹿笛《しかぶえ》も折々吹《おりおりふけ》ば用立《ようた》たず　文軽
海鳴《うみなり》のしてもち直《なお》る空《そら》　井月

【鹿笛も、ときどき吹けば役に立ちません。海鳴りがした後、空模様が持ち直しました。】

「怖る」に対して、鹿が警戒する様子を付けました。

鹿笛は、猟師が鹿をおびきよせるために吹く笛ですが、あまりたびたび吹くと、鹿が警戒して寄ってこなくなる、という意味なのでしょう。

井月は、音に対して警戒する様子から、「海鳴りの音に空模様を警戒する人」を連想して付けました。しかし天気は荒れずに回復したようです。

花《はな》の外札《そとふだ》を出《だ》したる車《くるま》どめ　文軽
春《はる》は同者《どうしゃ》の絶《たえ》ぬはりま路《じ》　井月

【桜の花の外側に、車止めの札を出してあります。春

の播磨《はりま》路は、巡礼の人の姿が絶えません。】
空模様も持ち直した、花見の頃の様子です。ここから先は車を乗り入れないようにと、札が出してあるのでしょう。
井月は、春の街道の様子を付けました。同者とは巡礼者のことです。兵庫県の播磨は、いくつもの街道が集まるところで、西国三十三所の巡礼道も通っています。

御通《おとお》りのあとは寂《さび》しく駒鳥《こまない》啼て　井月
江湖《ごうこ》崩《くず》れと見《み》ゆる雲水《うんすい》　文軽

【お通りのあとは寂しくコマドリが鳴いています。江湖崩れと見える雲水です。】

大名行列が去ったあと、急にひっそりとしてしまった播磨街道の様子でしょう。

井月は、一人ぽつんと雲水がいる様子を付けました。雲水は旅の修行僧のことで、転じて井月のような流れ者のことも指します。「江湖」には世間という意味があり、「崩れ」は、落ちぶれてしまった様子を表す言葉です。つまり、世間からはみ出した人、という意味でしょうか。

志《こころざ》す日《ひ》とて平皿《ひら》までつけらるゝ《る》　井月
打果《うちはた》すのは博奕《ばくえき》の意地《いじ》　文軽

【志を立てた日だといって、平皿に盛った料理まで付けました。討ち果たすのは、ばくち打ちの意地です。】

落ちぶれた人が、何の志を立てたのでしょうか。

文軽は、かたき討ちの志を立てたと付けました。ばくち打ち、つまり渡世人の様子です。

覚悟《かくご》して居《い》ても詮《せん》なき廻《まわ》し床《どこ》　井月
金《かね》に売《うら》るゝ《る》娘《むすめうじ》氏なし　文軽

【覚悟していたとはいえ、廻し床は仕方がないです。お金で売られた娘は、生まれながらにそうであったわけではありません。】

「討ち果たす」から『忠臣蔵』の物語を連想し、花街で遊ぶ大石内蔵助《くらのすけ》を付けたのでしょう。廻し床とは、一晩で何人もの客の相手をする、花街の女性の様子です。

「氏無し」は、名字が無いという意味かも知れませんが、ここでは「生まれながらにこんな仕事をしているわけではない」という意味に解釈してみました。

しほしほと《おお》三輪《みつわ》に組《くみ》て無言《むごん》なり　井月
魂《たましい》すはる《わ》冬《ふゆ》の風筋《かぜすじ》　文軽

【しおらしく、三つ輪まげを結って、無言で居ます。魂が吸われるような冬の風筋です。】

花街の女性が、どこかのお金持ちのところへ身請けされたのでしょう。三つ輪まげとは、女性の髪の結い方のひとつです。江戸時代、既婚女性は丸まげを結うのですが、正式な妻ではない女性は、丸まげを結うことができず、三つ輪まげにしたのだそうです。

文軽は、しおらしくしている女性に冬の風が吹きつけて、心が寒い様子を付けたのでしょうか。

人知《ひとし》れず拾《ひろい》ひ取《とり》たる髑髏《されこうべ》　井月
表門《おもてもん》から入《いら》ぬさかな屋《や》　文軽

【人知れず、どくろを拾い取りました。魚屋は表門から入って来ません。】

合戦のあとでしょうか。寒い風が吹きつける中、友人か、家族か、どくろを拾い取って供養してやる様子なのでしょう。

文軽は、「人知れず」という言葉から、裏門から入って来る魚屋を付けました。

座頭《ざとう》らも月見《つきみ》がてらに下《くだ》るゝ《る》　井月
習《なら》ふ鼓《つづみ》にあはす《わ》鈴虫《すずむし》　文軽

【座頭たちも、月見がてらに下ってきました。習う鼓に、鈴虫が声を合わせています。】

座頭は、目の不自由な人のことです。表門から入らず、庭先にやって来たのでしょう。はりや灸《きゅう》、マッサージのほか、楽器などの芸で生計を立てる者も多かったようです。

文軽は、鈴虫の鳴く秋の夜に、鼓の稽古をしている様子を付けました。

盆過《ぼんすぎ》てべつ《っ》たりつゞ《づ》くさと祭《まつり》　井月
一割《いちわり》はねて払《はら》ふ《う》膳椀《ぜんわん》　文軽

【お盆を過ぎて、里祭がべったりと続いています。上前を一割はねて、食器の代金を払いました。】

鼓の稽古は、里祭の準備だったと転じました。あっちの里でも、こっちの里でも、祭をしている様子です。

文軽は、祭に使う膳や椀のことを付けました。代金をピンハネしている様子でしょう。

礼物《れいもの》を加賀《かが》の三度《さんど》が預《あずか》りて　井月
おもふ《う》古筆《こひつ》のふえと手ニ入《てにいる》　文軽

【お礼の品を、加賀の三度笠が預かりました。欲しいと思っていた古筆が、ふっと手に入りました。】

膳や椀《わん》を、お礼の品として人に預けた様子です。三度は三度笠《がさ》のことでしょう。渡世人がかぶっているイメージが強いですが、元々は女性用だったようです。加賀名産の、菅の三度笠をかぶった女性でしょうか。

文軽は、預かった品物は古筆だった、と付けました。平安時代から鎌倉時代あたりの書のことです。

茶《ちゃ》の水《みず》も撰《えり》にゑ《え》らるゝ《る》花《はな》の宿《やど》　井月
狆《ちん》も長閑《のどか》にあそぶ椽先《えんさき》　文軽

【茶の水も、選びに選んだ花の宿です。チンも縁側の先でのどかに遊んでいます。】

「古筆」から、掛け軸のかかる茶室を連想しました。その庭には、かわいい犬が遊んでいるのでしょう。


六十三《明治十五年、白斎追善句集『花の滴』に所載。白斎は上水内《かみみのち》郡豊野《とよの》村の人。井月全集446・新編331》

散《ち》る花《はな》もなくてめでたし雪《ゆき》の山《やま》　白斎
剪《きり》くち白《しろ》き水仙《すいせん》の香《か》さ　鶯跡

【雪の山は、散る花もなくてめでたいです。水仙の切り口の白さと香りが素晴らしいです。】

「めでたし」は、素晴らしいとか、喜ばしいという意味でしょう。雪山には雪山の良さがある、といった様子でしょうか。

鷲跡は、冬の花である水仙を付けました。水仙の根元には、袴《はかま》と呼ばれる白い部分があります。

臼《うす》ほどの長木引《ながきひ》くのも休《やす》らひて　鷲雄

【臼ほどの太さのある長い木を引くのも、大変なので休みを入れました。】

「切り口」から、木材を連想したのでしょう。御柱《おんばしら》祭でしょうか。

（以下、桜谷、月賛、舜斎、月窓、楽二、竹里、柴露、峰雨、閑志、北山、可道、翠艾、禾斎、潮堂、一枝、月黛、逸松、田の木、窓月、計泉、吾仏、一重、春兆、と続くが略。）

馬《うま》に乗《の》りしは五郎入道《ごろうにゅうどう》　岨雲

【馬に乗っているのは、刀工・五郎入道正宗です。】

臑《すね》で見《み》る芝居《しばい》は殊《こと》に大当《おおあた》り　井月
きれぬできれる棒《ぼう》の脇《わき》ざし　柳翠

【臑で見る芝居は、特に大当たりでした。切れないようで切れる、棒のような脇差しです。】

五郎入道が鍛えた名刀・正宗が、芝居に出てくる様子です。臑で見るとは、どういう意味でしょう。「臑をかじる」ならば、親に養われている様子ですから、自分でお金を出さずに芝居を観た、ということでしょうか。

柳翠は、芝居の小道具の刀のことを付けました。もちろん切れない刀なのですが、ひと振りすれば、相手がバタバタと倒れます。

（以下、松屋、可秋、一二三、金斎、静山、文雄、逸雄、竹亭、春朗、逸遊、玉泉、藤湖、亀一、花月、楚国、甚一、ノ左、生仏、一草、楚扇、長春、其岳、桐里、梅一、文康、高峨、時彦、白雅、梅叟、錦洞、山邦、希山、柳水、国斎、芦川、緑山、一虎、野翠、推山、禾鎮、春斎、国雄、寛美津、鳳石、可斎、原山、三岳、海月、寿山、白竜、月左、長斎、白翁、平斎、南光、鳳雄、乙雄、北峨、雲老、星岳、井泉、春鶩、山柳、塩山、箕由、月外、山月、中節、鶩雄、仙老、と続くが略。)

六十四《明治十六年秋九月。上伊那郡東春近村田原《ひがしはるちか》・昔の家(鶩娯の家)にて。井月全集447・新編332》

百舌鳥《もずどり》や鋸鎌《のこぎりがま》を売《うり》に来《く》る　鶩娯
日和《ひより》たしかに三日月《みかづき》の反《そり》　井月

【モズの季節、のこぎり鎌を売りにきました。反った三日月が出ていて、明日の晴天は確実でしょう。】

のこぎり鎌は、ぎざぎざのついた稲刈り鎌のことでしょう。モズの声のぎざぎざした感じと、取り合わせた句です。

井月は、明日稲刈りができそうか、西の空を見て予想している様子を付けました。三日月は西の夕空に出ます。

後《おく》れじと宵寒《よいさむ》に筏下《いかだくだ》すらん　鶩娯
よくも芝居《しばい》の当《あた》る奥筋《おくすじ》　井月

【宵の寒くなった季節、遅れないようにいかだを下らせました。東北地方では芝居がよく当たります。】

三日月も出て、宵が迫ってきているので、急いでいる様子です。木材をいかだに組んで、川を下るのでしょう。

井月は、北上川の筏下りを連想したのでしょうか。東北地方を旅回りする芝居の様子を付けました。

料《りょう》理屋《りや》の続《つづい》た町《まち》の込合《こみあっ》て　鶩娯
人《ひと》のふり向《むく》凧《たこ》の大《おお》きさ　井月

【料理屋の続く町が込み合っています。人がふり向い

て見るほど大きな凧です。】
芝居を見た人が、料理屋に入って行く様子です。
井月は、初詣で込み合う町を連想したのでしょうか。大きな凧をあげている人もいます。

雲切《くもきり》のあとから山《やま》の笑出《わらいだ》し　鶯娯
二《に》の午祭《うままつ》り橋銭《はしせん》を乞《こ》（？）ふ《う》　井月

【雲切のあとから山が笑い出しました。二の午の祭で、橋銭を集めています。】

大きな凧《たこ》の向こうには、春の山が見えます。雲切は、イカリソウのことでしょうか。あるいは、どんよりした雲が切れた様子かも知れません。「山笑う」は春の季語で、山の草木が芽吹いて明るい感じになってきた様子を表しています。

井月は、旧暦二月の二番目の午の日に行われる「二の午」の祭りの様子を付けました。新暦に直せば三月の下旬か四月の上旬くらいで、ちょうど山笑うころです。橋銭とは、橋の修繕の資金を集めるために通行料を取ることです。

兎角《とかく》して私語《ささや》かんにも便《たよ》りなし　鶯娯
般若《はんにゃ》の面《つら》で怖《おど》す所作事《しょさごと》　井月

【あれこれ噂《うわさ》をしたくても、便りがありません。般若のような顔で脅す所作事です。】

橋銭をとられ、不満をささやく様子を連想したのでしょうか。どこかへ行ったきりで便りが来ない人のことを、ひそひそと噂している様子に転じました。

井月は、「どこか別の女のところに行って便りもよこさない亭主」を連想し、嫉妬《しっと》に狂う妻の様子を付けたのでしょう。所作事は、歌舞伎の演技のことで、般若の面は、嫉妬に狂った女性の顔を表しています。

もの好《ずき》に世和《せわ》を苦《く》にせぬ通《とお》りもの　鶯娯
普化寺《ふけでら》見《み》ゆる行儀正《ぎょうぎただ》しき　井月

【人の世話を苦にしない、物好きな通り者です。普化寺の人が行儀正しく見えます。】

般若《はんにゃ》のような女を嫁にするなんて物好きだ、という連想でしょう。通り者とは、名の知れた人のことで、ここでは遊び人のことでしょうか。近所に厄介ごとがあると、あれこれ世話を焼くのでしょう。

普化寺という寺院は日本にはありませんので、普化宗の虚無僧《こむそう》のことでしょうか。尺八を吹き、行儀正しく物を乞うている様子なのでしょう。井月は、虚無僧の世話をする物好きな人のことを連想したと思われます。

年寄《としより》の多《おお》い月見《つきみ》のもてなしに　鶯娯
早稲《わせ》のみのりを試《こころみ》る餅《もち》　井月

【年寄りの多い月見のもてなしです。早稲米で試しに餅を作ってみました。】

「行儀正しき」から、年寄りたちの月見を連想しました。

年寄りが多いということは、何か柔らかいものを出したほうがよい、と連想したのでしょう。井月は、新米で餅を作った様子を付けました。

しら菊《ぎく》も黄菊《きぎく》も馬《うま》の荷《に》に括《くく》り　鶯娯
鄙《ひな》には稀《まれ》な歌《うた》の勝負《かちまけ》　井月

【白菊も黄菊も、馬の荷物にくくって運びました。いなかには珍しい、歌合わせの勝負をしています。】

実りの秋に対して、菊の秋を付けました。菊の花を、どこへ運ぶのでしょう。

井月は、歌合わせの会場へ運ぶのだと連想して付けました。「鄙」は、ひなびたという意味で、いなかのことです。

粧《よそお》ひの花毛氈《はなもうせん》も賑《にぎわ》はしく　鶯娯
此頃吹《このごろふく》はあたたかな風《かぜ》　井月

【準備した花模様の毛せんも賑わっています。このごろ吹くのは暖かな風です。】

歌合わせを、毛せんの上でやっているのでしょう。「粧う」という言葉には、準備するという意味があります。

井月は、花の季節に暖かな風が吹く様子を付けました。

海苔《のり》麁朶《そだ》に庭石囲《にわいしかこ》ふ手洗前《ちょうずまえ》（？）　井月
余所《よそ》には早《はや》く知《しれ》し呪詛《まじない》　鷺娯

【海苔麁朶で庭石を囲われてしまった手洗い前です。よそには早く知れた呪詛《じゅそ》です。】

あたたかな風に対して、春の季語である海苔を付けました。海苔麁朶とは、海苔を付着させるために海中に立てる棒のことです。庭石の周りで干している様子でしょう。

鷺娯は、なにか囲いを作って呪詛をする様子を連想したのでしょうか。難解な附合です。

ある時《とき》は葛城《かつらぎ》の神《かみ》ふし拝《おが》み　井月
晴《はれ》ぬ思《おもい》ひに人妬《ひとねた》みする　鷺娯

【あるときは、葛城の神を伏し拝みました。晴れぬ思いに、人を妬みました。】

「まじない」から、「拝む」を連想しました。神様に、何かお願いごとをしている様子でしょう。

葛城の神は、容姿が醜く、夜にしか現れなかった、という伝説があります。そこで鷺娯は、容姿のことで人を妬む様子を付けたのでしょう。

半鐘《はんしょう》の鳴《なれ》ば千鳥《ちどり》は啼出《なきだ》して　井月
風《かぜ》も枯野《かれの》に高《たか》き碑《いしぶみ》　鷺娯

【半鐘が鳴れば、千鳥が鳴き出しました。風の吹く枯野に、高い石碑が立っています。】

人を妬んで放火したのでしょうか。火事の様子でしょう。火事も千鳥も冬の季語です。

鷺娯は、枯野に火がついて風で燃え広がっている様子を連想したのでしょう。何の石碑が立っていたのでしょうか。

礎《いしずえ》（？）は無《なき》かと覗《のぞ》く離《はな》れ家《や》に　井月
そつと隠《かく》して知《し》れぬ血刀《ちがたな》　鷺娯

【礎は無いかと、離れ家をのぞき込みました。血のつ

いた刀を、知られぬようにそっと隠しています。】

碑《いしぶみ》に対し、礎《いしずえ》を付けたのでしょうか。家を建てるときの礎石のことですが、そんなものを探して離れ家をのぞき込むことがあるのでしょうか。難解な句です。

鶯娯は、その離れ家に、血の付いた刀が隠してあった、と付けました。

読経《どっきょう》の声《こえ》も次第《しだい》に細《ほそ》る也《なり》　井月

叩《たた》て開《ひら》く門《もん》の貫木《かんぬき》　鶯娯

【読経《どきょう》の声も、次第に細くなりました。門を叩いて、かんぬきを開けさせました。】

刀で斬られて死んだ人に対し、お経を読む様子を連想しました。

鶯娯は、祈祷《きとう》もむなしく亡くなった病人の様子に転じたのでしょう。亡くなったことを知らせるために、夜中に近所の家々の門を叩いて、かんぬきを開けさせている様子です。

俊寛《しゅんかん》の庵《いおり》に月《つき》の友呼《ともよび》て　井月

金《かね》の工夫《くふう》を付《つけ》る肌寒《はだざむ》　鶯娯

【俊寛の庵に、月見の友を呼びました。お金の工夫を付けた肌寒い日です。】

門が開いて、庵の中に通されたのでしょう。俊寛は、後白河法皇の側近だった僧侶です。鹿ケ谷《ししがたに》の山荘に友を集めて、平氏打倒の密談をした話が伝わっています。

鶯娯は、友を呼んで、お金の貸し借りの話をしている様子に転換しました。

そば畑《ばた》の盛雪《さかりゆき》とも見《み》なしつゝ《つ》　井月

船路《ふなじ》は過《すぎ》て旅《たび》は気安《きやす》き　鶯娯

【そば畑の花盛りを、雪と見なしました。船旅は終わって気持ちが楽になりました。】

秋の肌寒に対して、そばの花を付けました。

鶯娯は、そば畑を見ながら旅をしている人の様子を付けました。船旅は楽ですが、危険がつきものです。こうやって田舎《いなか》道を歩くほうが気楽だ、といった様子でしょう。

犬飼《いぬかい》の昔尋《むかしたずね》る湯治場《とうじば》に　井月
済《すめ》ば畳《たたみ》て仕舞《しまう》ふからくり　鶯娯

【古い歴史のある犬飼の湯治場を訪ねて来ました。済めば畳んでしまうからくりです。】

船旅を終えて、陸路を松本へ向かったのでしょう。松本の浅間温泉のことを、昔は犬飼の湯と言ったようです。平安時代、犬飼半左衛門という人が発見したので、その名が付きました。

鶯娯は、用が済めば畳んでおけるような、湯治場の何かの施設を連想したのでしょうか。

後先《あとさき》は別《べつ》に大事《だいじ》な花七日《はななのか》　井月
こゝ《こ》ろ有《あり》げな春《はる》の山寺《やまでら》　鶯娯

【物事の順序は、特別に大事な花七日です。心ありげな春の山寺です。】

「畳んでしまう」から、花見の毛せんを連想したのでしょう。花七日とは、桜の花盛りの短い期間のことです。おそらく、どこの花を見て回るか、その順番が大事だ、と言っているのでしょう。あっちもこっちも見たい、という気持ちが想像できます。

鶯娯は、桜の花が美しく咲く山寺の様子を付けました。「心ありげ」は、風流を理解する人の様子でしょう。花見の相手をしてくれる風流な住職がいるのでしょうか。

六十五《明治十二年如月。上伊那郡伊那町福島《ふくじま》・井田斎（竹圃の家）にて。井月全集492・新編335》

福寿草《ふくじゅそう》誰《だれ》もほしがる名也《ななり》けり　竹圃
請《うけ》ては廻《まわ》す屠蘇《とそ》の盃《さかずき》　井月

【福寿草というめでたい名前は、誰もが欲しがります。屠蘇の盃に、酒を受けては回しています。】

福寿草は、福と寿ですから、とてもめでたい名前です。加えて、元日に咲くように栽培されました。

井月は、元日に屠蘇を飲む様子を付けました。

遠近《おちこち》の門賑《かどにぎわ》はしう春立《しゅうはるたち》て　竹圃
隙《すき》さへ《え》あれば箒《ほうき》とるなり　井月

【立春に、あちこちの家の門は賑わっています。隙さえあれば、ほうきを取ります。】

新春の屠蘇《とそ》に対して、年始回りなどで賑わっている様子を付けたのでしょう。

井月は、来客が絶えない中、隙を見つけては掃除している様子を付けました。

とま船《ぶね》も月《つき》の用意《ようい》の洗《あら》ひ米《いごめ》　竹圃
黄昏《たそがれ》さそふ虫《うむし》の声々《こえごえ》　井月

【苫《とま》船で月見をするので、米を洗って用意をしています。虫の声が、たそがれを誘っています。】

ほうきで掃除する様子から、月見の準備を連想しました。苫船とは、簡単な屋根をつけた船のことです。米を洗って、ごちそうの準備をしている様子でしょう。

井月は、まだ明るいのに早くも虫の声が聞こえてくる様子を付けました。まるで、たそがれを誘っているようだ、という様子でしょう。

寂《さび》しさは秋《あき》のまことの石仏《いしぼとけ》　竹圃
風呂《ふろ》のもどりの連《つれ》をほしがる　井月

【秋の本当の石仏は、寂しいものです。風呂からの帰り道の連れを欲しがっています。】

虫の声に対し、秋の寂しさを付けました。秋のまことなのか、まことの石仏なのか、解釈が難しいですが、とにかく寂しさを感じている様子です。

井月は、一人で銭湯から帰るのは寂しいから、連れが欲しい、と付けました。

懐《ふところ》で文《ふみ》をひき裂《さきし》知らぬ顔《かお》　竹圃
それと見《み》てとる河豚汁《ふぐじる》の鍋《なべ》　井月

【懐で手紙を引き裂いて、知らん顔をしています。それを見て、河豚汁の鍋の誘いだろうと察知しました。】

銭湯からの帰りに、手紙を預かりました。人に見られてはいけない手紙なのでしょう。逢引《あいび》きの誘いでしょうか。

井月は、その手紙の内容は、こっそり河豚汁を食べる誘いだった、と想像して付けたのでしょう。

立切《たちきっ》た戸尻《とじり》の風《かぜ》の吹雪《ふぶき》ヽ《き》て　竹圃
売《うる》といはれて困《こま》る唐丸《とうまる》　井月

【戸尻で断ち切った風が、吹雪いています。唐丸を売ってくれると言われて困りました。】

あつあつの河豚汁《ふぐじる》を食べている様子に対し、外の寒さを付けました。引き戸の引っ張る側のことを戸先といい、その反対側を戸尻といいます。戸尻までしっかり閉めて風を断ち切った様子でしょう。

唐丸は、鳴き声を鑑賞するためのニワトリで、長々と鳴きます。そんなものを売ってもらっても困る、といった様子でしょう。井月は、ニワトリを飼う唐丸籠《とうまるかご》に、吹雪まじりの風が吹き抜ける様子を連想したのかも知れません。

返事《へんじ》まつうちに早《はや》くも月《つき》に成《なり》　竹圃
秋《あき》たくはつに綿曬《わたもら》ふ瞽女《ごぜ》　井月

【返事を待つうちに日が暮れて、早くも月が出ました。秋の托鉢《たくはつ》に出た瞽女が、綿を貰《もら》いました。】

唐丸を買ってくれるかどうか返事を待っている様子を連想しました。

井月は、月から秋を連想しました。瞽女とは、目の不自由な女芸人のことで、三味線を弾きながら唄っていたようです。秋、寒くなったので、綿入れに入れるための綿をもらったのでしょう。

駒牽《こまひき》の声《こえ》の聞《きこ》える朝凪《あさなぎ》に　竹圃
壱歩《いちぶ》工面《くめん》をしたる今《いま》の間《ま》　井月

【朝凪の静けさの中、馬子《まご》の声が聞こえてきます。今のあいだだけ、一分《いちぶ》のお金を工面しました。】

道を行く瞽女《ごぜ》に対し、道を行く馬子を付けたのでしょう。駒牽は、献上された馬を天皇がご覧になる宮中行事ですが、ここでは単に馬を引いて歩いている馬子のことと解釈しました。

　井月は、生活の苦しい馬子が、お金を工面してその日暮らしをしている様子を付けたのでしょう。

茶屋町《ちゃやまち》も閙《さわがしゅ》う成花盛《なるはなざか》り　竹圃
　海苔《のり》かけとうふすき腹《ばら》に合《あう》　井月

【花盛りには、茶屋町も騒がしくなります。海苔をかけた豆腐が、すきっ腹に合います。】

　お金を工面して、花盛りを楽しもうというのでしょう。茶屋は茶店ともいい、旅人の休憩所のことです。たくさんの花見客で賑《にぎ》わっている様子でしょう。

　井月は、茶屋で「海苔かけ豆腐」なるものを頼んだと付けました。軽い食事なので、すきっ腹にもたれずにちょうどいい、ということなのでしょう。

遣《や》る当《あて》もなき雛《ひな》をかふ《う》暮《くれ》ざかひ《い》　井月
　呼《よび》かけられて禰宜《ねぎ》の挨拶《あいさつ》　竹圃

【どこにも遣る当てのないひな人形を買ってしまった、暮れ境です。禰宜さまに呼びかけられて挨拶をしました。】

　腹をすかせて食事を乞い歩く様子を連想し、行くあてのない井月自身を付けたのでしょう。暮れ境とは、昼と夜の境、つまり夕暮れのことです。紙でできたような簡単なひな人形を買って、手土産《みやげ》にしようと思ったのでしょうか。

　竹圃は、神社の禰宜さまに呼びかけられて、「泊まるところがないのなら、うちに来なさい」とでも言われている様子を付けたのでしょう。

割《わり》いとをわりなく頼《たの》む染次手《そめついで》　井月
　きのふ来《うき》たのも姉《あね》の媒酌《ばいしゃく》　竹圃

【糸を染めるついでに、割り糸をやたらに頼みました。きのう来たのも姉の媒酌人です。】

　割り糸とは、糸を割って細い二本の糸にすることです。糸を染めるついでに、二本に割ってくれと禰宜《ねぎ》さまに頼まれて、面倒くさく思っている様子でしょうか。

竹圃は、面倒くさい仕事をやたらに持ってくる姉夫婦の仲人《なこうど》を想像したのでしょう。かどが立つので断るわけにもいきません。

義理《ぎり》がたく新茶《しんちゃ》を添《そえ》て返《かえ》し物《もの》　井月
まはり《わ》みちして牡丹《ぼたん》見《み》て行《ゆく》　竹圃

【借りた物を返すときに、義理堅く新茶を添えました。回り道して牡丹を見て行きます。】

姉夫婦の仲人《なこうど》が、物を返しに来た様子です。

竹圃は、その帰りに寄り道をして牡丹を見た様子を付けました。初夏の花なので、新茶の季節です。

時折《ときおり》は法華読誦《ほっけどくじゅ》の翠簾《みす》の内《うち》　井月
人相書《にんそうがき》にあたりつ《つ》ゝしむ　竹圃

【時折、すだれの内から法華経をとなえる声がします。人相書きを見て、周囲が言葉を慎みました。】

牡丹《ぼたん》見物を楽しんだ人は、普段はすだれの中から顔を見せない人なのでしょう。わけがあって隠れて暮らしているのでしょうか。

そんな折、お上《かみ》から人相書きが出回り、「あ、この人は」と、皆が声をひそめた様子なのでしょう。

慶安《けいあん》の頃《ころ》は兎角《とかく》に血腥《ちなまぐさ》く　井月
賭碁《かけご》に負《ま》けてひつ《っ》かける酒《さけ》　竹圃

【慶安のころは、とかく血なまぐさい時代でした。賭け碁に負けて、酒をひっかけました。】

人相書きから、事件の様子を連想したのでしょう。一六五一年に、「慶安の変」という幕府の転覆をはかった事件が起こりました。結局、密告によって首謀者たちは捕えられ、企ては失敗に終わりました。

竹圃は、勝負に負けて悔しがる様子を連想し、やけ酒を飲む様子を付けました。

月代《つきしろ》の漸《ようよう》ゝ匂《にお》ふ山《やま》の端《は》に　井月
さき乱《みだ》れたる萩《はぎ》の一《ひと》もと　竹圃

【月の光が、だんだん山の端を照らしています。萩の

一株が、咲き乱れています。】
碁を終えると、すでに夕月の時刻になっていた、と連想しました。秋の明るい月が昇って来る様子でしょう。
竹圃は、秋の花である萩が咲き乱れている様子を付けました。

こと馴《なれ》た者《もの》もたしなき司召《つかさめし》　井月
毎度《まいど》丁度《ちょうど》に出来《でき》ぬもゝ《も》引《ひき》　竹圃

【司召の行事に、物事に慣れた人が足りません。毎度ちょうどに出来ないももひきです。】

萩《はぎ》に対して、秋の行事である司召を付けました。京の都の役人たちの任命式のことですが、儀式を執り行うのに慣れた人が足りない様子です。

竹圃は、慣れない人が作ったももひきは、毎度ちょうどよいものが出来ない、と付けました。

精進《しょうじん》は塩《しお》だち又《また》は火物断《ひものだち》　井月
終《つい》に鎖《とざ》したためしなき木戸《きど》　竹圃

【塩絶ちをするか、あるいは火物を絶って、精進をします。ついに木戸を閉ざしたことがありません。】

仕立ての仕事が上手になるように、精進する様子を付けたのでしょう。精進とは、一定期間おこないを慎んで身を清めることです。火物とは何か分かりませんが、煮炊きしたもののことでしょうか。

竹圃は、精進という言葉から、自宅謹慎をする様子を連想したのでしょう。昔は蟄居閉門《ちっきょへいもん》をしたのですが、ついに門を閉ざすことがなかった様子を付けました。

和田《わだ》どのの花見衣《はなみごろも》のとりどりに　井月
こぼれたやう《よ》に群《むれ》るてふてふ《ちょうちょう》　竹圃

【和田殿の花見衣が色とりどりです。蝶《ちょう》がこぼれたように群れています。】

いつも人の出入りが賑《にぎ》やかな、名家の様子へ転じました。和田殿とは誰のことか分かりませんが、盛大な花見の宴をおこなっている様子です。

竹圃は、花見の女性が着る美しい衣が、蝶の群れのようだと付けました。

六十六《上伊那郡美篶《みすず》村・柳川亭所蔵。井月全集541・新編338》

（予《よ》は今年《ことし》耳順《じじゅん》の一《ひと》なれより）

一順《いちじゅん》の干支《えと》の初日《はつひ》を迎ひけり　一匙

額突髭《ぬかづきひげ》の東風《こち》に吹《ふか》るゝ　稲谷

【一巡した干支の初日を迎えました。額づいたひげが東風に吹かれています。】

耳順とは、六十歳になることです。還暦を迎えた正月の様子でしょう。

稲谷は、神棚か仏壇に感謝して、額づいている様子を付けたのでしょう。旧暦の新年は春なので、東風を添えました。

鶯《うぐいす》に障子《しょうじ》開《ひら》けば音《おと》を立《た》て　布精

山《やま》の間《あい》から家見《いえみ》ゆる也《なり》　菊園

【うぐいすの声がするので、障子を開いたら、音を立ててしまいました。山の間から家が見えます。】

春の東風に対し、うぐいすを付けました。障子の音に、うぐいすが驚いて逃げてしまった様子でしょう。

菊園は、うぐいすの姿は見えなかったけれども、山あいから家が見えた、と付けました。

芋買《いもかい》は大根《だいこ》もしぐる月《つき》の頃《ころ》　蘭堂

角力《すもう》を当《あて》に仕込饅頭《しこむまんじゅう》　井月

【芋を買うのは、大根も赤く染まる月の頃です。相撲の巡業をあてにして、まんじゅうを仕込みました。】

山間《やまあい》の家では、芋を買ったり、大根を漬けたりと、月見の準備をしています。酢に漬けて赤く染まる、しぐれ大根のことでしょう。

井月は、秋の季語である相撲を付けました。見物客がたくさん来るので、まんじゅうをたくさん仕込んだ様子でしょう。

落《おち》るやら下群《したむ》れ低《ひく》く渡《わた》る雁《かり》　蒼芦
　入江《いりえ》の奥《おく》はくらき雨雲《あまぐも》　凌冬

【雁の群れが、高度を下げて、低く渡ってゆきます。入り江の奥には、暗い雨雲が立ち込めています。】

巡業の相撲取りから、渡り鳥の雁を連想したのでしょう。低空飛行をしている様子です。

凌冬は、雨雲が立ち込めてきたので、低空飛行をしたのだと付けました。

日数《ひかず》してはづ《ず》む関屋《せきや》の家根普請《やねぶしん》　朝逸
　背《せ》の高《たか》いのがじまんなる聟《むこ》　ます女

【関所の屋根の工事は、日数がかかったので、賃金をはずみました。背が高いのが自慢の婿です。】

雨が降って、屋根の工事が遅れた様子を付けました。

その屋根職人は、うちの自慢の婿だったと、ます女は付けました。

胸《むね》にある程《ほど》は文《ふみ》にも尽《つく》されず　なみ
　撫《なで》つさすりつ愛《め》ず特綏《とくすい》の子《こ》　柳川

【胸中にあることを、手紙に書きつくすことはできませんでした。なでたりさすったりして、特別に可愛がった子です。】

あれこれ婿の自慢を書きたくても、書きつくすことができない様子です。

柳川は、愛する我が子をよそへやるときに、手紙を添える様子を連想して付けたのでしょう。特綏とは、「特にいたわること」だと解釈してみました。

六十七《上伊那郡河南《かなみ》村押出《おしだし》・霞松亭所蔵。実はこの連句は井月一人の作だという。大正十年『井月の句集』所載。新編340》

鳥影《とりかげ》のさゝ《さ》ぬ日《ひ》はなし青簾《あおすだれ》　井月
　袷《あわせ》になりて軽《かる》きなりはひ《わい》　柳仙

【青すだれに、鳥影のささない日はありません。袷になって、仕事が軽くできます。】

初夏の様子でしょう。鳥たちも活発に活動しているようです。

柳仙は、着物の綿を抜いて、すずしい袷になったので、軽々と動ける様子を付けました。袷は夏の季語です。

睦《むつま》じき咄《はなし》に一座《いちざ》膝《ひざ》よせて　暮三

越《こし》の飛脚《ひきゃく》の立《たち》は延《の》びけり　文室

【仲睦まじい話を、一座の者は膝を寄せて聞きました。北陸へ向かう飛脚の出発は延びました。】

「なりわい」は仕事のことですので、仕事そっちのけでおしゃべりに夢中になっている様子を付けました。恋の噂《うわさ》話でしょうか。

文室は、たまたま居合わせた飛脚も、その話を聞きたくて留まったため、出発が遅れてしまった様子を付けました。

もう翌日《あす》といふ明月《うめいげつ》にさしかゝ《か》り　井月

咲《さ》いたは見《み》する園《その》の白萩《しらはぎ》　白州

【もう明日が名月だという日にさしかかりました。園の白萩が咲いているのを見ました。】

飛脚の出発が延びたのは、月見のごちそうにありつくためだった、と転じました。秋の明るい月という意味で、明月という字をあてたのでしょう。

白州は萩を付けました。秋もたけなわの様子です。

放生《ほうじょう》に好《よ》き水《みず》のある通《とお》り筋《すじ》　山邦

律儀《りちぎ》ながらも悟《さと》る目《め》くばせ　喜逸

【魚を放すのによい水がある通り筋です。律儀ながらも目配せを悟りました。】

萩《はぎ》の咲く道端の様子を付けました。釣りの帰り道なのでしょう。ちょうどいい川の流れがあるので、釣った魚を放してやっている様子です。

喜逸は、「かわいそうだから放してやれ」という目配せのことを付けました。

宿下《やどさが》りするを指折《ゆびお》り奥女中《おくじょちゅう》　東章
佇《たたず》む中《うち》に凍《こお》る駒下駄《こまげた》　其岳

【宿下がりの日を、奥女中が指折数えています。たたずむうちに、駒下駄が凍りました。】

目配せから、女たちの陰謀うずまく江戸城の大奥を連想したのでしょう。宿下がりとは、休暇をもらって実家に帰る日のことで、その日を楽しみにしている様子です。

其岳は、奥女中の履く駒下駄のことを付けました。寒い日の務めは、じっとしていると凍ってしまうようだ、という様子です。

取《と》り出《だ》して著《き》（着）物揃《ものそろえ》へる納戸口《なんどぐち》　梅舎
時計《とけい》を合《あ》はす八幡《はちまん》の鐘《かね》　井月

【取り出した着物を、納戸口にそろえました。八幡様の鐘の音に、時計を合わせました。】

駒下駄に対し、着物を付けました。納戸とは、衣類や家具類をしまっておく部屋のことです。何かお祝いの準備でもしているのでしょうか。

井月は、衣類だけでなく、時計の準備もしている様子を付けました。井月の時代、時計があるということは、かなりの金持ちの家の様子なのでしょう。

しら〳〵《じら》と明残《あけのこ》りたる月影《つきかげ》に　井月
とつ《っ》と鮎《あゆ》の落《お》ちる玉川《たまがわ》　与山

【しらじらと夜明けの空に月が残っています。とっとと鮎が落ちていく玉川です。】

明け六つの鐘が鳴って、下弦の月が明け空に残っている様子でしょう。十五夜が過ぎたころの月です。与山は、秋の季語である落ち鮎を付けました。月見の頃も過ぎ、どんどん秋が更けてゆく様子です。

燗《かん》をみて耳《みみ》をおさへ《え》る今年酒《ことしざけ》　井月
浮雲《あぶ》ない処《ところ》へ並《なら》べたる皿《さら》　水翁

【今年酒の燗のつき具合を見て、耳たぶを押さえました。あぶないところへ皿を並べています。】

落ち鮎《あゆ》に対し、秋の新酒を付けました。熱いものにさわったあと、「あちち」と言いながら冷たい耳たぶをさわっている様子でしょう。

水翁は、酒のつまみに皿を並べている様子を付けました。

賑《にぎ》やかに開帳《かいちょう》はづ《ず》む花盛《はなざかり》　井月
長閑《のどか》な旅《たび》に霜《しも》を忘《わす》るゝ《る》　一首

【花盛りの日、御開帳が賑やかに弾んでいます。長閑な日の旅に、霜が降りるのも忘れてしまいます。】

皿を並べる様子から、賑わう宿の様子を付けました。善光寺の御開帳でしょう。数えで七年に一度、春に行われます。

一首は、善光寺参りに来た旅人を付けました。御開帳の時期、まだ遅霜《おそじも》に気を付けなければならない様子でしょう。

灸跡《きゅうあと》も直《なお》れば夏《なつ》も近《ちか》からん　南江
一寸《ちょっと》見返《みかえ》すきぬぎぬの顔《かお》　車月

【お灸の跡も直れば、夏も近いです。きぬぎぬの顔を、ちょっと見返しました。】

長閑《のどか》に対して、春の終わりを連想しました。旧暦二月二日におこなった二日灸の跡が消えた頃、そろそろ夏になる、という様子です。

車月は、肌のお灸のあとを見ながら、服を着る様子を付けたのでしょう。きぬぎぬとは、愛し合う二人が、それぞれの服を着て別れてゆく様子です。

咳払《せきばら》ひ《い》するを何《なに》やら気《き》に懸《かか》り　香雪
もつれし髪《かみ》を撫上《なであ》げる櫛《くし》　淡山

【咳払いするのが、何やら気に懸りました。もつれた髪を櫛で撫で上げました。】

二人の別れ際に、ゴホンと咳払いするので、何だろうと気になった様子です。

淡山は、もつれた髪の毛が気になっただけだと付けました。

休《やす》まねばならぬ清水《しみず》に行過《ゆきす》ぎて　柳起
歯《は》の痛《いた》みにも頼《たの》む咒《まじない》　井月

【休まなければならなかった清水を、行き過ぎてしまいました。歯の痛みにも、まじないを頼みました。】

もつれ髪から、旅の疲れを連想しました。清水で休むつもりだったのに、行き過ぎてしまったので、のどが渇いて困っている様子です。

井月は、のどが渇くだけでなく、歯も痛い様子を付けました。

此頃《このごろ》は頻《しき》りに流行《はや》る湯《ゆ》の薬師《くすし》　柏丸
朝観音《あさかんのん》に売《う》れる鳩《はと》の餌《え》　井月

【このごろ、しきりに流行っている温泉の医者です。朝の観音参りに鳩の餌が売れます。】

「歯の痛み」から、医者を連想して付けました。

井月は、薬師を「やくし」と読み替え、薬師如来に対して観音菩薩《ぼさつ》を付けました。寺の境内の鳩に、餌をやる様子でしょう。

雨《あめ》とさへ《え》ならねど変《かわ》る雲模様《くももよう》　月休
田《た》を片付《かたづ》けて都見《みやこみ》て来《く》る　文軽

【雨こそ降らないですが、空模様は相変わらず曇っています。田んぼを片付けて、都を見に行きました。】

朝観音は六月十八日の行事ですので、梅雨空《つゆぞら》を付けました。

文軽は、梅雨ではなく秋雨のころに転じ、田んぼを早々に片付けて、都見物に行く人の様子を付けました。

月《つき》の秋街《あきちまた》に家《いえ》を建《た》て継《つぎ》て　山好
相場定《そうばさだ》めず送《おく》る新絹《しんぎぬ》　里景

【秋の月見のころ、街なかに家を増築しました。新しい絹を、相場を見定めずに送りました。】

田んぼを片付ける様子から、秋の月を連想しました。家を増築したのは、隠居部屋か何かを作るためでしょうか。

新絹は秋の季語です。相場を確かめもせずに送るということは、高い買い物をしたのかも知れません。つまり里景は、金に糸目をつけずに家を建てたり絹を買ったりする、金持ちの様子を想像して付けたのでしょう。

撰出《えりだ》して置《お》けど邪魔《じゃま》なり変《かわ》り銭《ぜに》　月山
金唐皮《きんからかわ》の手箱古《てばこふる》めく　文軽

【選り出しておいても、邪魔になる変り銭です。金唐皮の張ってある手箱が、古めいています。】

新絹の代金にもらった銭の様子です。江戸時代の標準的な貨幣は「寛永通宝」でしたが、中には清国で作られた銭も混ざって流通していたようです。そういった変わった銭を、選り出している様子なのでしょう。

唐皮とは、オランダから渡来した革のことでしょう。金色の、すばらしい革張りの箱にお金を貯めていた様子ですが、文軽は、その革も古めいてきた様子を付けました。

積善《せきぜん》はとりも直《なお》さず世《よ》の宝《たから》　井月
拾《ひろ》ふた知恵《ちえ》を人《ひと》に施《ほどこ》す　梅関

【善行を積むのは、とりもなおさず世の宝です。拾った知恵を人に施します。】

手箱から、宝を連想しました。よい行いを積み上げることが世の中のためだ、という教訓めいた句です。梅関は、人に施すことも善行のひとつだと連想して付けたのでしょう。

敷島《しきしま》の道《みち》も気高《けだか》く香《かお》る花《はな》　霞松
清《きよ》くめで度《た》くいさましき春《はる》　井月

【敷島の道も、気高く花が香っています。清くめでたく勇ましい春です。】

「人に施す」に対し、「気高い」を連想しました。敷島とは、日本国のことです。ほかにも「倭国《わこく》」とか「大和《やまと》」とか、いろんな呼び方がありましたが、「敷島」もそのひとつなのでしょう。

井月は、明治維新で新しい国になったことを祝うような句を付けました。

附録・井月の和歌

井月は、和歌も少しだけ残していますので、読み解いてみましょう。

朝霞《あさがすみ》未《ま》だ立《たち》あえぬ不尽《ふじ》が根《ね》に
匂《にお》ひそめたる初旭影《はつひかげ》かな

（井月全集217・新編346）

【朝霞がまだ立っていない澄んだ富士の峰に、赤く染まり始めた初日の出です。】

元日の祝いの席にふさわしい、めでたい内容の一首です。次のような類歌があります。

朝霞《あさがすみ》未《ま》だ立《たち》あえぬ駒《こま》が根《ね》に
匂《におい》ひそめたる初旭影《はつひかげ》かな

（井月全集217・新編346）

【朝霞がまだ立っていない澄んだ駒ヶ岳に、赤く染ま

り始めた初日の出です。】

富士山ではなく、中央アルプスの主峰・駒ヶ岳に替えて詠んだ一首です。

今《いま》は世《よ》に拾《ひろ》ふ人《ひと》なき落栗《おちぐり》の
くちはてよとや雨《あめ》のふるらん

（井月全集217・新編346）

【今はだれも拾う人もない落ち栗に、朽ち果てよと言うかのような雨が降るのでしょう。】

伊那谷から出られずに朽ちてゆく、井月自身のことを詠んでいるようです。井月は、上伊那郡《かみいな》美篶《みすず》村に戸籍を作ったときに、「落ち栗の座を定めるや窪溜《くぼだま》り」という句を作りましたが、それと対を成す一首だと言えるでしょう。

うめぞのになくうぐひすの声《こえ》のみを
たなびきのこす朝《あさ》がすみかな

（井月全集217・新編346）

【梅園に鳴くうぐいすの声のみを、たなびき残す朝霞《がすみ》です。】

春霞が、うぐいすの声以外をすべて覆い隠してしまった、という早春の朝の風景です。

思《おも》ふ図《ず》を外《はず》さぬ運《うん》の強弓《つよゆみ》や
たゞ安々《やすやす》と中《あた》る金的《かなまと》

（井月全集218・新編347）

【思い通り外さない運の強い弓です。ただ易々《やすやす》と急所に当たります。】

井月は武家の出身で、弓の修行もしたのではないか、と推測されます。次のような類歌があります。

おもふ図《ず》を外《はず》さぬ腕《うで》に仇矢《あだや》なく
中《あた》る蚕《かいこ》の運《うん》のつよ弓《ゆみ》

（井月全集218・新編347）

【思い通り外さない腕前に、仇矢はありません。蚕が当たるのは、運の強い弓で射るからです。】

井月の時代、伊那谷は養蚕が盛んでした。それで蚕を誉める一首を作ったのでしょう。

おもふ図《うず》を外《はず》さぬために祈《いの》るらん
　中《あた》る蚕《かいこ》の神《かみ》なればこそ

（井月全集542・新編349）

【思い通り外さないために祈るのでしょう。蚕が当たるのは、神のしわざなればこそです。】

かつては蚕を「神虫」と書くこともありました。蚕の当たり外れに一喜一憂する、当時の農家の様子が表れた一首です。

花《はな》といへ《え》ば酒《さけ》と銚子《ちょうし》の相言葉《あいことば》
　下戸《げこ》を茶《ちゃ》にして遊《あそ》ぶ春《はる》の日《ひ》

（井月全集219・新編348）

【花と言えば、酒と銚子の合言葉です。下戸の人には茶を飲ませて遊ぶ春の日です。】

花見には、酒は欠かせないものだ、という軽快な内容です。酒好きな井月らしい一首です。

入相《いりあい》も些《さ》ごゝ《こ》ろにして暮《くれ》の鐘《かね》
　もみぢ《じ》は花《はな》に増《まさ》る夕栄《ゆうばえ》

（井月全集219・新編348）

【日没のわずかな時間の美しさも心に残り、暮れの鐘が聞こえてきます。もみじは、桜の花に勝る夕映えに輝いていきます。】

「些ごころ」の意味がよく分からないのですが、秋の紅葉を夕焼けが赤々と照らしている風景なのでしょう。

酌酒《くむさけ》は是風流《これふうりゅう》の眼也《まなこなり》
　月《つき》を見《み》るにも花《はな》を見《み》るにも

（井月全集219・新編348）

【くみ交わす酒は、風流の主眼です。月を見るにも花を見るにも。】

これも酒好きの井月らしい一首です。楽しく酒をくみ交わしている様子でしょう。

際《かぎ》りなき君《きみ》が齢《よわい》ひのめで度《た》さは
　千《ち》代《よ》よろづ《ず》世《よ》の玉椿《たまつばき》かな

（井月全集220・新編349）

【限りないあなたの年齢のめでたさは、千代万代続く世の、玉椿のようです。】

長寿祝いに作った一首なのでしょう。まるで散ることのない椿の花のようだ、とたとえています。

ふりつゞ《づ》く虎《とら》が恨《うら》みの雨《あめ》はれて
　青《あお》田《た》がくれの草取《くさとり》の笠《かさ》

（井月全集428・新編349）

【降り続く恨みの「虎が雨」が晴れて、青田隠れに草取りの笠が見えます。】

虎が雨は、旧暦五月二十八日に降る雨のことで、「曽我兄弟」の物語に由来します。新暦では七月上旬ですので、梅雨の時期です。梅雨の晴れ間が見えれば、田の草取りに励む様子を詠んだのでしょう。

一文《いちもん》の銭《ぜに》がなくても千両《せんりょう》と
　人《ひと》にいは《わ》れて心《こころ》せい月《げつ》

（井月全集371・新編579）

【一文も銭を持っていなくても、千両と人から言われて、霽月《せいげつ》（＝雨上がりの月）のようなさっぱりとした気持ちです。】

井月が一文も持たずに高遠城下の市《いち》に行くというので、人に笑われたときに、即座に和歌で答えたものだそうです。お金がなくてもぜんぜん気にしない、井月の生きざまが表れている一首です。

あとがき

井月がどんな人物だったのか、巻末の歌を歌ってもらえば、大体わかっていただけると思います。泊まり歩いていた家々で、俳句を書き散らした人です。ただし井月は俳諧師でしたから、現代の俳人とは違い、俳句ばかりを専門に作っていたわけではなく、連句のほうにも力を入れていました。

つまり俳句と連句は、井月を理解するための両輪だと思うのですが、どうしても俳句ばかりが読まれ、連句の方は読まないで済ます人が多いような気がします。

そこで、井月の連句を片っ端から全部解釈してみようと思い立ちました。まことに拙い解釈ばかりで申し訳ないのですが、誰かがやらなければならないと思ったのです。

ときには単語の理解に苦しみ、ときには意味のつながりに苦しみながら、やっとの思いで書き上げました。読者のみなさんには、この拙いものを我慢して読んでいただき、もっとよい解釈を試みていただきたいと思います。

《連句で培われた井月の作風①即興性》

連句は、二人以上で集まって、即興的に句をつなげてゆく遊びです。つまり、その場その場の思い付きが大事なのでしょう。井月の作品には、深みのない、あまり練れていない句も多くありますが、それは一句一句に時間をかけて作るのではなく、即興性に重きを置いていたからではないか、と思われるのです。

《連句で培われた井月の作風②多様性》

連句では、同じ話題を続けてはいけない規則になっており、何よりも多様性が重んじられます。平安貴族のような句があるかと思えば、村の素朴な暮らしぶりが出てきたり、突然下品な便所のことが出てきたり、という具合に、井月の作品は実にバラエティー豊かです。逆に言えば、作風に幅がありすぎて、つかみどころがないようにも感じられます。

《連句で培われた井月の作風③ 虚構性》

連句は、あくまでフィクションとして作られます。つまり、自分の実体験に基づいて句を作る必要はまったくなく、想像力のつばさを思いきり羽ばたかせて、すてきな虚構の世界を作り上げてゆくわけです。ですから井月の作品には、想像や知識だけで作ったような句が多くみられます。

《連句で培われた井月の作風④ 再利用性》

連句では、句を素早く作らなければなりませんが、全部が全部、新しい着想で作り出すのは至難のわざです。ときには以前に使った句を、ちょっと変えて使い回すこともあったのでしょう。ですから井月の作品には、似たような着想や似たような言い回しが、数多く見られます。

《井月に対する評価》

作家の芥川龍之介《あくたがわりゅうのすけ》は、次のような言葉を残しています。

「井月の句集を開いて見ると、悪句も決して少なくはない。」

（大正十年『井月の句集』跋文《ばつぶん》）

おそらく、連句によって培われた井月の作風は、近代俳句の視点からすれば「悪句」なのでしょう。

・即興性＝思いつきで作ったような、深みのない駄作が多い。
・多様性＝作風に一貫性がなく、ごちゃまぜのような感じがする。
・虚構性＝頭だけで考えたような、実感を伴わない句が多い。
・再利用性＝似たような着想や言い回しの句が多く、新味がない。

つまり、連句で「良し」とされていることが、すべて俳句では裏目に出てしまう、というわけです。

しかし、井月は近代俳句が生まれる前の人物です。それなのに、近代俳句の視点で評価するのは、酷ではないかと思うのです。

俳諧が「俳句」という個人芸術になってしまう前の、まだ集団創作だった時代に、最後のきらめきを放ちながら活躍した一人の俳諧師。そんなふうに井月のことを評価してみたいと思うのですが、いかがでしょうか。

《結びに》

井月というと、酔っぱらいの厄介者というイメージがあるでしょう。村から村へトボトボと道を歩く、孤独なイメージもあるでしょう。奇行が多く、何を考えているのか分からない謎の人、というイメージもあるでしょう。

しかし連句を読んでいると、生き生きと活躍する井月の姿が目に浮かぶように思えるのです。

たとえばどこかの村の、裕福な家の座敷に、大の男たちが集まって、連句の会を開いています。その席で、すらすらと句を付ける井月の様子に、周りから驚きの声があがります。きっと、井月の知識の豊富さや、連想の大胆さにうならされたことでしょう。

そんな颯爽《さっそう》とした井月の姿を想像しながら、一句一句を読み解いてゆくのは、苦しいながらも楽しい作業でした。きっとまだ、どこかの家の物置に、井月の連句が眠っているかも知れません。もっともっと読んでみたい気がします。

筆末になりましたが、『井月全集』からの引用を快く承諾していただいた、井上井月顕彰会の北村皆雄会長をはじめ、多くの皆様のお力添えによって本書を書き上げることができました。厚く御礼申し上げます。

梅雨《つゆ》明け近き美篶《みすず》にて

井月の墓にもくれろ初なすび　　武志

井月さんの歌

一　家を持たずに三十年　腰にひょうたん竹の杖
　　羽織袴も擦り切れて　今日もトボトボ道を行く
　　井月さん　井月さん　井月さんは何処やらに

二　どうして伊那に来たのだろう　どうして越後に帰らない
　　泊まり歩いた家々で　俳句を書いて酒を飲む
　　井月さん　井月さん　井月さんは何処やらに

三　火山峠の寒空に　田んぼの中で行き倒れ
　　戸板に乗せられ運ばれて　美篶の里に眠るとか
　　井月さん　井月さん　井月さんは何処やらに

井月（1822〜1887)
江戸時代のおわりから明治のはじめにかけて、信州の伊那谷で活躍した俳諧師。その絶筆は「何処やらに鶴(たづ)の声聞く霞かな」であったという。

井月さんの歌

一ノ瀬武志 作詞・作曲
（井月没後130年記念）

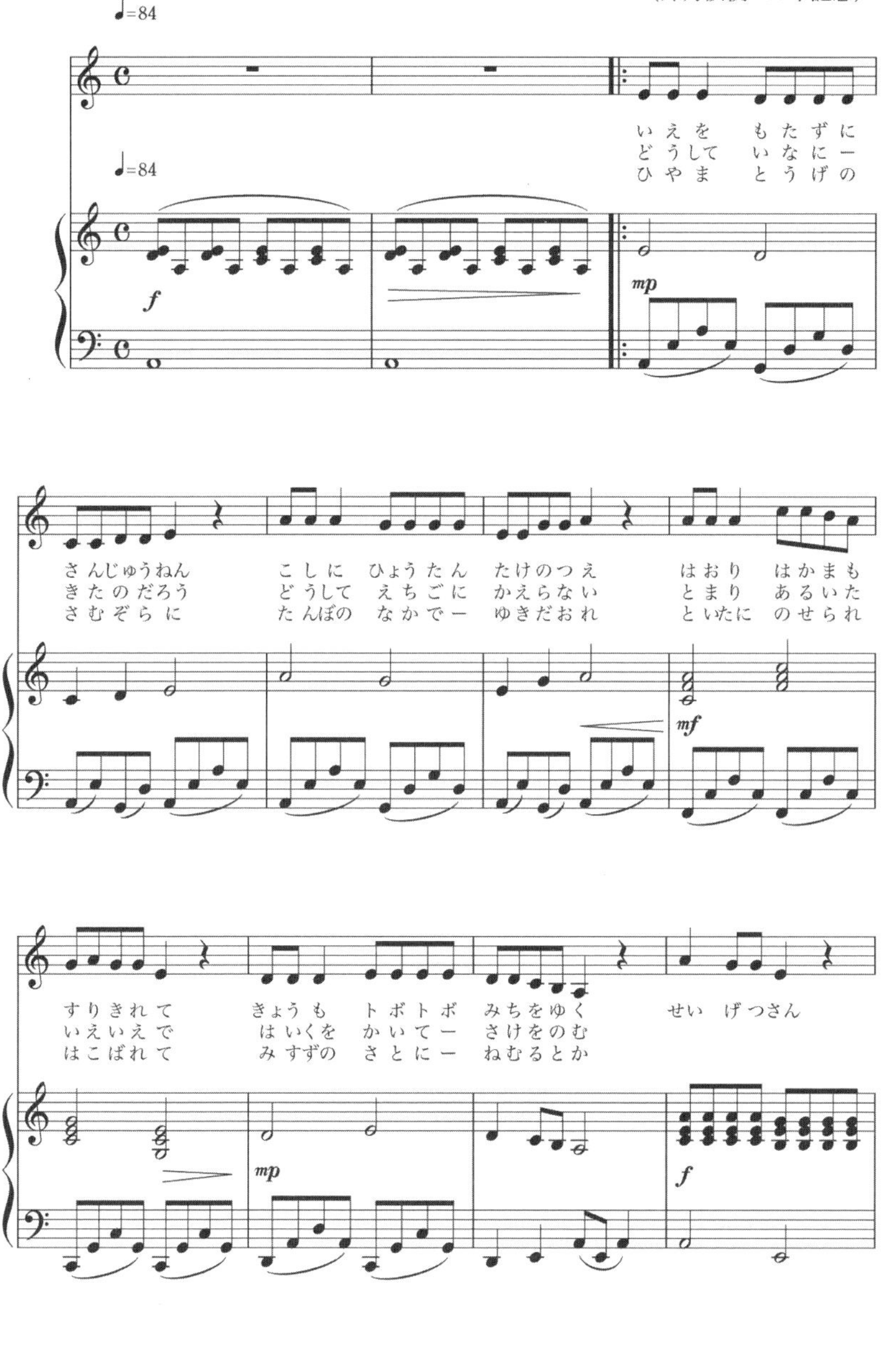

《著者紹介》

一ノ瀬武志（いちのせ たけし）

一九七一年、長野県上伊那郡辰野町生まれ。音楽教師。

二〇一四年、美篶《みすず》小学校へ赴任し、井月を知る。井月の作品や生きざまを、次代を担う子どもたちにどう教え伝えたらよいか、日夜試行錯誤を続け、「井月さんの歌」「オペレッタ　伊那谷の井月さん」などを作る。

また、美篶小学校のブラスバンドを長野県代表に育て上げたり、学習指導の業績により平成三十年度文部科学大臣優秀教職員表彰を受けたりと、各方面で活躍している。

現在、井上井月顕彰会監事。

井月《せいげつ》の連句を読み解く

2019年９月８日　第１刷発行

著　者　一ノ瀬 武志
発行者　木戸 ひろし
発行所　ほおずき書籍株式会社
〒381-0012　長野県長野市柳原 2133-5
☎ 026-244-0235
www.hoozuki.co.jp
発売所　株式会社星雲社
〒112-0005　東京都文京区水道 1-3-30
☎ 03-3868-3275

ISBN978-4-434-26493-1